네크로폴리스

NECROPOLIS
written by Riku Onda

Copyright ⓒ Riku Onda, 2005.
All rights reserved.
First published in Japan by The Asahi Shimbun Company.
This Korean edition published by arragement with The Asahi Shimbun Company, Tokyo
in care of Tuttle-Mori Agency, Inc., Tokyo through Eric Yang Agency, Seoul.

Korean Translation Copyright 2008 ⓒ MUNHAKDONGNE Publishing Corp.

이 책의 한국어판 저작권은 Tuttle-Mori Agency와 Eric Yang Agency를 통해
The Asahi Shimbun Company와 독점 계약한 (주)문학동네에 있습니다.
저작권법에 의해 한국 내에서 보호를 받는 저작물이므로
무단 전재 및 무단 복제를 금합니다.

이 도서의 국립중앙도서관 출판예정도서목록(CIP)은
서지정보유통지원시스템 홈페이지(http://seoji.nl.go.kr)와
국가자료공동목록시스템(http://www.nl.go.kr/kolisnet)에서 이용하실 수 있습니다.
(CIP제어번호: CIP2008002345)

네크로폴리스
necropolis

온다 리쿠 장편소설
권영주 옮김

문학동네

소품종희

등장인물

준이치로 이토 ― 도쿄 대학 대학원생
하나 ― 빅토리아 대학 학생. 준이치로의 친척
마리코 ― 여고 교사. 준이치로의 친척
린데 ― 영화관 경영자. 하나와 마리코의 고모
시노다 교수 ― 빅토리아 대학 교수
조너선 그레이 박사 ― 컬럼비아 대학 교수
지미 캠벨 ― 빅토리아 대학 학생
테리 캠벨 ― 지미의 쌍둥이 형
마티아스 다나카 ― 장난꾸러기 소년
서니와 사이드 ― 하나의 고양이
켄트 ― 하나의 친척
니자에몬 ― 린데의 아버지
마사코 ― 시노다 교수의 누나
하루코 ― 마리코의 할머니
피투성이 잭(재키?) ― 연쇄살인범
메리 윈체스터(흑부인) ― 남편을 연속으로 살해한 혐의를 받고 있는 부인
토머스 ― 메리의 전남편
라인맨 ― 어나더 힐 주변에서 유목 생활을 하는 선주민
검둥이 ― 라인맨의 개
아스나 ― 라인맨의 누나
이마무라 ― 어나더 힐 특별역사지구 경찰서장
토머스 베커 ― 올해의 히간 운영위원회 회장
데이비드 아오키 ― 동同 부회장
닉 스카이라크 ― 동 서기
로버트 호리카와 ― 어나더 힐 우체국장
미유키 호리카와 ― 로버트의 부인
쇼노스케 ― '춤추는 구미호 주막' 주인
새러 오닐 ― '웃는 태엽 주막' 주인
서맨서 ― 수수께끼의 소녀
노부히코 데라다 ― 양계장 스태프

차례

7장 이어지는 의혹 _ 009

8장 봉인된 여자 _ 039

9장 기묘한 만찬회 _ 095

10장 산 자와 죽은 자의 막간 _ 147

11장 제등과 병조림 _ 187

12장 지하로 내려가는 여행, 지하에서 올라오는 여행 _ 231

13장 날 밝는 밤에 _ 305

짤막하고 불길한 에필로그 _ 367

7장

이어지는 의혹

다소 늘어지는 소리로 일몰의 종이 울리기 시작했다.

어젯밤, 또 그 전날 밤에도 그 무서운 갓치가 있었던 것을 생각하면 마치 딴 세상처럼 한가로운 저녁이다.

그 탓인지 밖으로 쏟아져나온 사람들에게서도 안도감과 해방감이 느껴졌다. 호기심 왕성한 주민들도 갓치 때문에 스트레스를 받았었나 보다. 다들 한시름 놓은 듯 풀어진 표정이고, 여느 때보다도 많은 사람들이 펍으로 밀려들었다.

부상 때문에 집에서 쉬는 지미를 제외하고, 준 일행도 모두 펍으로 갔다.

생명의 위험을 느끼지 않고 술을 마시러 갈 수 있다는 것이 얼마나 고마운 일인지 실감했다. 사람들의 얼굴도 어쩐지 전에 없이 환하게 빛나는 것 같았다.

교수는 술잔이 나오자 한숨을 크게 내쉬었다.

"이게 바로 생명의 세탁이 아니고 뭐겠나. 죽음의 공포에서 벗어나 이제 지복의 시간을 누린다. 잔 속의 생명이 빛나는 것처럼 보이는군."

"뭐가 그렇게 거창해요?"

린데가 어이없어했다. 하나가 소리 내어 웃었다.

"하지만 오늘밤만은 공감되네요."

다같이 테이블을 둘러싸고 소리 높여 건배했다.

'춤추는 구미호 주막'은 발 디딜 틈 없이 북적거렸다. 교수의 말처럼 살아남은 사람들이 잔 속의 생명을 구가하고 있었다. 가게 앞 작은 광장에도 하나둘 테이블과 의자가 놓이고 사람들로 메워져갔다. 오뎅과 스튜 냄새가 광장의 소음과 뒤섞인다.

그러나 그중에 준만은 기분이 찜찜했다.

아까 식당에서 우연히 지미가 벗어놓은 안경을 봤을 때부터, 몸 어딘가가 얼어붙어 풀리지 않았다.

그때 받은 충격.

마음은 부정하고 싶어하지만, 그 광경이 눈에 선명히 아로새겨져 있었다.

착각인가. 아니, 그 안경에는 분명히 도수가 들어 있지 않았다. 렌즈 너머로 본 서니는 실제 모습 그대로였고, 일그러져 보이는 부분도 전혀 없었다. 지미는 꽤 심한 근시였을 터다.

맥주로 건배를 들며 준은 곰곰이 생각했다.

내가 리틀 풋을 따라가 주웠던 안경이 틀림없다. 지미는 내켜하지 않으면서도 받아서 셔츠 가슴 주머니에 넣었다.

기억 속에 남아 있는 지미의 행동을 돌이켜보았다.

그래, 그때 지미는 분명히 가슴 주머니에 안경을 넣었다. 그리고 그대로 갓치에 갔을 것이다. 나와 교수와 마리코는 가만히 있을 수 없어서 조금 있다 따라갔다. 그리고 라인맨의 갓치가 끝나고 돌아왔을 때 테리를 만났다.

안경을 쓰고 있지 않았던 청년. 그것은 분명히 테리였다. 안경이 없어도 우리를 알아보았으니까.

그리고 하나 일행이 돌아오고, 조금 있다가 지미가 돌아왔다. 그것도 테리에게 맞아 다친 모습으로. 그때 가슴 주머니에 들어 있던 안경이 깨져 있었다. 린데가 빗자루를 들고 와 파편을 쓸어냈다. 테리의 안경이 깨진 줄 알았는데, 실제로 남아 있던 것은 도수 없는 테리의 안경이었다. 즉, 지미는 가슴 주머니에 든 안경을 자기가 끼고 있던 것과 교환한 것이다.

어째서?

준은 한기를 느꼈다. 그 다음을 생각하기가 무서웠다.

그러나 답은 하나밖에 없다.

준은 침을 꿀꺽 삼켰다.

어디선가 테리와 지미가 뒤바뀐 것이다.

그런 일이 가능할까. 필사적으로 머리를 회전시켜보았다. 그러나 만약 이 설이 맞는다면 지금 집에 남아 있는 사람은 테리다.

테리가 있다.

저도 모르게 소름이 끼쳤다. 집 앞에 서 있던 청년의 웃음이 뇌리에 되살아난다.

여기서는 '손님'이 실체로서 존재한다. 그들은 물체를 만질 수 있다. 빛을 받으면 그림자가 생기고, 웃을 수도 있다……

다친 것은? 그들은 다칠 수도 있나?

7장 이어지는 의혹 13

거즈에서 흘러나온 피. 그것은 진짜였다. 그들은 피도 흘린다. ……
사람도 죽일 수 있다.

거기까지 생각이 미치자 움찔했다.

지미는? 지미는 지금 어디 있지?

반사적으로 뒤를 돌아보았다. 어두운 가게 안에는 손님이 꽉 들어찼고, 모두들 명랑하게 술을 즐기고 있었다.

나는 테리에게 죽임을 당할 것이다. 내로 보트에서 들은 지미의 절실한 목소리가 되살아났다.

그때, 불현듯 낮에 '기도의 성'에서 돌아왔을 때의 일이 생각났다.

사람 살려, 하는 희미한 목소리. 혹시 지미의 목소리였나? 근처에 부상당한 지미가 있었나?

한번 그런 생각이 들자 점점 그게 정말 지미였을 것 같아 안절부절 못하게 되었다. 지금도 어딘가에서, 아무에게도 발견되지 못한 채 경사면 덤불숲에서 괴로워하고 있는 것은 아닐까? 낮에 들은 목소리도 그렇게 작았는데, 그 뒤로 벌써 몇 시간이나 지났다. 내가 멍청하게 눈치 못 챘던 탓에 지미가 죽는다면.

눈앞이 캄캄해졌다.

맙소사, 왜 그렇게 바보 같았지. 왜 그때 바로 어디서 나는 목소리인지 확인해보지 않았나. 온몸에 상처를 입고 풀 위에 쓰러져 있는 지미의 모습이 눈앞에 선했다.

"준, 왜 그래? 어디 아파? 안색이 나빠."

옆에서 하나가 테이블에 얹고 있던 팔을 건드려서 준은 흠칫했다.

하나의 커다란 눈이 그의 얼굴을 살펴보고 있었다.

"아까부터 이상하네. 무슨 일 있어?"

마리코도 이쪽을 보고 있었다.

다들 자기를 보고 있다. 설명해야 하는데. 준은 당황했다.

그러나 과연 지미와 테리가 뒤바뀌었다는 자신의 의혹을 믿어줄까? 만약 자신의 착각이라면, 지미를 괜히 힘들게 하는 것이 아닐까? 그러지 않아도 그는 다친데다가 테리 때문에 신경이 예민해져 있다. 묘한 의심으로 지미를 거북하게 하고 싶지는 않았다.

그러나 만약, 그게 정말 테리라면.

준은 혼란스러워졌다. 지금도 지미가 위기에 처해 있을지 모르고, 지금 집에 있는 테리가 자기들에게 위해를 가하지 않는다는 보장은 전혀 없었다. 그가 지미로 가장하고 숨어든 이상, 뭔가 꿍꿍이가 없을 리 없다. 그렇다면 당장 어떻게든 해야 한다. 다른 사람들이 그와 떨어져 있는 지금.

"잠깐, 왜 그래, 정신 좀 차려봐."

"진짜 어디 아픈 거 아냐?"

린데와 다른 사람들이 테이블 위로 몸을 내밀고 걱정스레 준의 얼굴을 살폈다.

"뭐 걱정되는 거라도 있나? 낮에 있었던 일이 마음에 걸려서?"

교수가 눈을 가느스름하게 떴다. 준이 흑부인에게 부탁을 받았다는 사실은 이미 교수와 린데도 알고 있었고, 『언덕의 품에』의 미사그가 황릉이라는 그의 설도 바야흐로 다른 네 사람이 검토하는 중이었다.

"하지만 내 생각에 준이 저러는 건 지미가 돌아오면서부터인 것 같은데, 아냐?"

하나가 넌지시 던진 말에 준은 내심 펄쩍 뛰어오를 만큼 놀랐다.

여자는 역시 날카롭다. 감탄 반, 놀라움 반이었다.

"지미 때문에 뭐 마음에 걸리는 거 있어?"

"아뇨, 저, 혼자 집에 있어도 괜찮을까 싶어서요."

"솔직하게 털어놔. 너 혼자 고민해봤자 아무 도움 안 되니까."

린데의 대꾸에 준은 결국 큰맘 먹고 자신의 의혹을 이야기했다. 만약 지미를 찾아야 한다면 다른 사람들의 도움을 받는 편이 낫다고 판단했기 때문이다.

식당에서 도수 없는 안경을 봤다는 이야기를 하자, 하나와 린데의 얼굴이 창백해졌다.

"진짜야?"

마리코는 테이블 위에 놓인 손을 꽉 부르쥐었다. 그녀도 집 앞에서 본 테리의 표정을 떠올렸을 것이다. 그 무섭고 사악한 웃음을. 그 청년에게 손을 대고 거즈를 갈아주었다니, 꺼림칙하지 않을 리 없다.

"까맣게 몰랐어. 그냥 지미 같았는데."

하나는 자신 없는 듯 중얼거렸다.

"'손님'도 다칠 수 있어요?"

마리코가 준과 같은 의문에 도달했는지 불안한 얼굴로 교수에게 물었다. 교수는 고개를 갸웃했다.

"글쎄. 그런 이야기는 들어본 적이 없네만. 하지만 만질 수 있고 분명히 존재하는 거니 다칠 수도 있지 않을까."

"'손님'한테 살해당한 사람도 있다면서요?"

하나가 주위를 둘러보며 목소리를 낮추고 물었다.

"그래. 그러니까 불가능하지는 않다는 걸세."

"어나더 힐에서 다친 '손님'은 어떻게 돼요?"

교수는 술잔을 들고 천장을 올려다보았다.

"글쎄, 어떻게 될까. 짐작도 안 되는군. 하지만 실체를 갖는 건 여기에서뿐이니, 여기서 나가면 다시 실체가 없는 존재로 돌아가지 않을까."

"흠."

각자 그 설에 관해 곰곰이 생각해보는 것 같았다.

"지미를 찾아야 합니다."

준은 초조한 목소리로 말했다. 이렇게 이야기하는 동안에도 지미가 걱정돼서 견딜 수 없었다.

"왜?"

린데가 날카로운 눈으로 쳐다보았으므로, 준은 빠른 말투로 낮에 들은 목소리에 대해 이야기했다.

"아무리."

"정말?"

"'손님' 아냐? 너한테는 떼로 몰려오는 것 같은데."

다들 반신반의하는 목소리다.

"하지만 혹시 그게 지미였다면 지금쯤……"

준의 창백한 얼굴을 보고 교수가 술잔을 비웠다.

"좋아, 다같이 찾으러 가지. 나중에 그때 갔었더라면 하고 후회하느니 괜한 걱정이었다고 허탈해하는 편이 훨씬 나으니까. 다만 문제가 하나 있네."

"뭔데요?"

린데가 교수를 째려보았다.

"지미가 발견되든 안 되든, 그러고 나서 어떻게 할지 하는 문제일세. 그걸 지금 여기서 정해두지 않으면 혼란이 생길 게야."

"그러고 나서 어떻게 하느냐?"

"그래."

교수는 목소리를 낮추었다.

"예컨대, 지미를 찾으면 어떻게 할 건가? 준 말대로 테리의 손에 다쳤다고 쳐. 그럼 집에 있는 테리는 어떻게 할 거지?"

"집에 있는 테리를……"

그렇게 중얼거리고 다들 섬뜩한 얼굴로 마주 보았다.

"'손님'이니 말이야. 우리에게 '손님'을 재판할 권리는 없네. 받아들이는 수밖에 없어."

"지미에게 폭력을 휘두르는데도 말입니까?"

준은 불만스레 말했다.

"여기는 어나더 힐이고, 지금은 히간중일세."

"유이한테 의논해보면 어때요?"

하나가 제안했다.

"그건 최후의 수단이야. 잘못하면 지미의 장래에 해가 되네."

"하지만 지미를 못 찾아도 결과는 똑같지 않아요? 지금 집에 있는 사람이 테리라는 의혹은 그냥 그대로 남아 있는 거잖아요. 어차피 본인한테 확인해보지 않는 한, 의혹은 사라지지 않는다고요. 혹시 테리일지 모른다고 벌벌 떨면서 같은 지붕 아래 사는 거, 난 절대 그렇게 못 해요."

마리코가 팔을 문지르며 단호하게 말했다.

"그래. 그러니 우리 태도를 먼저 정해야 하네."

"하지만, 어떻게 하려고요?"

하나가 힘없는 목소리로 말했다.

다들 당혹한 표정이 되었다. 엉거주춤 일어나려던 준마저 꼼짝하지 못했다.

집에 있는 청년은 지미인가, 테리인가?

주위의 떠들썩한 소음에서 그들만 동떨어진 것 같았다. 그들이 앉은 테이블만 어둡게 가라앉아 있다. 그러나 한시라도 빨리 결단을 내려야 했다. 만약 지미가 다쳤다면, 시간이 별로 남지 않은 것만은 확실했다.

"만약 지미를 찾아내면,"

준은 저도 모르게 입을 열었다.

"집으로 데리고 돌아가서 테리와 대면시키는 수밖에 없겠죠."

"대면?"

"네. 두 사람 사이에 여러 가지 감정과 오해가 있을 테니까, 저희가 입회인이 돼서 두 사람이 솔직하게 다 털어놓고 이야기하게 하는 수밖에 없습니다. 서로가 납득하기 위해선 그 방법밖에 없어요."

준은 그렇게 중얼거렸다.

"두 사람의 히간을 끝내려면 그 방법밖에 없지 않을까요. 그렇다고 두 사람만 있게 하면 또 무슨 일이 일어날지 모르니까요. 어떻습니까?"

다들 말없이 고개를 끄덕였다.

"그렇군. 유이에게 보고할지, 도움을 청할지는 다함께 이야기해보고 결정하면 되겠지."

교수도 엄숙하게 대꾸했다.

"지미를 못 찾으면?"

마리코가 정색을 하고 준에게 물었다.

"그때는 추궁하는 수밖에 없겠죠. 테리인지, 지미인지. 도수 없는 안경인 걸 본 사람은 저뿐입니다. 안경을 벗으라고 해서 다들 확인하고 해명을 요구하는 겁니다."

"그 방법밖에 없겠지."

린데가 한숨 섞인 목소리로 중얼거렸다.

"잠깐."

하나가 갑자기 고개를 쳐들었다.

"방법이 또하나 있어요. 기억나요? 지미한테 테리랑 어떻게 구분하느냐고 물었을 때, 우리가 생각해낸 방법이 있었잖아요."

하나의 빛나는 눈을 보던 다른 사람들도 동시에 생각났다.

"맞아, 내가 제안한 게 있었네."

마리코가 다른 사람들을 둘러보았다.

"음, 분명히 이렇게 묻기로 했지? '그러고 보니 지미, 조조한테서 편지 왔어?'라고."

다들 천천히 고개를 끄덕였다.

"그리고 답은?"

마리코가 묻자 하나가 대답했다.

"'조조는 도쿄에 나무하러 갔기 때문에 편지는 안 옵니다.'"

다섯 사람은 얼굴을 마주 보고 남은 맥주를 마저 마신 뒤, 의자를 덜컹덜컹 밀고 일어났다.

편안한 한때를 보내는 사람들로 메워진 광장을 벗어나자, 어쩐지 즐거운 시간을 자기 손으로 떨쳐버리기라도 한 듯 허전했다. 저곳에 있으면 하루의 끝을 즐겁게 보낼 수 있었을 텐데.

아쉬운 마음으로 어두운 비탈길을 걸었다. 짙은 밤공기가 자욱했다. 흥분이 가라앉자 한 발짝 나아갈 때마다 긴장과 공포가 차츰 온몸을 물들였다.

있을 것인가, 없을 것인가.

있다면, 누가 있을 것인가.

어둠이 다섯 사람의 불안을 집어삼켜 불길하게 부풀어올랐다.

"어디쯤이야?"

하나가 일부러 명랑한 목소리로 말했다. 만약 지미가 있다면 구조를 청하기 쉽게 하려는 것인지도 모른다.

"이 근처야. 이 근처에서 '사람 살려' 하는 소리가 들렸어."

준도 덩달아 목소리를 높였다.

있으면 좋겠다. 없으면 좋겠다.

다섯이 짐짓 큰 소리로 말을 주고받으며 도로에 면한 경사면 덤불로 들어갔다. 다섯 명이 함께여도 밤에 이런 곳에 들어가려니 영 섬뜩했다.

밤공기 냄새가 콧구멍을 간질였다.

밤에 바깥을 걷고 있으면 왜 숨쉬는 소리가 이렇게 크게 들릴까. 특히나 자연 속을 걷고 있으면 몸과 머리에 울리는 자신의 호흡과 심장 고동이 한층 더 강하게 느껴지는 것은 왜일까.

준은 그런 생각을 하며 온몸의 신경을 곤두세우고 주위를 훑어보았다.

주위 나무들도 숨쉬기 때문이다.

누군가의 목소리가 그렇게 대답했다.

식물은 낮에 광합성을 하기 때문에 숨쉬는 소리가 들리지 않는다.

그러나 밤이 되면 그들도 이산화탄소를 배출하고 인간과 마찬가지로 호흡한다. 그들의 호흡 소리가 들리기 때문에 자기 호흡에도 민감해지는 것이다.

버석버석, 버석버석, 덤불을 헤치는 소리가 들린다.

처음에는 각자 큰 소리로 말하던 그들은 점점 조용해져, 누가 어디에 있는지 알 수 없게 되었다.

"아무도 없습니까? 지미? 지미, 거기 있어?"

준은 일부러 큰 소리로 말했으나, 목소리는 나뭇잎들에 흡수되어 다른 사람들의 귀에 들리지 않는 것 같았다.

"어이. 어디야? 없어?"

마리코의 목소리가 먼 곳에서 들려와 놀랐다. 다들 흩어져버린 모양이다. 불길한 예감이 들었다. 되레 위험하지 않나.

"흩어지면 안 됩니다. 여기로 모여주세요. 하나, 린데 아주머니, 교수님. 이쪽입니다."

준은 한층 더 목소리를 높여 손을 흔들었으나 어디까지 들렸을지 불안했다.

"어?"

"준, 어디야?"

"따로 행동하면 안 됩니다. 근처에 있는 사람과 합류해서 일단 도로로 돌아가주세요."

여기저기서 들리는 목소리를 향해 소리쳤다.

그런데 그때 바로 뒤에서 덤불이 크게 흔들린 것 같았다.

어? 이렇게 가까이에 누가 있었나?

준은 반사적으로 돌아보았다.

대각선 뒤로 낮게 우거진 나무의 가지가 흔들리고 있었다. 아무리 봐도 바람 때문이 아니라 인위적으로 흔들린 것 같았다.

"누구지?"

쉰 목소리가 나왔다.

덤불 속은 어두웠다. 자세히 들여다봐도 아무것도 보이지 않았다.

그러나 숨소리가 들렸다. 식물의 호흡에 섞여, 식물이 아닌 생물의 기척이.

"지미?"

준은 머뭇머뭇 물었다.

"거기 있어, 지미? 혹시 다쳤나? 나야, 준. 대답해. 설마 대답 못 하는 건가?"

계속해서 말한 것은 무서웠기 때문이다.

분명히 기척이 느껴지는데, 그것은 그곳에 꼼짝 않고 있었다.

"지미? 괜찮아?"

준은 머뭇머뭇 발을 내디뎠다. 덤불 안에서 분명히 뭔가가 움직였다.

준이 어둠 안쪽을 향해 몸을 굽히려 한 순간이었다.

어둠이 움직였다.

놀랄 만큼 빠른 속도로 어둠이 움직이며 그 일부가 찢어지더니 풀 밟는 소리를 내며 뭔가가 뛰쳐나왔다.

"으악!"

준은 저도 모르게 비명을 지르고 균형을 잃었다. 검은 그림자가 그의 옆을 스치고 지나갔다.

머리에 감은 하얀 붕대. 긴 검은 머리와 하얀 셔츠가 얼핏 보였다.

"지미!"
준은 소리쳤다.
청년은 쏜살같이 경사면을 뛰어올라갔다.
"지미! 어디 가는 거야! 왜 도망치지? 기다려!"
준은 허둥지둥 쫓아가며 경사면을 향해 소리쳤다.
"지미가 있습니다! 지미! 다들 도로로 돌아가세요!"
멀리서 놀라는 목소리가 들려왔다. 아직 다들 경사면에 있었다.
"기다려! 지미! 다쳤는데 뛰면 안 돼!"
뛰면서 소리치려니 숨이 찼다.
그래도 준은 안간힘을 다해 뛰었다. 지미는 발이 빨랐다. 이렇게 가파른 경사면을 놀라운 속도로 뛰어올라갔다.
겨우 도로로 올라서니, 비탈길을 뛰어올라가는 지미가 보였다. 멀리서 하나가 뛰쳐나와서 달려가는 지미를 향해 뭐라 소리쳤다.
"지미!"
어젯밤 장면이 뇌리를 스쳤다. 현관 앞에서 집 안 불빛을 받고 있던 모습.
지금도 그는 불빛을 받으며 이제 곧 교수 집 앞에 다다르려 하는 참이었다.
저 녀석, 어디 가는 거지?
교수와 마리코가 숨을 헐떡이며 뛰어나왔다.
"어떻게 된 거야? 아!"
지미가 속도를 줄이지 않고 교수의 집으로 뛰어드는 것이 보였다.
안마당인가?
"왜 도망치는데?"

"웬 발이 저렇게 빨라?"
"젊어서 좋겠네."
여자들이 헉헉거리며 원망스레 비탈길을 올라갔다.
"안마당으로 들어간 거지?"
"네, 아마."
호흡을 가다듬으며 다섯 사람이 한 덩어리가 되어 현관 앞으로 다가갔다.
"현관 잠갔어?"
린데가 나지막이 묻자 마리코가 고개를 끄덕였다.
"그럼 물론이지. 다친 사람이 혼자 있는데, 무슨 일 생기면 안 되니까 잠그고 나왔어."
"어떻게 된 거야? 지금 본 사람 지미 맞지? 머리에 붕대를 감고 있었는걸. 그럼 일부러 집에서 나와 거기 와 있었다는 거네? 왜? 왜 우리를 보고 도망치는데?"
하나가 혼란에 빠진 목소리로 부르짖었다.
"글쎄. 본인한테 물어봐야 알겠지. 애초에 지미인지 아닌지는 알 수 없지만."
마리코가 성난 목소리로 중얼거렸다. 뛰어야 했던 것이 언짢았던 모양이다.
"붕대를 감고 있었다는 건, 지미든 테리든 집에 남아 있던 사람이라는 이야기지. 그렇다면 스스로 현관을 열고 밖으로 나온 셈이야. 즉 지금도 현관이 열려 있다는 이야기 아니겠나."
"집 안으로 뛰어들어서 잠갔을지 몰라요."
"우리가 열쇠를 갖고 있는데 그래봤자 소용없지 않아?"

"도통 이해가 안 되는군."

다들 좀처럼 안으로 들어가려 하지 않았다.

"손전등 있는 분 없습니까?"

"아, 나 있어."

하나가 작은 가방을 뒤져 가느다란 손전등을 꺼냈다.

준이 그것을 받아들고 앞장섰다.

"잠겼는데요."

준은 현관의 손잡이를 당겨보고 중얼거렸다.

"그럼 안에 있다는 거네?"

마리코가 나지막이 중얼거렸다.

"잠깐 기다려보세요. 안마당을 둘러보고 오겠습니다."

"준, 혼자 가면 안 돼."

"내가 같이 갈게."

하나가 따라왔다.

어두운 안마당을 손전등으로 비춰보았다. 수반이 보이고, 벽이 보였다.

"쉿!"

두 사람은 멈춰 서서 귀 기울여 들어보았다.

기척이 없는지 기다려봤지만, 안마당은 쥐죽은 듯 고요했다.

"가자."

준은 조그맣게 말하고 안마당을 천천히 한 바퀴 돌았다.

십자형 벽과 되도록 거리를 두고 바깥쪽 벽을 따라 걸으며 손전등으로 비춰보았다.

숨을 죽이고 신경을 곤두세운 채 살금살금 한 바퀴 돌았지만, 안마당은 텅 비어 있었다. 리틀 풋이 누워 있던 곳에도 지금은 아무것도 없었다.

현관 앞에서 기다리던 세 사람에게 고개를 흔들어 보였다.

"아무도 없는데."

"그럼 역시 집 안으로 들어갔다는 이야기네?"

마리코가 침을 꿀꺽 삼켰다.

"연다."

"그러지."

린데가 마리코에게서 열쇠를 받아들고 찰칵찰칵 소리 내며 현관을 열었다. 안에 있을 지미에게 자기들이 돌아왔다고 알려주기 위한 것이기도 했다.

끽, 하고 귀에 거슬리는 소리를 내며 문이 열렸다.

모두 말없이 기척을 살폈다.

"어디, 내가 먼저 들어가지."

교수가 앞으로 슥 나서며 안으로 들어갔다.

식당에는 불이 켜져 있었지만 아무도 없었다. 근처에 누가 있는 기척도 없다.

교수와 린데는 의아스레 마주 보았다.

그때, 통로 안쪽에서 다가오는 발소리가 들려 모두 긴장했다.

"다녀오셨습니까? 금방 오셨네요."

나온 사람은 붕대를 감은 지미였다. 안경을 쓰고 온화한 얼굴로 그들을 맞이하는 지미는, 아무 어색함 없이 매우 자연스러워 보였다.

다들 어안이 벙벙해서 현관에 우뚝 멈춰 섰다.

"다행입니다. 여기 혼자 남아 있으려니 역시 무섭더군요. 이제 안심하고 잘 수 있겠어요. 하지만 분명히 폐점할 때까지 계시겠거니 했기 때문에 좀 놀랐습니다. 무슨 일 있으십니까? 아아, 가게가 붐볐나보군요? 갓치도 끝났겠다, 다들 일제히 쏟아져나왔겠죠."

"지미?"

린데가 얼빠진 목소리로 불렀다.

"네? 아아, 여기서 또 드시려고요? 저는 빠지겠습니다. 돌아오신 걸 확인했으니 다시 자겠습니다."

"계속 여기 있었어?"

"네."

지미는 이상하다는 듯 대답했다.

"지미."

마리코가 메마른 목소리로 물었다.

"네?"

지미는 밝은 표정으로 마리코를 보았다.

"그러고 보니 조조한테서 편지 왔어?"

지미는 어리둥절한 표정을 지었다.

순간, 긴장이 흘렀다. 이 녀석은 역시……

지미가 살짝 웃었다.

"아아, 그거군요. 기억납니다. '조조는 도쿄에 나무하러 갔기 때문에 편지는 안 옵니다.' 이럼 되죠?"

이번에는 낙담과 놀라움이 섞인 한숨이 흘러나왔다.

지미는 의아한 표정을 짓더니 이내 쭈뼛거리며 다른 사람들을 번갈아 보았다.

"왜 그러시죠? 무슨 일 있었습니까?"

식당에는 무거운 공기가 흐르고 있었다.

집으로 돌아와 두 시간 가까이 지났다.

물론 그들은 다시 술을 마시기 시작했다. 어리둥절해하는 지미를 걱정 말고 자라며 자기 방으로 돌려 보낸 다음에.

석연치 않은, 불만스러운 공기가 흐르고 있었다.

다들 저마다 생각에 잠겨 있다가, 문득 생각난 듯 다른 사람의 잔에 술을 따랐다.

"진짜 도수 없었어, 그 안경?"

마침내 마리코가 준을 째려보며 입을 열었다.

"정말입니다. 그럼 제가 거짓말을 했다는 말입니까?"

준도 술기운에 저도 모르게 공격적인 어조가 되었다.

마리코는 콧방귀를 뀌었다.

"네 착각이었다면 사태가 간단히 해결된다고."

"안 그래."

하나가 끼어들었다.

"지미는 거짓말을 하고 있어. 그렇잖아, 아까 우리는 지미, 혹은 지미랑 똑같이 생긴 사람이 여기로 들어가는 걸 봤단 말이야. 그건 확실하잖아?"

하나는 테이블을 탁 내리쳤다.

"확실하지. 나도 봤네."

"나도."

교수와 린데가 마지못해 고개를 끄덕였다.

"하지만 안마당에는 아무도 없었어. 나랑 준이 시계 방향으로 돌면서 확인했는걸. 유일한 출구엔 교수님이랑 린데랑 마리코가 있었어. 즉, 지미는 집 안으로 들어가서 현관을 잠근 거야. 그러니까 거짓말을 한 거지."

"어떻게 그렇게 단언할 수 있어? 집 안으로 뛰어들어간 건 테리였을지 모르잖아."

마리코가 시비 걸듯 말했다. 하나는 회의적인 눈초리로 대답했다.

"테리가 열쇠를 갖고 있단 말이야?"

"갖고 있는지도 모르지. 여기 와서 한동안은 현관도 내내 열어두고 살았으니까, 열쇠를 복사하는 것쯤은 누구든지 할 수 있었어."

"그 설이 맞는다면 테리는 지금도 집 안에 있다는 이야기인데."

"일층 어느 방 창문으로 도망간 거야."

"창문은 죄다 잠겨 있어. 첫날에 나쁜 바람이 불었기 때문에 문단속은 철저하게 했잖아. 회랑 주위의 창문은 어른이 빠져나갈 수 있는 크기가 아니고."

"그럼 한번 볼래?"

"그래, 봐."

마리코와 하나는 턱을 바짝 치켜들고 복도로 나갔다. 둘 다 눈에 힘이 들어가 있다.

"어이, 이봐."

"내버려둬요."

교수가 부르려는 것을 린데가 말렸다.

"테리가 살아 있을 가능성도 있네만."

교수가 중얼거렸다.

"'손님'이 아니라, 정말로 살아 있다고요?"

"그걸 부정할 수 있는 사람은 아무도 없지."

투덜거리는 마리코와 하나의 목소리가 멀어졌다.

준은 멍하니 앉아 위스키를 홀짝거리고 있었다.

안경 렌즈 너머로, 원래 모습 그대로 보였던 서니.

어두운 경사면을 민첩하게 뛰어간 그림자.

현관에 서 있던 지미.

……조조는 도쿄에 나무하러 갔기 때문에 편지는 안 옵니다. 이럼 되죠?

그가 명랑한 목소리로 그렇게 말했을 때 받은 충격이 가실 줄 몰랐다.

왜지? 왜 이런 일이 생기지?

준은 머리를 쥐어뜯었다. 착각인가? 그러나 그 경사면에서 집으로 뛰어들어가는 지미의 모습을 모두가 목격했다……

얼마 있다가 두 사람이 퉁명스러운 얼굴로 돌아왔다.

"어때? 테리는 찾았어?"

린데가 묻자, 마리코가 "아니" 하고 무뚝뚝하게 대답하고 거칠게 자리에 앉았다.

"죄다 든든히 잠겨 있었어. 이걸로 지미가 거짓말했다는 게 입증된 셈이네."

"꼭 그런 건 아니지."

그렇게 말한 사람은 교수였다.

"왜요?"

하나는 울컥한 듯 교수를 돌아보았다. 교수는 두 팔을 벌려 보였다.

"저런, 저런, 그렇게 흥분하지 말고. 가설은 무한하게 세울 수 있지 않겠나. 하나하나 꼼꼼하게 검토해봐야지."

"예를 들면요?"

"어디 보자. 예컨대 지미와 테리가 공모한 경우."

"공모? 왜 구태여 그런 일을 하죠?"

"동기는 일단 넘어가기로 하지. 좌우지간 지금은 우리가 본 상황이 합리적으로 설명되는 이유를 생각해보는 게 어떻겠나?"

"좋아요."

하나는 마지못해 승낙했다. 교수가 만족스레 고개를 끄덕였다.

"좋아. 지미와 테리가 공모한 경우라면 설명은 간단하지. 경사면에서 돌아온 사람이 뛰어들어와 문을 잠근 다음, 일층 어느 창문으로 탈출하네. 또 한 사람은 창문을 다시 잠그고, 문을 여는 우리 앞에 유유히 나타나면 되는 셈이야."

"그래요. 그걸로 설명이 된다는 건 인정해요. 하지만 난 지미가 거짓말을 한다고 보는 게 제일 자연스럽다고 생각하는데요."

하나는 너그럽게 인정한 뒤 다시 자신의 설을 주장했다.

"거짓말이 아니었는지도 몰라."

린데가 술잔을 만지작거리며 나지막이 중얼거렸다.

"뭐?"

턱을 괴고 앉아 있던 마리코가 린데를 보았다.

준도 린데의 말투가 마음에 걸려 그녀를 보았다.

"지미는 자기가 무슨 일을 하고 있는지 잘 모르는 게 아닐까?"

순간, 묘한 침묵이 흘렀다.

"설명해줄 수 있겠나, 린데."

교수가 테이블 위로 손을 깍지 꼈다. 다른 사람들도 이야기에 집중했다.

"아까 우리가 집 안으로 들어와서 지미를 봤을 때 기억나? 그애 꽤 침착했었어."

"응, 연기력 한번 엄청나지."

하나가 대꾸했다. 린데는 하나를 흘깃 보고 말을 이었다.

"우리는 어안이 벙벙해서 지미를 봤어. 계속 여기 있었느냐고 묻기도 했어. 그런데도 침착했어. 자기를 보는 눈초리를 보면, 우리가 테리를 만났다고 직감할 만도 한데 말이야. 하지만 마리코가 그 암호를 말해도, 우리가 지미와 테리를 분간하려고 한다, 자기를 테리일지 모른다고 의심하고 있다는 데 전혀 생각이 안 미치는 것 같았지. 이상하지 않아? 그애는 테리를 몹시 무서워하고 있었어. 생명의 위협마저 느끼고 있었어. 그런데 어째서 그렇게 침착한 거지?"

"무슨 말을 하고 싶은 거야?"

마리코가 물었다.

"테리는 한 번도 나타난 적이 없는 게 아닐까?"

"하지만 벌써 여러 번 목격됐고, 준이 안마당에서……"

하나가 말끝을 흐렸다.

"지미는 테리가 나타나주길 바라는 거야. 테리가 자기를 벌 주러 오길 마음 한구석으로 바라고 있어. 그렇기 때문에, 테리가 나타났다고 생각하는 거지."

"그럼 지미가 일인이역을 하고 있다는 거야?"

"난 그렇지 않을까 하는데. 본인이 그 사실을 깨닫고 있는지 아닌지는 모르겠지만. 어쩌면 본인은 모를 수도 있지. 정말 테리가 존재한다고 믿고 있을는지도."

"세상에."

하나는 얼굴이 창백하게 질려 말을 잇지 못했다.

"……미스터리에선 일인이역이 단골 소재긴 하지만."

그렇게 작은 목소리로 덧붙여 말하자, 린데는 나지막이 웃었다.

"그러면 아까 있었던 일도 설명이 돼. 자기가 뛰어들어가서 문을 잠그고 아무 일 없었던 것처럼 다시 나와. 우리는 어안이 벙벙해서 암호를 묻고, 지미라고 인정해."

"그 상처는? 자기 손으로 그랬다고?"

마리코가 물었다.

"테리가 한 거야. 테리가 했기 때문에 그렇게 다친 거지. 적어도 지미는 그렇게 생각하고 있을걸."

"그럼 그 안경은요? 분명히 도수가 없었단 말입니다. 지미는 말했어요. 자기는 심한 근시고, 테리는 눈이 좋았다고요. 신체 조건까지 바꿀 수는 없을 텐데요."

준은 큰 소리로 말했다. 린데는 고개를 가볍게 내저었다.

"모르는 일이야. 보인다고 생각하면 보이고, 안 보인다고 생각하면 안 보이거든. 내가 아는 배우 중에, 평소엔 내성적이고 운동도 잘 못하는데 무용수 역을 맡으면 완벽하게 춤추고 운동선수 역을 맡으면 평소보다 훨씬 민첩하게 움직일 수 있다는 사람이 있었어. 결국은 마음먹기 나름이야."

"진짜 그럴까. 아무리 그래도 시력까진."

하나는 고개를 갸웃했다. 마리코가 큰 소리로 말했다.

"역시 준이 착각한 거야. 너도 눈이 나쁜 거 아냐? 그래서 도수가 들어 있었는데 모른 거야."

마리코가 집요하게 주장하자 준은 슬그머니 화가 났다.

"그럼 지금 지미 방에 가서 안경을 보자고요. 지미는 자고 있을 테니까 모를 겁니다. 마리코 씨가 직접 확인해보세요."

"저런, 진정하게."

교수가 끼어들었다.

"그건 내일 아침에 본인에게 확인해보기로 하지. 지미가 일인이역을 하는 건지, 테리가 정말로 존재하는지, 내가 내일 실험을 좀 해볼 생각이네. 지미가 참가해줄지는 모르겠네만. 하지만 내가 마음에 걸리는 건,"

교수는 의미심장하게 말을 끊었다.

준은 교수를 보았다.

"지미가 왜 그곳에 갔느냐 하는 걸세."

"그곳?"

"아까 우리가 지미를 찾으러 갔던 경사면 말이야."

"아아, 린데의 설에 따르자면, 테리가 돼서 어둠 속에 숨어 있었던 모양이죠, 뭐."

마리코가 다소 빈정거리는 어조로 말했다.

"그렇지."

교수는 아랑곳하지 않고 턱을 쓰다듬었다.

"그곳에 숨어 있던 사람이 지미였는지 테리였는지는 우선 차치하고, 왜 그런 시간에 그런 곳에 있었지?"

"뭔가를 찾고 있었던 걸까요? 아니면 숨어 있었다든지요. 그곳에 있던 사람이 테리였다면 저희가 못 보게 숨어 있었던 걸 수도 있습니다. 이것도 린데 아주머니의 설을 염두에 뒀을 경우에 그렇다는 말이지만요."

"뭘 찾는다는 거지? 이 어나더 힐에서?"

찾는다. 이 어나더 힐에서. 일 년에 한 번 있는 휴간. 그 외에는 발을 들여놓을 수 없는, 닫혀 있는 성지.

뭔가 준의 머리를 스쳤다. 찾는다. 어나더 힐에서. 뭐가 마음에 걸린 걸까.

"뭐, 됐네. 오늘밤은 느긋하게 즐기자고. 우리는 갓치에서 살아남았으니 말이야. 오늘밤에는 편안히 쉬면서 내일 실험에 대비하지. 진실은 저절로 밝혀질 걸세."

교수는 예스러운 어조로 말하고 잔에 술을 따랐다.

"진실은 무슨. 준이 착각한 거예요."

마리코는 끈질기게 그렇게 말했으나, 준은 그 이상 반론하기도 귀찮았다.

"어떤 실험입니까?"

"그건 비밀이네. 적을 속이려면 우선 아군부터, 라고 하지 않나."

교수는 천천히 고개를 흔들었다.

"그런데 혹시 저게 테리고, 오늘밤 우리가 자는 사이에 목을 찔리면 어떻게 할 건데?"

하나가 차가운 목소리로 말하며 다른 사람들을 둘러보았다.

모두의 얼굴에서 표정이 사라졌다.

지금 한 지붕 아래서 자고 있는 사람은 지미인가, 테리인가. 아니면 두 사람인가. '손님'인가, 아니면 실은 살아 있나. 준은 머릿속이 혼란스러워졌다.

모두들 침묵할 즈음, 아까 그들이 거품을 물고 뛰어다녔던 컴컴한 경사면에서는 한 청년이 묵묵히 땅을 파고 있었다.

희미한 불빛 아래, 흙냄새가 어둠 속에 피어오른다.

청년은 일손을 멈추고 몸을 일으켜 가만히 주위를 둘러보았다.

아무도 없는 것을 확인하고는 조용히 덤불 속으로 들어가 무거워 보이는 뭔가를 질질 끌고 나왔다. 무거운 것 같다.

이미 생명이 느껴지지 않는 물체.

아까는 하마터면 숨겨두었던 것을 들킬 뻔했다. 땅을 파려던 찰나에 나타날 줄이야.

말없이 누워 있는 물체.

흙빛 얼굴, 긴 검은 머리. 자신과 똑같은 용모를 얼마 동안 무표정하게 바라보던 청년은, 방금 판 구멍에 그 몸뚱이를 털썩 던져넣고 조용히 흙을 덮기 시작했다.

우울하고 정신이 아득해질 듯한 작업을 조심스럽게 마친 뒤, 청년은 어둠 속에 떠오른 '기도의 성'을 정색을 하고 바라보았다.

그러나 이윽고 빈정대는 웃음을 띠고 발걸음을 돌려 어둠 속으로 사라졌다.

결국, 교수는 그 실험을 할 수 없었다.

그날 밤, 역시 불안해진 일동이 잠자리에 들기 전에 지미의 방으로 갔기 때문이다.

주뼛주뼛 들여다본 지미의 방에는 짐이 전부 사라지고 없었다.

단 하나, 도수가 들어 있지 않은 안경을 제외하고.

그날 밤, 바람이 조금 소란스러웠다. 준은 그 바람 소리 속에서 배우 히다리 보쿠젠의 목소리로 라쿠고落語〈사신〉을 들었다.

8장

봉인된 여자

돌 창문 밖에 참새 두 마리가 놀고 있었다.

창 밑으로 튀어나온, '손님'을 위한 의자 위에서 천진난만하게 춤추고 있다.

전 세계 어디에서나 변함없는 맑은 짹짹 소리가 조용한 풍경과 조화를 이루고 있었다.

준은 편지를 쓰다 말고 참새를 멍하니 바라보았다.

그는 도쿄에 있는 소노코에게 두번째 편지를 쓰는 중이었다. 그러나 지난 며칠 동안 일어난 여러 사건이 머릿속을 맴도는 통에 자꾸만 펜이 멈췄다. 도쿄도, 소노코도 어쩐지 머나먼 세계처럼 느껴졌다.

어나더 힐에 도착하고 며칠 지났는지 세어보았다.

오늘로 닷새째. 아직 겨우 나흘밖에 지나지 않았다.

믿기지 않았다. 최소한 반년은 있었던 기분이다.

준은 한숨을 내쉬었다.

지미(아니, 테리인가?)는 어디로 가버렸을까.

같은 집 안에 있는, 지금은 텅 비어버린 지미의 방을 생각해보았다. 어젯밤 정경이 생각났다.

다들 지미의 방 입구에 서서 말없이 그 안경을 바라보았을 때가.

휑뎅그렁한 방. 말끔하게 개킨 침구. 그리고 그들을 비웃듯 동그마니 남겨져 있던 도수 없는 안경. 지미는(혹은 테리는) 그들이 자신의 정체를 의심하고 있었다는 것, 안경에 도수가 있는지 없는지에 관심을 갖고 있었다는 것을 정확하게 꿰뚫어보고 있었다. 그 안경을 놓고 감으로써 그는 자신이 테리임을 증명한 것이 아닐까. 그것을 놓고 갔다는 이야기는 즉, 안경이 없어도 불편하지 않다는 사실을 가르쳐준 셈이기 때문이다.

그러나 준의 뇌리에는 린데의 말이 여전히 들러붙어 있었다.

지미는 테리의 존재를 소망했던 것이 아닐까. 자기도 모르게 일인이역을 연기했던 것이 아닐까.

이중인격 이야기는 추리소설이나 영화를 통해 알고 있었지만, 실제로 본 적은 없었으려니와, 솔직히 말해서 그렇게 인격이 쉽게 바뀐다는 데 회의적이었다. 그러나 지미는 이성적이고 온후한 반면, 쌍둥이 형에 대해 상당한 정신적 압력과 불안을 느끼고 있었고 매우 신경질적이고 불안정했던 것도 사실이다. 그런 의미에서 린데의 말은, 전적으로 받아들일 수는 없어도 일말의 진실이 있는 것처럼 생각되었다.

왜 이 집을 나갔을까. 우리의 추궁을 피하려 한 걸까.

그는 지금 어디 있을까. 라인맨처럼, 노숙할 곳이야 부족하지 않겠지만. 다음 배를 탈 생각인가. 다친 것은 사실인데 치료를 하지 않아도 되나.

말끔하게 개켜진 담요와 시트. 돌아오지 않겠다는 각오가 느껴지게 정돈되어 있었다.

그가 사라진 지금, 그 방이 더욱 섬뜩하게 느껴졌다. 갑자기 주인이 사라져버린 텅 빈 방이 한 집 안에 있다는 생각만 해도 오싹하고 불안했다.

지미가 없어졌다는 사실에 대한 놀라움이 지나간 뒤에는, 어색한 침묵이 찾아들었다.

그들은 아침 식탁에서 지미를 찾을지 말지 협의해야 했다.

지미와 테리를 둘러싼 일련의 일들을 보고할 것인가, 말 것인가. 지미는 제 발로 사라졌나, 아니면 테리에게 납치당했나. 식탁이 시끌시끌해졌다.

솔직히 지미에 대한 이미지가 악화된 것은 아무도 부정하지 않았다. 두 사람인가, 한 사람인가, 지미인가, 테리가 지미인 척한 건가.

남겨진 안경을 앞에 두고 그들은 고민했다.

결국, 유이에게 보고하고 게시판에 지미의 사진을 붙여 찾아달라고 하기로 했다(그들에게는 지미의 사진이 없었으므로 자연히 빅토리아 사망 연감에 있는 테리의 사진을 써야 했다. 내키지는 않지만 어쩔 수 없었다). 지미가 테리에게 납치되어 위험한 상황에 놓여 있을 가능성을 부정할 수 없는 이상, 역시 그냥 내버려둘 수는 없었다. 그는 아직 학생이려니와, 히간에 참가하기 위해 같은 배까지 타고 왔는데 아무리 성인이라 해도 갑자기 없어진 것을 그냥 모른 척할 수는 없는 노릇이었다. 지금 교수와 린데가 삼직을 찾아가 수속을 밟고 있는 중이었다.

준은 다시 한숨을 쉬고, 편지에 집중하려 했다.

여기는 상상했던 것 이상으로 이상한 곳입니다.

그렇게 써보기는 했지만 펜은 또다시 멈춰버렸다. 생각해야 할 일이 너무 많아서 편지에 쓸 말이 전혀 생각나지 않았다. 편지지는 여전히 하얬다.

준은 끝내 편지 쓰기를 포기하고 만년필을 내던졌다.

어느새 참새 지저귀는 소리가 사라져버렸다.

준은 하품하며 창으로 시선을 돌렸다가 입을 벌린 채 굳어버렸다.

손이 보였다.

아니, 정확히 말하면 창밖으로 튀어나온 돌 위에 손가락이 보였다.

누가 그곳에 두 손으로 매달려 있었다.

준은 꼼짝도 할 수 없었다. 자기가 보고 있는 것이 이해되지 않았다. 그야, 그곳에 있는 것이 손가락 열 개이고, 누가 창밖에 매달려 있다는 것은 안다. 그러나 왜 그런 곳에 매달려 있는지, 어떻게 매달려 있는지는 그의 이해의 범위를 뛰어넘는 일이었다.

손가락에 힘이 들어가 손톱의 핏기가 사라졌다.

준은 저도 모르게 뒤로 물러섰다. 의자가 덜컥 하고 둔탁한 소리를 냈다.

손가락 뒤로 머리카락이 보였다. 조금 흐트러진 회색 머리. 백발이 아니라 원래 회색을 띤 것 같다.

준은 눈을 뗄 수 없었다. 누군가 돌 위로 기어올라 안으로 들어오려 하는 것이 아닌가!

도망치고 싶은데 몸이 움직여주지 않았다. 목이 바싹 말라붙었다. 눈조차 깜박거리지 못해 충혈된 것이 느껴졌다.

"후."

그러나 들려온 것은, 안도감과 한숨이 뒤섞인 중년 남자의 얼빠진 목소리였다.

회색 머리와 콧수염에 담청색 눈을 지닌 중년 남자가 창밖 공간으로 슬금슬금 기어올라와 한숨을 내쉬더니 비로소 준을 보았다.

이상하게도 손가락을 보았을 때는 심장이 쭈그러들 만큼 놀랐건만 그의 얼굴을 본 순간 공포심이 사라져버렸다.

오히려 '어라?' 싶은 친숙함이 앞섰다. 아는 얼굴이다. 아주 최근에 어디서 봤는데.

"여, 안녕하시오."

남자는 무심한 목소리로 인사하고는, 영차 하고 창틀을 넘어 안으로 들어왔다.

물 빠진 무명 셔츠와 카키색 면바지를 입은 남자는 제법 미남이었다.

"아, 안녕하세요."

반사적으로 대답하고 나서도 준은 필사적으로 기억을 더듬었다. 아는 얼굴이다. 분명히 아는 얼굴이다. 이름이 목구멍에서 나올락 말락 했다. 대체 이 얼굴을 어디서 봤을까. 연감에서만은 아니다. 다른 데서도 분명히 이 얼굴을 봤는데.

"미안하네. 아무래도 자네 도움이 필요한 모양이야."

남자는 창가에 서서 무릎을 털더니 미안한 얼굴로 준을 보았다.

"네?"

준도 허둥지둥 일어섰다. 겨우 몸이 움직였다.

"그런데, 성함이 어떻게 되시는지요?"

겨우 이름을 물을 여유가 생겼다.

남자는 아아, 하고 낮게 신음하더니 손을 내밀었다.

"이거 실례했군. 난 토머스라고 해."

남자의 손을 잡은 순간, 준은 번뜩 깨달았다.

그렇군! 토머스 윈체스터다!

흑부인에게서 받은 사진이 선명하게 떠올랐다. 그녀의 죽은 남편. 그리고 '붙잡아달라'고 부탁받은 상대. 그 상대가 여기에 왔다는 이야기는 즉……

"저는 준이치로 이토라고 합니다."

"일본인이군."

토머스는 고개를 끄덕이고는 방을 둘러보고 침대에 걸터앉아 준을 올려다보았다.

"날 메리한테 좀 데려다줄 수 있겠나? 난 그 방에 못 들어가."

"그 방?"

"'기도의 성'에 있는 메리 방 말이야."

토머스는 어깨를 가볍게 으쓱했다.

"방이 봉인됐는지, 메리하고 이야기를 할 수 없어. 히간인데 너무하는군. 날 만나기 싫은가?"

남편은 분명히 날 찾아올 거예요. 난 얼마 동안 방을 봉인하고 남편이 못 들어오게 하겠어요.

메리의 목소리가 뇌리에 되살아났다.

지나칠 것 같으면 불러 세우고 나에게 연락을 주면 좋겠어요.

그렇군, 그녀 말대로 된 셈이다.

그러나 소박한 의문도 생겼다.

"저, 몇 가지 여쭤봐도 되겠습니까? 전 친척의 초대를 받아 이번에 처음 히간에 참가했거든요."

준은 눈앞에 있는 남자에게 머뭇머뭇 물었다.

남자는 여전히 무심한 표정으로 고개를 끄덕했다.

"그래."

"메리 씨의 방이 봉인돼서 그분과 이야기를 못 한다는 말씀이죠? 그럼 왜 저한테 오셨습니까?"

남자는 천장을 쳐다보며 콧수염을 쓰다듬었다.

"설명하기 쉽지 않군. 굳이 말하자면 그 방에서 자네 있는 데까지 길이 열려 있었으니까, 라고 할까."

"길이 열려 있었다고요?"

"그래. 어렸을 때 어머니한테 그런 이야기를 들은 적이 있었어. '손님'을 인도하는 길을 가진 사람이 있고 못 가진 사람이 있는데, 길 잃은 '손님'은 그 길을 찾아야 한다고. 어렸을 때는 무슨 말인지 몰랐는데 내 차례가 되니 겨우 그 의미를 알겠네."

남자는 담담히 설명했다.

준은 이상한 기분이 들었다. 이 남자는 자신이 '손님'이 되었다는 사실조차 담담하게 받아들이고 있었다. 지금까지 만난 '손님' 중에서 이런 사람은 처음이었다.

"흠. 길이 어떤 식으로 열려 있습니까? 토머스 씨 눈에는 보이겠죠?"

"그래. 반짝거리는 먼지 같은 게 공중에 가느다랗게 이어져 있더군. 메리의 방문 밑에서부터 말이야. 난 막연히 그 자취를 따라서 여기까지 왔어. 이 방으로 이어져 있었기 때문에 이렇게 자네를 찾아온 거지. 여기에 내가 부탁해야 할 상대가 있겠구나 싶었으니까."

"그렇군요."

8장 봉인된 여자 47

궁금한 것이 꼬리를 물고 떠올랐다.

"그럼 현관으로 들어오시지 그러셨습니까. 굳이 저런 데로 기어올라오시지 않아도 됐을 텐데요."

준은 창문을 돌아보았다.

"그렇군. 그 생각을 못 했어."

토머스도 창문을 돌아보았다.

"이 창문 밑으로 이어져 있었거든. 그래서 아무 생각 없이 여기로 들어와버린 거야."

"들어갈 수 없다, 봉인돼 있다는 건 구체적으로 어떤 상태입니까? 결계 같은 게 느껴진다든지 그런 건가요?"

"그것도 있지만, 실제로 창문과 문이 모두 완전히 닫혀 있거든. 우리는 벽을 뚫고 지나갈 수 있는 게 아니니까, 문을 걸어 잠그고 안에 틀어박혀 있는 사람의 방에 들어가는 건 무리야."

"흐음. 그런가요."

"자네는 학자인가? 꽤 젊은데. 질문할 게 더 있으면 가는 길에 들을 테니까, 우선 메리한테 데려다주지 않겠나?"

남자는 넌지시 불평했다. 준은 허둥지둥 고개를 끄덕였다.

"죄송합니다. 그럼 갈까요?"

그렇게 말하고 방을 나서는 준의 가슴은 두근거렸다.

이렇게 함께 걸으면 다른 사람에게도 그가 보일까.

"여기는 누구 집인가?"

토머스는 주위를 두리번거리며 물었다.

"시노다 교수님 댁입니다. 빅토리아 대학에 계시는."

"호. 어쩐지 전통적인 히간의 관습을 따른 훌륭한 집이다 했더니."

"그런 쪽으로 잘 아십니까?"

"생전에 건축기사였거든."

"아아, 그렇군요."

준은 안절부절못하며 식당을 들여다보았으나, 하필 오늘따라 아무도 나와 있는 사람이 없었다. 일부러 다른 사람들을 불러내는 것도 이상하고, 토머스가 언짢아할지 모른다. 자기가 '손님'과 함께 있는 모습을 다른 사람에게 보여주고 망상이 아니라는 증거를 얻고 싶었는데.

조바심이 났지만, 집 안은 마치 아무도 없는 것처럼 조용했다.

마리코와 하나는 자기 방에 있을까.

결국 아무와도 마주치지 못하고 밖으로 나오고 말았다.

혹시 내가 만나는 '손님'은 다른 사람에게는 보이지 않는 걸까. 아니, 테리 때는 실체를 가진 그를 모두가 목격했다. 지금도 하나나 마리코가 여기 있었더라면 토머스를 볼 수 있었을 것이다.

밖으로 나오자 주위는 쥐죽은 듯 조용했다.

길을 다니는 사람이 아무도 없다.

오전중의 어나더 힐은, 이곳에 온 뒤 날마다 봐온 대로 흐린 하늘 아래 펼쳐진 오래된 마을로만 보였다. 고요히 잠들어 있는 거리. 오늘 아침에는 모두 집에서 쉬는 모양이다. 갓치가 무사히 끝나 어젯밤에는 다들 과음했을 테니 아직 쿨쿨 자는 중인지 모른다.

"저, 대단히 실례되는 질문을 드려도 될까요."

준은 조심스럽게 물었다.

"뭐지?"

"기분을 상하게 해드릴 생각은 없습니다만······"

"그러니까, 뭐냐고. 메리한테 데려다주는 보답으로 뭐든 이야기하겠네. 자네는 성실한 사람 같으니 말이야."

토머스는 너무나도 선선하게 말했다.

"토머스 씨의 사인에 관해서 사람들이 갖은 억측을 하고 있습니다."

준은 넌지시 돌려 물었다.

"아아, 그렇군."

토머스는 금세 납득한 듯 고개를 끄덕였다.

"메리가 날 죽였다는 거겠지?"

"예에, 간단히 말하자면 그렇습니다."

"그건 아냐."

토머스는 어처구니없다는 듯 손을 휘휘 내저었다.

"사실 나도 한때 그런 의심을 했었네. 전남편도 다들 죽었고, 여자 푸른 수염일지 모른다고 생각했었어. 메리하고 결혼할 마음을 먹은 건, 편하게 죽게만 해준다면 상관없다는 생각이 마음 한구석에 있어서였는지도 몰라."

"왜 그런 생각을……"

담담히 이야기하는 토머스에게 준은 항의했다.

토머스는 작게 웃었다.

"나도 메리하고는 재혼이었거든. 일이 바쁜 나 대신 아내가 아이들과 부모님과 함께 휴가를 가다가 열차 사고를 당하고 말았어. 모두 즉사했지. 나는 혼자 남아 인생에 절망했네. 미친 듯이 일하면서 술로 외로움을 달래다보니 건강까지 해쳐서, 늘 니트로를 주머니에 넣고 다녔어. 그러니까 아무한테도 말한 적은 없지만, 사실 난 언제 죽어도 이상할 것 없었던 거야. 하지만 죽은 건 사고였다네."

"저런, 뭐라……"

위로의 말씀을 드려야 할지, 라고 말하려다 준은 머뭇거렸다. 그는 이미 이 세상 사람이 아니다. 준이 삼킨 말을 알아차렸는지, 토머스는 또다시 가볍게 웃고 준의 어깨를 탁 쳤다.

"하지만 메리하고 살면서 즐거웠어. 메리는 훌륭하고 머리도 좋은 여자라서 이야기하고 있으면 재미있었거든. 인생의 마지막을 함께 보내준 걸 고맙게 생각한다네. 다만 이것만은 말할 수 있겠지. 메리는 워낙 강하고 그 자체로 완결된 인간이라, 같이 있는 남자가 그 생명력에 먹혀버릴 수 있다고는 생각해. 과거에 죽은 남자들은 모두 메리의 파워에 지고 만 게 아닐까. 나를 포함해서 말이야. 하지만 난 후회하지 않아."

준은 어느새 토머스에게 호감이 생겼음을 깨달았다. 솔직하고, 담담하고, 대단히 강한 남자다.

"세상 사람들이 메리를 그런 눈으로 보는 것도 이해는 돼. 절대 남한테 약점을 보이지 않으니 말이야. 자존심 강한 메리로서는 잇따라 불행을 당한 가엾은 여자로 보이느니, 남자를 잡아먹고 살아온 독부로 보이는 편이 훨씬 마음 편했겠지."

준은 메리를 처음 만났을 때가 생각났다.

린데와 다른 사람들의 이야기를 듣고 상상했던 모습과는 전혀 달랐던 그녀.

"네, 아주 매력적인 분이시더군요."

저도 모르게 그렇게 중얼거린 준을 토머스는 재미있는 듯 바라보았다.

"색안경을 끼지 않고 메리를 봐주다니, 그거 기쁜걸. 만난 적이 있는 가보군?"

"네."

그때, 준은 문득 메리의 말이 생각났다.

토머스를 메리와 대면시키면 눈 깜짝할 새에 그가 메리를 지나쳐 '저쪽'으로 가버린다는 이야기다.

"사실은 저, 부인한테 토머스 씨 일로 부탁을 받았거든요."

"내 일?"

준은 메리에게 들은 이야기를 대충 요약해서 설명했다.

토머스는 기술자답게 군데군데 적확한 질문을 해가며 이야기를 들었다. 그 질문에 준은 거의 대답하지 못했지만.

"흐음. 그래서 봉인을 했다 이 말이군. 지금까지 메리의 남편들이 히간에 안 나타났던 것도 그런 연유였어."

"메리 씨한테서 그런 이야기를 들은 적 있으십니까?"

"없네. 처음 들어. 뭐, 별로 구태여 이야기할 필요도 없겠지만."

토머스는 비탈을 천천히 오르며 생각에 잠겼다.

"그럼 난 운이 좋았군."

"네?"

'운이 좋다'는 말에서 위화감을 느낀 준은 그를 쳐다보았다.

그 기분을 꿰뚫어본 듯, 토머스가 또다시 가볍게 웃었다.

"자네가 여기 있어준 덕에 메리도 봉인할 마음이 들었다는 뜻이야. 자네라면 확실하게 날 붙잡아줄 것이라는 확신이 있었기 때문에 그렇게 한 거야. 지금까지는 히간에서 봉인을 한 적이 없거든. 어차피 남편을 못 만날 거라고 체념하고 있었겠지."

"하지만, 메리 씨는 어떻게 하실 생각일까요? 제가 있어봤자 그분 힘이 더 세니 토머스 씨도 금세 '저쪽'으로 가버리실 텐데요."

준은 고개를 갸웃했다. 솔직히 토머스가 좀더 어나더 힐에 있어주면 좋겠다는 생각이 들었다. '손님'은 생전의 성격을 그대로 유지하는 모양이다. 이렇게 이성적이고 지식도 지닌 '손님'을 만날 기회는 흔치 않을 것이다. 연구를 위해서라도 하고 싶은 이야기는 얼마든지 있었고, 이 남자를 다시 못 만난다는 것이 섭섭하기도 했다.

"미카도의 나라에도 가보고 싶었는데 말이야."

토머스도 이 짧은 만남 사이에 준에게 호감을 느낀 것 같았다.

"자네 나라에는 이런 데가 없나? 히간은 원래 자네 나라의 습관이 잖아. 이름도 그쪽에서 건너온 거라고 들은 적이 있는데."

토머스는 애석한 듯 말했다. 마치 일본에도 나타나고 싶다고 하는 것 같다.

"이른바 영지 같은 곳은 몇 군데 있지만, 여기 어나더 힐처럼 강력한 자장은 없어요. 무당이라 불리는 여성이 죽은 이의 말을 대변하는 게 고작이고, 이런 식으로 실체를 갖고 나타나는 일은 없죠."

"흐음."

준은 오소레 산*에서 토머스와 재회하는 장면을 상상해보았다. 어쩐지 웃음이 나왔다.

호오, 이거 흥미로운걸. 여기 쌓아놓은 돌은 무슨 의미인가?

담담히 자기에게 질문하는 토머스의 모습이 떠올랐다.

"저 대도리이, 오랜만에 보는군."

토머스는 흘깃 돌아보는 시늉을 했다.

힐 입구에 있는 대도리이.

---

* 아오모리 현에 있는 화산. 일본 3대 영지 중 하나가 있다.

"도리이는 영어로도 'TORII' 라네. 그 생각을 하면 늘 이상한 기분이 들곤 했지."

"왜죠?"

"저건 일본 신도의 상징이잖나? 그러면서 은근히 서양적이라는 생각도 들어서 말이야."

"서양적? 정말로요? 도리이에 대해 그런 말을 하는 사람은 처음입니다."

준은 놀랐지만, 토머스는 진심인 듯 담담히 이야기했다.

"난 저 건물을 보면 TORII의 알파벳이 모두 들어 있구나 하는 생각이 들거든. 저 특징적인 형태. 잘 봐, T하고 O, R, I, 죄다 들어 있잖아. 또, '트리'가 숫자 3을 의미한다는 건 알지? '트리오'는 삼중주, 또는 삼인조라는 뜻이야. 어쩌면 도리이는 3을 나타내는 게 아닐까. 삼위일체의 개념이 숨어 있는 게 아닐까, 그런 생각이 들어."

"호, 재미있는데요."

지금까지 가장 일본적인 상징으로만 봐왔던 것에 관한, 생각지도 못한 해석이 신선하게 느껴졌다.

"삼위일체라니, 생각도 못 해봤습니다. 기독교의 삼위일체는 일본인한테는 잘 이해가 안 되는 개념이거든요."

준도 생각에 잠겨 이야기했다.

"전 저걸 보면 사람이 두 팔을 벌리고 가로막고 서 있는 모습이 상상되는데요. 도리이는 여기서부터 신의 영역이라는 표시니까요. 바꿔 말하면 금기의 장소라는 뜻이거든요. 그러니까 일본에선 노상방뇨가 많은 곳에 이 표시를 그려두곤 한답니다."

"그거 좋은 생각이군."

토머스와 준은 킬킬 웃었다.

"혹은 우물을 나타내는 '井'이라는 한자가 연상되기도 하죠. 신사에는 대개 맑은 물이 있고 말입니다."

세 개의 우물. 문득 그 말이 준의 머리를 스쳤다.

"만나고 싶은 사람이 또 있습니까?"

준은 토머스에게 물었다.

"메리가 가장 우선이겠지. 부모님과 전처와 아이들은 앞으로 만날 수 있겠고."

"그렇군요. 이제 '저쪽'에서 만나시게 되겠네요."

"그럴 거야. 예감이 들어. 이제 곧 나도 그 사람들하고 같은 세계로 간다는 예감."

준은 묘한 선망을 느꼈다. 그에게는 두 가족이 있었다. 자기가 이룬 가족과, 현세의 메리. 앞으로 갈 데가 있고 만날 수 있는 사람이 있다는 것이 어쩐지 부럽게 느껴졌다.

"토머스 씨 눈에는 다른 '손님'이 보입니까?"

준은 꼬리에 꼬리를 물고 떠오르는 의문을 억누를 수 없었다.

"으음, 보이는 게 아니라 느껴진다고 할까. 가까이에 있으면 기척이 느껴지고, 또 보일 때도 있긴 하네. 하지만 다른 '손님'들하고 완전히 동일한 세계에 있는 느낌은 아니거든. 유리로 된 건물이 있고, 그 속에서 각각 다른 층에 있는 느낌이랄까. 있는 건 알지만 같은 지평에 서 있는 건 아니고, 만질 수 있는 것도 아니야. 그런 이미지라네. 무슨 말인지 이해가 되나?"

"알기 쉬운 설명인데요."

별안간 토머스가 우뚝 멈춰 섰다.

준도 황급히 걸음을 멈추고 토머스를 돌아보았다.
"왜 그러십니까?"
"있어."
"뭐가요?"
"나하고 동류…… 아니, 좀 다른가."
토머스는 눈을 크게 뜨고 귀 기울여 주위를 살폈다.
그들은 '기도의 성'이 보이는 곳에 있었다.
언덕 꼭대기에 있는 성은 어쩐지 유난히 어두워 보였다. 주위 숲에 동화되어 흙이 되어버린 것 같다. 갓치 날 밤의 무거운 발걸음이 몸 안에 되살아났다.
두 사람은 얼어붙은 듯 그 자리에 꼼짝 않고 서 있었다.
길 양옆은 나무가 울창해 어둑하게 느껴질 정도다.
구름이 움직인다. 주위는 고요하다.
준은 식은땀이 솟는 것을 느꼈다. 공기가 무겁다. 분명히 뭔가 가까이 있다.
"토머스 씨?"
"쉿!"
작은 목소리로 부르자, 토머스가 날카롭게 가로막았다.
갑자기 숲속에서 검은 그림자가 뛰쳐나왔다.
칼날처럼 예리한 움직임.
날카롭게 으르렁거리는 짐승.
"앗!"
준은 저도 모르게 큰 소리로 외쳤다.
이 검은 개는.

이어서 라인맨이 뛰쳐나왔다.
"라인맨!"
준이 부르짖자, 라인맨은 놀란 얼굴로 준과 토머스를 보았다.
그의 개는 여전히 몸을 납작하게 깔고 야성의 눈으로 이쪽을 노려보며 사납게 으르렁거리고 있었다. 준은 움츠러들었다. 배 안에서 장식물처럼 조용히 누워 있던 개의 모습은 온데간데 없었다. 아마 이것이 이 사냥개의 본성일 것이다.
"당신이었습니까."
라인맨은 준을 보고 중얼거리더니 이어서 토머스를 보았다.
"흠, 그랬군."
"라인맨이라. 이야기를 들어본 적은 있지만 실물을 보는 건 처음인데."
두 사람은 서로를 유심히 관찰했다.
준은 두 사람의 표정을 주의 깊게 살펴보았다.
라인맨은 괜찮을까. 준은 불안해졌다.
라인맨에게는 '손님'이 유동적으로 보인다고 했다. 에너지 덩어리처럼 보인다고. 지금 그의 눈에 토머스는 어떻게 보일까. 라인맨은 죽은 자와 동화되어 함께 '저쪽'으로 가버린다고 메리가 말하지 않았나.
"당신이 아니군요, 검둥이가 경계한 건."
라인맨은 얼마 동안 침묵한 끝에 중얼거렸다.
"호오, 그거 다행인데. 저런 개한테 물리기는 싫거든. 앞으로 갈 길에 영향이 생기니 말이야. 물 수 있을지 없을지는 모르겠네만."
토머스는 이번에도 태연한 어조로 말하며 두 팔을 벌렸다.
라인맨도 그의 말투에 경계심을 조금 푼 모양이었다.

"라인맨이 여기에 발을 들여놓는다는 건 비상사태라는 뜻이라고 들은 적이 있네만."

토머스는 라인맨과 준을 흘긋 보았다.

"그렇습니다."

라인맨이 대답했다.

"올해는 나쁜 바람이 이곳을 뒤덮고 있습니다. 죽은 사람도 나왔고, 우박도 떨어졌습니다. 사실 이곳에 이렇게 오래 있는 건 제 정신위생상, 또 신체구조상 환영할 수 없는 사태지만, 어쩔 수 없죠."

"그 개는 날 쫓아왔나?"

토머스는 이상한 듯 검둥이를 보았다.

검둥이는 겨우 긴장을 푼 듯 이제는 으르렁거리지 않았다. 그러나 라인맨과 토머스 주위를 끊임없이 맴돌고 있었다.

"음, 정확히 말하자면 당신에게 들러붙은 검은 그림자를 쫓아왔다고 할까요."

라인맨은 꿰뚫어보는 듯한 눈으로 토머스를 응시했다.

"검은 그림자?"

"그렇습니다. 당신은 '기도의 성'에서 이 청년이 있는 집으로 곧장 갔죠?"

"그래."

"당신의 궤적에 그 그림자가 보였습니다."

"그림자라니?"

"나쁜 바람 같은 것입니다."

라인맨과의 대화는 마치 선문답 같았다. 토머스도 고개를 갸웃거리고 있었다.

라인맨 역시 잠시 생각에 잠기더니 천천히 뒤를 돌아보았다.
"즉,"
준과 토머스는 라인맨의 시선이 향한 곳을 보았다.
"저 그림자가 들러붙어 있던 것은, 당신이 아니라 저곳이라는 뜻이군요."
라인맨의 시선이 향한 곳에는 바야흐로 그들이 가려 하는 '기도의 성'이 서 있었다.

그날, 그들이 발을 들여놓은 '기도의 성'이 여느 때보다 음울하게 느껴진 것은 날씨 때문만은 아닌 듯했다.
하늘은 어둡고 구름이 한층 더 두꺼웠다. 오늘 아침에는 빛이 비치는 것을 한 번도 못 본 것 같았다.
나무들과 얼마 안 되는 꽃도 색을 잃어, 옛날 동판화처럼 침침한 색채가 오래된 성을 더욱 살풍경하게 보이게 했다.
준과 토머스는 라인맨과 그의 개를 주춤주춤 따라갔다.
그도 그럴 것이, 라인맨과 그의 검은 개가 드러내는 긴장감은 그때까지 본 적이 없을 정도로 엄청난 것이었다. 그들은 불꽃이라도 튈 것처럼 신경을 팽팽하게 곤두세우고 있었다.
무슨 일이 일어나려는 걸까.
준은 토머스와 슬쩍 마주 보았다.
토머스는 여전히 담담한 표정이었으나, 라인맨에게 큰 흥미를 가진 것을 알 수 있었다.
"왜 이렇게 조용하지? 아무리 히간중인 낮이라도 그렇지, 이상한데."

토머스가 혼잣말을 했다.
"저것 때문입니다. 어떻습니까? 준, 당신에게라면 보일 것 같은데요."
"네?"
라인맨의 대답이 무슨 의미인지 몰라, 준은 발돋움을 하고 그의 어깨 너머로 앞쪽을 보았다. 토머스도 덩달아 발돋움했다.
눈앞에는 이미 여러 번 본 '기도의 성'과 앞마당이 펼쳐져 있었다. 어제 흑부인을 찾아왔을 때와 똑같은 건물이다.
그러나, 원래 이렇게 음울한 풍경이었던가. 아무리 햇빛이 없다고 해도 공기가 무겁고 악의에 찬 것처럼 보였다.
준은 숨을 멈추고 눈앞의 풍경을 응시했다. 그러나 딱히 구체적으로 이상한 구석은 없었다. 라인맨은 뭘 가리켜 '저것'이라고 했을까.
"윽!"
그때, 토머스가 먼저 목소리를 삼켰다. 뭔가 불쾌한 것을 깨달은 눈치였다.
"보입니까? 역시 '손님'에게 먼저 보이는군요."
라인맨이 침착한 목소리로 중얼거렸다. 그러나 준은 무슨 말인지 전혀 알 수 없었다. 토머스가 준의 어깨에 손을 살짝 얹고 말끔하게 깎인 산울타리를 가리켰다.
갑자기 토머스의 손의 무게가 느껴졌다. 따뜻하고 커다란 손. 그는 분명히 이곳에 존재하고 있다.
그 사실에 묘한 실감과 감동을 느끼며, 준은 토머스가 가리키는 곳을 보았다.
처음에는 잘 알 수 없었다. 그러나 뭔가가 주의를 끌었다.

뭔가가 움직이고 있었다.

준은 그 사실을 깨달았다.

뭔가가 움직이고 있다. 산울타리 위를.

준은 저도 모르게 숨죽이고 더욱 유심히 보았다.

처음에는 구름인 줄 알았다. 흐린 날이라도 그림자가 전혀 드리워지지 않는 것은 아니다.

그러나 그 그림자는 움직이고 있었다. 하늘의 두꺼운 구름은 느릿느릿 움직이는데, 그것은 꿈틀꿈틀 산울타리 위를 미끄러지듯 이동해 갔다.

"저, 저건,"

준은 바로 몇 초 전에 토머스가 그랬듯 입을 열었다가 소리를 도로 목구멍 안으로 밀어넣었다.

그림자가 움직이고 있었다. 누군가의 그림자가 아닌, 그림자 그 자체가.

말도 안 돼.

준은 몇 번씩 하늘을 올려다보며 비교해보았지만, 뭔가가 땅에 비친 것 같지는 않았다. 만약 저것이 뭔가의 그림자라면 같은 속도로 움직이는 것이 존재해야 하는데, 그런 것은 전혀 보이지 않았다. 역시 그림자 혼자 살아 있는 생물처럼 산울타리 위를 스르르 오가는 것이었다.

게다가 자세히 보니, 그 그림자는 여러 개였다. 하나가 아니다. 곳곳에서 타원형으로 보이는 커다란 그림자가 꿈틀거리고 있다. 저 모양은 뭐지? 거대한 새 그림자와 비슷하면서도 어딘가 조금 다르다.

"라, 라인맨. 설마 저 그림자, 굉장히 많은 건······"

"잘 아는군요. 그렇습니다."

"그래서 저렇게 어두워 보였던 겁니까."

이렇게 이상하리만치 어두운 것은, 그림자 무리가 겹쳐져 검은 필터를 끼운 것처럼 엷은 먹빛으로 성 전체를 뒤덮고 있기 때문이었다.

준은 침을 꿀꺽 삼켰다.

"저게 뭡니까?"

"보시다시피 그림자입니다."

"살아 있는 것처럼 보이는데요."

"살아 있습니다. 하지만 딱히 의지가 있는 건 아닐 겁니다. 주위와 이 장소에 반응해서 움직이고 있을 뿐이겠죠."

검둥이가 으르렁거리며 땅바닥에 코를 박고 냄새를 맡았다.

"아까 검둥이가 따라간 건, 그림자 냄새가 그쪽 '손님'에게 남아 있었기 때문인 모양입니다."

라인맨이 토머스를 흘깃 돌아보았다.

토머스는 자신의 셔츠에 코를 갖다대고 냄새를 맡더니 "모르겠는데" 하고 고개를 흔들었다.

"저 그림자로 뒤덮이면 어떻게 됩니까?"

준은 창백한 얼굴로 물었다.

"글쎄. 별로 좋은 기분이 아닐 건 확실하죠."

준의 질문을 라인맨은 냉담하게 물리쳤다.

"어떻게 성에 들어가죠?"

"그냥 뚫고 지나가면 됩니다. 저 그림자에 오랜 시간 뒤덮여 있으면 영향을 받겠지만, 잠깐이라면 괜찮아요. 특히 당신은 저런 종류에 대한 내성이 생긴 것 같으니, 의식만 하고 있으면 쉽게 영향을 받진 않을 겁니다."

라인맨이 그렇게 장담한다고 바로 믿기지는 않았다. 그러나 토머스를 메리에게 데려다주어야 했다. 그가 얼마나 이곳에 있을 수 있는지는 모르지만, 그렇게 여유가 많지는 않을 것이다.

준은 불안과 초조함에 시달렸다. 형언할 수 없는 섬뜩함에 좀처럼 그 그림자를 뚫고 지나갈 용기가 나지 않았다. 어렸을 때 본, 거대한 우주 아메바가 인간을 먹고 부쩍부쩍 커가는 괴기영화가 자꾸만 머릿속에 떠올랐다 사라졌다.

"저게 대체 뭡니까?"

시간을 끌 생각은 없었으나, 발은 꼼짝하지 않고 입만 움직였다.

"그림자입니다."

라인맨이 서슴없이 대답했다.

"원래 그림자라는 건 실체였죠. 성영星影 하면 별빛 그 자체를 가리키지 않습니까? 물에 비친 그림자도 사람이나 사물의 실체를 가리키죠. 그러던 것이 서서히, 물질이 빛을 가로막아 반대쪽에 생기는 부분을 그림자로 부르게 된 겁니다. 빛 그 자체였던 것이, 그와 반대되는 어둠을 갖는 것으로 이미지가 변한 겁니다."

"그럼 저건 뭔가? 그림자가 실체로부터 독립이라도 했다는 건가?"

토머스가 끼어들어 물었다.

라인맨은 가볍게 어깨를 으쓱했다.

"지금 이야기한 건 일반론입니다. 하지만 저희에게 전해내려오는 전승이 있거든요. 원래 '그림자'라는 생물이 존재했고, 빛과 물체 뒤에 숨어 살고 있었다고. 그런데 빛과 물체는 어디론가 가버리고, 그림자만 여기에 남겨졌다고."

"저게 '그림자'라는 생물이란 말인가?"

8장 봉인된 여자 63

"눈앞에 있는 걸 보면 납득되지 않습니까? 전승이 옳았다고요."

"빛과 물체는 어디론가 가버렸다고 했지?"

토머스는 팔짱을 끼었다.

"그럼 저건 어디서 왔나?"

"여기입니다."

라인맨은 땅바닥을 가리켰다.

"어나더 힐?"

"네. 애초에 어나더 힐이라 불리기 전부터 여기는 죽은 자들의 통과 지점이었습니다. 그야말로 빛과 그림자, 생과 사의 경계선상에 있었죠. 그렇기 때문에, 빛이 떠난 뒤에 그림자만 남은 겁니다."

"그 그림자는 어떻게 됐나?"

"다른 그림자와 동화하거나, 땅속으로 들어가 다른 그림자와 동화할 기회를 기다렸죠. 그런데 이따금 이렇게 그림자만 나타날 때가 있습니다."

"그때는 어떻게 하지?"

"다시 땅속으로 돌려보내거나 다른 그림자와 합치는 게 저희 의무인데, 잘 안 될 때가 많습니다. 저희도 그림자의 실체는 아직 파악 못 했습니다. 게다가 그림자가 나타나는 건 이곳에 이상사태가 발생했을 때뿐이니까요."

"이상사태라. 어떤 이상이지?"

"그걸 잘 모르겠습니다. 그러니까 난감한 거죠."

라인맨은 '기도의 성'을 주시하며 대답했다.

"저 그림자는 나한테도 영향을 주나?"

토머스는 느긋한 어조로 물었다.

"글쎄, 모르죠."

"어디 한번 시험해볼까."

토머스는 성 입구를 향해 성큼성큼 걷기 시작했다. 준은 당황했지만 곧 각오를 굳히고 부랴부랴 따라갔다. 라인맨이 토머스를 추월해 검둥이를 앞세우고 현관으로 이어지는 오솔길을 나아가기 시작했다.

그러자 기묘한 일이 일어났다.

어, 이게 뭐지?

순간, 준은 무슨 일이 일어났는지 영문을 알 수 없었다.

도리이?

맞거울을 보는 것 같았다.

오솔길을 따라, 작고 붉은 도리이가 스르르 늘어선 것이다.

왜지?

준이 앞으로 나아갈수록 도리이가 점점 늘어났다.

준은 당황하면서도 주위를 둘러보았다.

교토 후시미이나리 신사에 갔을 때가 생각났다.

산비탈에 줄줄이 늘어선 붉은 도리이. 그곳을 지나가는 것은 마치 거대한 생물의 뱃속을 통과하는 느낌이었다.

그때와 똑같은 광경이 이곳에 펼쳐져 있었다.

게다가 이 도리이는 어딘지 모르게 빛에 감싸여 반짝거리고 있다. 어둠침침한 주위와는 달리, 오솔길을 지붕처럼 덮은 도리이가 빛나고 있었다.

뿐만 아니라 나란히 늘어선 도리이가 터널을 만들면서 길을 뒤덮고 있던 그림자가 슥 갈라지기 시작했다. 마치 그들에게 길을 열어주려는 듯했다. 그곳만 얇은 막을 벗긴 것처럼 밝아졌.

8장 봉인된 여자 65

"꼭 모세 같군."
"잠자는 숲속의 미녀에도 이런 장면이 있었지."
중얼거리듯 이야기하며 빠른 걸음으로 나아갔다.
준은 혼란에 빠졌다. 토머스나 라인맨에게는 이 도리이가 보이지 않는 모양이었다.
나에게만 보인다는 말인가?
호텔 입구도 조용했다. 평소에도 조용하지만, 오늘은 여느 때보다 더욱 으스스한 정적이 주위를 감싸고 있는 듯 보였다.
입구에 다다랐을 때, 라인맨이 작게 한숨을 쉬었다.
검둥이가 갑자기 얌전해져 털썩 주저앉았다.
준도 어쩐지 꿈에서 깬 기분이었다.
"……사라졌군요."
"그림자가 사라졌어."
라인맨과 토머스가 주위를 둘러보았다.
구름이 반짝 빛났다.
두꺼운 구름 틈새로 햇빛이 비쳐든 것이다. 그때까지 어두웠던 풍경이 거짓말이었던 양, 산울타리와 나무들이 반짝반짝 빛나기 시작했다.
준도 커다랗게 한숨을 내쉬었다.
산울타리를 유심히 살폈지만, 아까 움직이던 그림자는 보이지 않았다. 혹시 아까 본 것도 꿈이 아니었을까 싶을 정도였다.
"그 그림자는 어디 갔지?"
"땅 밑으로 들어갔거나, 다른 그림자에 숨었겠죠."
"그대로 사라져버리나?"
"그건 모르겠습니다."

라인맨과 토머스가 나지막이 이야기하는 동안에도 빛이 점점 주위 온도를 높여가는 것을 알 수 있었다. 태양은 위대하다.

"전 잠깐 밖을 돌고 오겠습니다."

라인맨은 검둥이를 데리고 정원 쪽으로 사라졌다.

라인맨의 모습이 사라지니 불안했지만, 주위가 밝아진 덕에 준도 침착함을 되찾았다.

토머스와 마주 본 뒤, 노커를 두들겼다.

라인맨은 검둥이와 함께 일단 성 밖으로 나갔다.

준과 토머스에게는 말하지 않았지만, 그림자를 쫓아간 것이었다.

분명히 단번에 물러가기는 했지만 완전히 없어진 것은 아니었다. 아직 근처에 있었다.

그는 담장을 따라 '기도의 성'을 한 바퀴 돌았다. 바로 얼마 전에 그가 난생처음 갓치를 했던 곳.

그때는 재미있었다. 정령은 분명히 존재했다. 그는 정령과 공감해서 어나더 힐의 과거를 보았다. 삼직에게도 보였을 것이다. 그들은 무슨 일이 일어났는지 모르는 듯, 라인맨이 예배당에서 나간 뒤에도 얼마 동안 어안이 벙벙한 눈치였다.

그 살인사건의 범인은 가르쳐주지 않았다. 정령들은 범인 그 자체에 관심이 있는 것은 아닌 모양이었다.

이곳은 정말 복잡하다. 히간이라는 것을 지내러 오는 사람들도 그것을 제대로 모르는 탓에, 과거가 점점 더 어둠 속에 파묻혀간다.

애초에 우리도 이 성지에 관해 잘 알지 못한다. 우리 선주민족의 역사보다도 이 언덕의 역사가 더 오래됐다. 성지는 처음부터 성지였고,

발을 들여놓는 것은 금지되었다. 아니, 그보다 선조들 중에 성지에 발을 들여놓았다가 건강을 해친 사람이 많았으므로 자연히 그런 금기가 생겼을 것이다.

라인맨은 어딘지 모르게 속세에 초연해 보이는 준이라는 청년의 얼굴을 떠올렸다.

멀리 일본에서 왔다고 하는데, 이상하게 친근한 느낌이 드는 청년이었다. 총명함과 순박함이 묘한 균형을 유지하고 있었다. 일종의 격세유전일까. 오히려 최근 찾아오는 V.파 사람들보다 우리의 특성이 더 많이 나타나 있다. 아마 우리와 같은 선조의 피가 섞여 있을 것이다. 그들이 '손님'이라 부르는 존재가 그 청년에게 모여드는 이유도 알 것 같았다.

검둥이가 움찔하고 긴장했다.

라인맨은 걸음을 멈추지 않고 담장을 따라 천천히 나아갔다.

가까운 곳에 있다.

라인맨은 눈을 치뜨고 주위를 살폈다.

그나저나 너무 조용하다. 아무리 숙취로 잠든 사람이 많다고는 해도, 마치 언덕 전체가 죽은 것 같다.

검둥이의 발걸음이 지면에 달라붙듯 무거워졌다.

그도 함께 걸음을 늦추었다.

검둥이가 위를 보고 한 번 컹 하고 짖었다.

라인맨도 고개를 들었다. 그 표정은 경악한 나머지 마치 웃고 있는 것처럼 보였다. 그곳에서 믿기 힘든 것을 본 것이다.

어떻게 저런 불길한 것이.

라인맨은 체온이 뚝 떨어지는 느낌이었다.

성의 벽 한 면 전체가 각인 같은, 꺼먼 긁힌 상처 같은 것으로 메워져 있었다.

그중에서도 한 창문 주위에 상처가 집중되어 있어 그곳만 시커멨다.

저곳이 흑부인의 방이 틀림없다. 라인맨은 확신했다.

기분 나쁜 무수한 검은 상처. 그것은 거대한 새 발자국으로 보였다.

어제와 마찬가지로 에르퀼 푸아로처럼 생긴 종업원이 나왔으나, 태도는 어제보다도 상당히 우호적이었다. 놀랍게도 준에게 어렴풋이 미소마저 지어 보였다. 준은 되레 나쁜 짓을 한 것처럼 당황했다.

메리 윈체스터에게 밑에 와 있다고 전해달라고 하자, 종업원은 준의 동행을 보고 의아한 표정을 지었다.

적어도 토머스가 보이기는 한다는 이야기다. 안심되는 것 같기도 하고, 유감스러운 눈치이기도 한 복잡한 심경이었다.

종업원은 토머스를 흘끔흘끔 훔쳐보았다. 아는 얼굴인데 누군지 생각이 나지 않는 눈치다. 이름을 생각해내면 소란을 피울 것이 틀림없다. 항간에서 말하는 '피투성이 메리'의 남편은 아직 히간에 모습을 드러낸 적이 없기 때문이다. 지금까지의 경험으로 볼 때 V.파 사람들이 알면 얼마나 흥분하고 열광할지 벌써부터 눈에 선했다. 그 말은 즉, 함께 있는 나에게도 주민들이 대거 몰려들지 모른다는 뜻이다. 펍에서 질문공세에 시달리는 자신을 상상하고 준은 저도 모르게 오싹했다.

이 남자가 토머스가 누구인지 기억해내지 못하기를. 혹시 기억해내더라도 잠자코 있어주기를.

준이 기도하는 심정으로 종업원을 보자, 그는 움찔하더니 허둥지둥 고개를 돌렸다. 동행을 빤히 쳐다보는 것을 준이 나무라는 것으로 착각한 모양이다.

"여기도 오랜만에 와보는군."

토머스가 그리운 듯 로비를 둘러보았다.

"히간에 오신 적이 있습니까?"

"어렸을 때는 해마다 왔지만, 어른이 되면서는 일 때문에 거의 온 기억이 없어."

한창 일할 나이의 남자에게는 쉽지 않을지 모른다.

"하지만 그……"

준은 머뭇거렸다. 토머스가 뒷말을 재촉하듯 그를 보았다.

"가족을 잃으셨을 때도 안 오셨습니까? 만날 수 있을지도 모르는데요."

토머스는 순간 입을 다물었다.

"못 가겠더군. 어쩐지 무섭고 비참해서 말이야. 다들 돌아와봤자 외톨이라는 걸 실감할 뿐이라는 생각을 하니까 도저히 갈 용기가 안 났어."

"예에."

그밖에 할 수 있는 말이 없었다.

"하지만 히간에 대해선 고맙게 생각하네. 메리가 와줘서 다행이야. 이렇게 와봤는데 메리가 없었다면 내 쪽에서 접촉할 기회가 없었을 테니까. 그때 내가 없어 가족들이 쓸쓸해했을 생각을 하니 역시 히간에는 참가해야 한다는 생각이 드는군."

토머스는 기도하기 위해 안마당으로 들어가는 노부인의 뒷모습을 보고 눈을 가느스름하게 떴다.

과거의 자기 모습을 떠올리는 것이리라.

"이토 씨, 이토 씨, 윈체스터 부인이 직접 통화하고 싶다고 하십니다. 전화 받으실 수 있으십니까?"

아까 나타났던 달걀처럼 생긴 남자가 준을 부르러 왔다. 역시 토머스가 마음에 걸리는지 흘끔거린다.

"감사합니다."

준은 고개를 까닥 숙이고 프런트로 가서 수화기를 받아들었다.

"어머, 준. 준이죠? 혹시 그이도 같이 있어요?"

수화기 저편에서 흥분을 억누르지 못한 목소리가 들렸다.

"네, 그렇습니다. 같이 계십니다. 역시 봉인된 메리 씨 방에 못 들어가서 곧장 저를 찾아오셨더군요."

"역시 그렇군요. 아아, 역시 내 예측이 옳았어요. 그이는 어때요?"

그녀가 고개를 힘차게 끄덕이는 모습이 보이는 것만 같았다.

"건강하십니다."

어쩐지 이상한 대화라고 생각했지만, 건강한 것 같다고 할 수밖에 없었다.

"메리 씨를 만나고 싶어하시는데 어떻게 할까요? 그 방에 들어가자마자 '저쪽'으로 가버리면 이야기하실 겨를도 없을 텐데요."

"그러게 말이에요."

메리는 갑자기 목소리를 낮추었다.

"문제는 그거예요. 실은 이상한 일이 있답니다."

그녀의 목소리가 한층 더 낮아졌다.

"무슨 일입니까?"

준도 덩달아 목소리를 낮추었다.

"봉인이 안 풀리는군요."

"네?"

"부적을 붙인 것까지는 좋았는데, 나갈 수가 없어요."

"결계 때문이 아닐까요?"

"그건 물론 그렇겠지만, 그거 말고요. 뭔지 몰라도 기분 나쁜 게 침입하려 해요. 솔직히 무서워서 못 나가겠어요."

"대체 누가? 토머스 씨는 여기 있는데요."

"실은 아까부터 뭔가가 내내 창문을 노크하고 있어요. 기묘하고, 이상한 소리. 누가 엄청난 기세로 창문을 똑똑 쳐대는 것 같아서 기분 나빠요."

그녀의 목소리에 공포가 어려 있었다.

"집사 분은요?"

"방을 봉인한 동안 휴가를 줬어요. 불만인 것 같았지만."

그 집사라면 그럴 것 같다.

"식사는 어떻게 하셨습니까?"

"지금으로선 괜찮아요. 아직 냉장고에 식료품이 많이 남아 있고, 술도 있고, 운동도 안 하니까 조금만 먹어도 충분해요."

"호텔에는 그 이야기 하셨습니까?"

"아직 안 했어요. 여차하면 문을 부숴달라고 할 생각이지만요."

"아, 맞다."

준은 퍼뜩 떠오르는 생각이 있었다.

"토머스 씨를 바꿔드리겠습니다. 전화로 이야기를 못 하시는 건 아니죠? 잠깐 기다리세요."

자기가 생각해도 좋은 아이디어라고 생각하며, 준은 토머스에게 수화기를 건네고 조금 떨어진 곳에서 기다렸다.

대화 내용은 알 수 없었지만, 그 담담한 토머스가 소년처럼 얼굴을 붉히고 감격한 표정으로 수화기에 대고 띄엄띄엄 이야기하고 있었다.

그러고 보니 '손님'이 전화를 건다는 이야기는 들어본 적이 없다.

토머스의 표정을 흐뭇하게 지켜보던 준은 문득 그런 생각이 들었다.

메리를 찾아왔던 과거의 남편들도 느닷없이 그녀에게 찾아왔기 때문에 지나쳐버린 것이다.

뭐, 일일이 전화 걸어서 약속 잡고 오는 유령은 없겠지.

준은 그런 생각을 하고 쿡 웃었다. 그러나 그때 토머스가 전화를 끊고 홍조 띤 표정으로 자기를 보았으므로, 허둥지둥 표정을 바로잡았다.

"한시라도 빨리 메리를 만나고 싶네. 날 좀 데려다줘, 준."

사랑에 빠진 소년의 표정이었다. 준은 가슴 한구석이 옥죄는 기분이 들었다.

"메리 씨가 뭐라고 하시던가요? 어떻게 하라고 하시죠?"

한편으로 묘한 불안감도 느껴졌다. 정말 메리와 그가 만날 수 있을까. 봉인된 방. 무서워서 못 나가겠어요. 기분 나쁜 게 침입하려 해요.

뭘까, 이 불안감은.

"좌우지간 방으로 와달라는군. 자네가 먼저 와서 문을 노크해달라고 해."

토머스의 눈은 축축하게 젖어 있었다. 지금 당장이라도 달려가 그녀를 만나고 싶을 것이다. 그 심정은 뼈에 사무치게 느껴지는데, 준의 불안감은 가라앉지 않았다.

전에도 느껴본 적이 있다. ……마치 그때 같다.

그래, 갓치 때 느꼈던 그 불길한 예감과 똑같다.

움찔했다. 설마. 설마 그럴 리가. 기분 탓이다. 소심한 나의 기분 탓.

"알겠습니다. 그럼 가볼까요."

준은 애매한 웃음을 띠고 토머스에게 고개를 끄덕였다.

그러나 가슴 속에 꿈틀거리는 불안은 복도를 나아갈수록 더욱 거세질 뿐이었다.

혹시 나는 엄청난 일을 하려는 것이 아닐까. 혹시 이제부터 무슨 좋지 못한 일이 일어나는 것이 아닐까. 그리고 그 일에, 나도 모르게 가담하게 되는 것이 아닐까.

토머스는 조바심 나는 듯 따라왔다.

가리비의 방이었던가? 분명히 입구에 가리비 마크가 붙어 있었다.

역시 미로 같은 호텔이다.

준은 아무도 없는 복도를 기억을 더듬어 나아갔다.

분명히 이쪽이었다. 저 모퉁이를 돌아 복도 안쪽이다.

그러고 보니 그레이 박사는 어떻게 됐을까? 메리는 박사에게는 이야기하지 않았나? 어제 저녁에도 결국 오지 않았는데.

그런 생각이 얼핏 머리를 스쳤다. 문득 박사의 방에 가보고 싶은 충동이 치밀었다. 그리고 토머스를 소개하는 것이다. 박사에게 그가 보일까. 박사는 그의 존재를 믿을까.

준은 모퉁이를 돌아 앞으로 나아가려 했다.

그러나 그때, 뭔가가 그를 멈춰 세웠다. 이유는 알 수 없었다.

"왜 그러나, 준?"

"쉿!"

준은 저도 모르게 토머스의 말을 가로막고 주위를 살폈다. 토머스도 멈춰 섰다.

어둡다. 복도가 유난히 어둡다. 어제 왔을 때도 이렇게 어두웠던가.

게다가 어쩐지 저 방 앞만 유독 더 어둡다. 문 옆에 붙은 가리비 플레이트.

메리의 방이다.

어둡다. 저기만.

조명 탓인가? 그런 생각이 들어 천장을 올려다보던 준은 별안간 그 이유를 깨달았다.

그림자. 메리의 방만 그림자에 싸여 있었다. 그녀를 가두고 있는 것은 아까 본, 그 기분 나쁜 움직이는 그림자였다.

등골이 오싹했다.

나갈 수가 없어요. 메리의 당혹한 목소리.

안쪽에서도, 바깥에서도 봉인된 방.

"그림자가."

토머스도 눈치 챈 것 같았다.

"이게 무슨 소리죠?"

준은 귀 기울여 들어보았다.

똑똑똑, 똑똑똑, 문을 노크하는 듯한 소리가 끊임없이 들려왔다.

뭔가 뾰족한 것으로 구멍을 뚫으려는 듯한.

메리의 방은 방 두 개가 붙어 있는 구조다. 그 두 개의 문이 그림자 무리로 뒤덮여 있었다. 그림자는 서로 겹쳐 꿈틀꿈틀 움직이고 있었다. 문 위로 흔들리는 것처럼 보였다.

준은 천천히 가리비의 방으로 다가갔다. 토머스가 바짝 붙어 뒤를 따라왔다.

저 안에 메리가 있다.

한시도 지체할 수 없었다. 준은 방으로 달려가 문을 두들겼다.

"메리 씨! 메리 씨, 괜찮습니까?"

그림자는 문과 벽을 필름처럼 완전히 뒤덮고 있었다. 너무나도 많은 그림자가 겹쳐져 있는 탓에 의외로 두껍다. 곤약을 통해 반대편을 보는 것 같다.

그림자는 준의 목소리에 아무 반응도 하지 않고 여전히 작게 흔들리기만 했다. 망가진 흑백 텔레비전 화면 같아, 보고 있으려니 짜증이 났다.

"메리 씨!"

준은 목소리를 높였다.

대답이 없어 불안이 더욱 커져갔다.

다음 순간, 문 안에서 무시무시하고 긴 비명이 들려왔다. 세상의 종말 같은 쇳소리가 끝도 없이 계속된다. 금속성의 기묘한 목소리. 메리의 목소리인가?

"메리!"

새파랗게 질린 토머스가 문을 쾅쾅 두들겼다. 그러나 소리는 나지 않았다.

토머스의 손을 그림자가 튕겨냈다. 정말 곤약 같다고 준은 생각했다. 마치 곤약 표면을 때리는 것 같다. 주먹이 조금 들어갔다가 탄력성 때문에 도로 밀려난다.

비명이 갑자기 뚝 그쳤다.

그리고 주위가 조용해졌다.

준과 토머스는 얼굴을 마주 보았다.

라인맨은 검둥이를 데리고 호텔 현관으로 뛰어들었다.

노커를 세차게 두들겼다. 문이 열린 순간, 멀리서 절망 어린 비명이 들려왔다.

문을 연 몸집 작은 남자가 비명 소리에 놀라 정신이 팔려 있는 새에, 라인맨은 안으로 뛰어들어 비명이 들려온 방향으로 뛰기 시작했다.

검둥이가 한발 앞서 어딘지 알아차린 듯, 검은 번개처럼 복도를 달려갔다.

뒤에서 비명이 터져나오는 것이 들렸지만, 그는 아랑곳하지 않았다. 그의 뇌리에는 조금 전에 본 호텔 방 창문이 선명했다. 무수한 새 발자국.

흑부인의 방에 침입하는 것이 틀림없었다.

우리가 옛날부터 그림자라 불러온 것의 정체. 혹시 그것은.

계단을 뛰어올라가는데 비명이 뚝 그쳤다. 불길한 예감에 가슴이 무거워졌다.

복도 앞쪽에 문을 두들기고 손잡이를 필사적으로 잡아당기는 두 사람이 보였다. 그 청년과 '손님'이다.

라인맨의 눈에 순식간에 흩어져 천장과 바닥을 도망쳐가는 그림자가 보였다.

목적을 달성했기 때문인가? 사람들이 모여들었기 때문인가?

검둥이가 도망치는 그림자를 향해 세차게 짖어댔다. 그림자는 더욱 속도를 높여 순식간에 사라져버렸다. 검둥이는 그중 하나를 쫓아갔지만, 그림자는 검둥이조차 따라잡지 못할 정도로 순식간에 모습을 감추었다.

"라인맨! 메리 씨가 안에!"

준이라는 청년이 울상을 하고 그를 보았다.

8장 봉인된 여자 77

"손님! 지금 그 비명은 뭡니까?"
뒤에서 달걀처럼 생긴 남자가 숨을 헐떡이며 뛰어왔다.
"여기 도끼 없습니까? 문을 부숴야겠는데, 이 문은 상당히 튼튼해 보이는군요. 도끼를 갖다주십시오."
라인맨이 날카로운 목소리로 말하자, 남자는 움츠러들어 온 길을 도로 돌아갔다. 계단 밑을 향해 도끼, 도끼 가져와! 하고 고함치는 소리가 들려왔다.
"메리! 메리!"
토머스가 새파랗게 질려 문을 두들겼다. 세 사람이 매달려 손잡이를 잡아당겼지만 문은 끄덕도 하지 않았다.
"도끼 갖고 왔습니다!"
종업원이 큰 도끼를 들고 달려왔다. 무거운지 다리가 후들거렸다.
"이리 주십시오."
라인맨은 다부진 팔을 뻗어 도끼를 가볍게 받아들고는, 준과 토머스에게 뒤로 물러나라고 눈짓했다.
두 사람이 후퇴하자, 라인맨은 도끼를 들어올렸다가 문 중앙을 콱 찍었다.
맨 처음 일격은 강렬했다. 쩍 소리와 함께 문 한가운데가 갈라지고 들쭉날쭉한 직사각형 구멍이 생겼다.
"됐다!"
라인맨은 도끼를 효율적으로 놀려 그 구멍을 넓혔다. 순식간에 문 위쪽에 구멍이 뻥 뚫렸다.
구멍으로 손을 넣어 잠긴 문을 열었다.
문이 달칵 열렸다. 나무 부스러기가 공중에 튀었다.

"메리!"

토머스가 부르짖고, 검둥이와 라인맨, 준, 토머스, 종업원이 한꺼번에 안으로 뛰어들었다.

코를 찌르는 강렬한 냄새에 반사적으로 발을 멈췄다.

"윽!"

"이 냄새는,"

방 안은 어둠침침했다.

책상 스탠드만 켜져 있다.

"불을 켜죠."

종업원 남자가 떨리는 목소리로 말하며 벽으로 다가가 불을 켰다.

방 안이 밝아졌다.

처음에는 눈이 부셔 아무것도 보이지 않았으나, 다음 순간 일동은 숨을 헉 들이쉬고 소리 없는 비명을 질렀다.

피바다.

방 안은 말 그대로 피바다였다.

"마, 맙소사."

준이 와들와들 떨기 시작했다.

온 방 안에 피냄새가 진동했다. 대량의 피가 바닥, 소파, 커튼 할 것 없이 양동이로 퍼부은 듯 사방을 적시고 있었다. 검둥이는 너무나도 심한 냄새에 뛰어난 후각마저 마비된 듯, 불안스레 서성거렸다.

"메리는?"

토머스가 메마른 목소리로 중얼거렸다.

그 말에 다들 방 안을 둘러보았다.

대량의 피가 참극을 말해주고 있었으나 그 피의 주인은 보이지 않았다. 검은 베일이 구겨진 채로 피에 젖어 바닥에 떨어져 있는데, 베일을 쓰고 있었을 사람은 어디에도 없었다.

"욕실은?"

토머스와 라인맨이 욕실 문을 열었다.

준과 종업원도 같이 안을 들여다보았지만, 안은 깨끗했다. 물론 아무도 없다.

그들은 옆방과 벽장 등, 사람이 들어갈 만한 곳을 차례차례 열어봤지만 개미 새끼 한 마리 없었다.

"말도 안 돼."

모두들 망연히 서서 주위를 두리번거렸다.

"창문은?"

토머스가 창백한 얼굴로 중얼거렸다. 창문은 아직 낮인데도 덧문이 닫혀 있었을뿐만 아니라 안쪽 유리창 창틀에 양옆으로 열리는 창문을 가로질러 부적이 붙어 있었다. 문에도 물론 붙어 있었지만, 라인맨이 문을 부쉈을 때 함께 찢어졌다.

천장 네 귀퉁이, 그리고 왜 그런지 거울과 벽난로에도 부적이 붙어 있다.

준은 부적을 유심히 살펴보았다. 어떤 부적을 쓰나 궁금했는데, 범자로 쓰인 듯 무슨 말인지 알아볼 수 없었다.

흐음, 불교 쪽 부적을 쓰다니 의외인데.

준은 속으로 메모했다. 거울과 벽난로에 부적이 붙어 있는 이유는 뭘까. 나중에 누구에게 물어봐야겠다.

"매니저, 무슨……"

그때, 지나가던 두 여자 종업원이 안을 들여다보았다. 조너선 그레이 박사도 등뒤에서 이쪽을 보고 있다.

"들어오면 안 됩니다."

라인맨이 제지하기도 전에 무시무시한 비명을 지르며 허겁지겁 도망치려던 두 사람은 그레이 박사와 있는 힘껏 부딪치고는 또다시 비명을 질렀다.

"그러게 들어오지 말라니까."

매니저라 불린 남자는 떨떠름한 얼굴로 여자들을 밖으로 데리고 나갔다.

"삼직을 불러주시죠."

등뒤에 대고 라인맨이 말하자 남자는 창백한 얼굴로 고개를 끄덕였다.

"대체 여기서 무슨 일이 있었던 건가?"

박사가 처참한 방 안 광경을 보고 준을 보았다.

"모르겠습니다. 메리 씨를 만나러 왔더니 비명 소리가 들려서……"

준은 그런 말만 되풀이할 수밖에 없었다. 자기도 심히 동요한 탓에 그림자나 토머스에 대해 제대로 설명할 자신이 없었다.

"토머스 씨가 돌아왔거든요. 그래서 메리 씨에게 데려다주려고 왔더니."

준은 중얼거리듯 말했다.

박사는 즉시 얼굴을 빛내며 준의 어깨를 잡았다.

"토머스라고? 남편이 돌아왔나! 그거 대단한데. 그래, 지금 어디 있지?"

"네?"

준은 호기심 어린 박사의 얼굴을 보고 입을 딱 벌렸다.

"어디라뇨, 거기 있잖습니까. 보세요."

뒤를 돌아본 준은 방 안에 있는 것이 (검둥이를 제외하고) 자신과 라인맨과 박사 세 사람뿐임을 깨달았다.

어느새 토머스가 사라지고 없었다.

당연히 그날 오후는 삼직의 조사를 받느라 고스란히 날아가버리고 말았다.

곧바로 호텔로 온 삼직은 종업원들에게 함구령을 내리고 방 하나를 조사실로 빌려 준과 라인맨, 종업원의 이야기를 거듭해서 들었다.

메리 윈체스터의 방은 그들에 의해 다시 봉인되었다. 그리고 사건이 있고 몇 시간이 지나도록 안에 있었을 메리는 발견되지 않았다. 살아 있는 인간으로도, 시체로도.

진료소 의사이기도 한 아오키도 별달리 할 수 있는 일이 없었다. 현장의 피가 사람의 혈액이라는 것, 그리고 A형이라는 것 정도밖에 모르겠다고 했다. 메리 윈체스터는 A형이었다. 그렇지만 방 안에 쏟아져 있던 피가 메리 것인지 아닌지는 확실치 않았다.

물론 가장 집요하게 조사를 받은 사람은 준이었다. 메리와 한 약속, 토머스가 나타났던 것, 메리가 '나갈 수 없다'고 했던 것. 전화로 한 이야기는 특히 반복해서 증언해야 했다.

"토머스 윈체스터라고?"

그 이름을 듣고 삼직이 술렁거린 것은 말할 필요도 없었다.

"맞습니다. 토머스 윈체스터였습니다."

간신히 준의 동행 이름이 생각난 호텔 매니저가 흥분해서 소리쳤다. 라인맨도 증언했으므로 준이 '손님'인 토머스와 함께 온 것은 입증되었다. 그러나 준이 지금까지의 경위를 설명하면 할수록 점점 황당무계한 이야기로만 들렸다.

데이비드 아오키가 어이없음과 동정이 반반씩 섞인 얼굴로 중얼거렸다.

"자네는 운이 좋은 건지 나쁜 건지 모르겠군. 여기서 일어나는 사건마다 죄 연관된 것처럼 보이는데, 그러면서 자네가 죄가 없다는 건 늘 증명되거든. 그냥 재수가 없을 뿐인지 그런 게 아닌지는 앞으로 조사해보겠네. 그리고 보니 그 학생 일도 있지 않나? 지미라는 학생."

"네."

준은 작게 움츠러들어 고개를 끄덕였다. 아닌 게 아니라 테리 일도 그렇고, 오늘 일도 그렇고, 유난히 '손님'에 얽힌 사건이 계속된다. 그나마 시노다 교수나 마리코였다면 뭔가 알아냈을지 모르지만, 문외한인 자기는 연관돼봤자 무슨 일이 일어나고 있는지 도통 이해할 수 없었다.

말투는 부드럽지만 삼직도 자기가 배후에서 조종하는 것이 아닌지 의심하기 시작한 것 같았다. 준조차 그럴 만도 하다는 생각이 들었다.

"봉인이라니 그런 터무니없는 일을. 히간에서 봉인을 하면 정령이 화낼지도 모른다는 생각을 못 했나?"

닉 스카이라크가 투덜거리듯 말했다.

준은 흠칫했다.

"그럼, 그럼 정령이 한 일이란 말씀입니까?"

닉은 당연하다는 듯 고개를 끄덕였다.

"방은 완전한 밀실상태였다며? 안에서 잠갔을뿐더러 부적까지 붙어 있었네. 바깥에서는 그림자가 가로막고 있었고. 히간을 방해받은 정령이 부인을 갈가리 찢었다고 생각하는 게 타당하지 않겠나."
"그럼 메리 씨의 유체는요?"
"예배당의 먼지를 생각해보게. 부인도 그렇게 된 거야."
메리의 잔해 속에 있었다고 생각하니 준은 속이 울렁거렸다. 하지만 아무리 봐도 그냥 피뿐인 것 같았는데…… 설마 살점과 내장도……
준은 새삼 속이 울렁거렸다.
의외였던 것은 삼직이 그림자의 존재를 알고 있다는 사실이었다. '무슨 그런 터무니없는 소리를' 하고 일축할 줄 알았는데, 준과 라인맨의 설명을 듣고도 그들은 눈썹 하나 까딱하지 않았다.
"토머스는 벌써 사라져버렸나."
닉이 유감스러운 듯 말했다.
"네."
"좋은 녀석이었는데. 나도 만날 수 있었으면 좋았을걸."
두 사람은 아는 사이였던 모양이다. 준 또한 그런 형태로 토머스와 헤어진 것이 유감이었다. 그는 메리의 죽음을 시사하는 방에 발을 들여놓은 충격으로 '저쪽'에 가버린 걸까. 이제 두 번 다시 그와 이야기할 수는 없는 걸까.
그 다음으로 신경 쓰이는 것은 삼직이 이 사건을 어떻게 처리할 것인가 하는 문제였다.
시체가 없는 살인사건. 드디어 경찰의 개입을 허락할 것인가.
"그만 가봐도 되네."
긴장한 준에게 토머스 베커가 아무렇지도 않게 말했다.
어안이 벙벙했다.
"네? 경시청은 어떻게 하실 겁니까? 이번에야말로 불러야 하지 않나요?"

준은 그렇게 말하고 그들을 번갈아 보았다. 세 사람의 표정은 똑같 았다.

노能의 가면처럼 감정이 읽히지 않는, 싸늘한 얼굴이었다.

거북한 침묵.

"……왜지?"

토머스가 되물었다.

"네?"

준도 되물었다.

"왜 경시청을 불러야 하나?"

"왜라뇨, 현장 검증도 해야 하고, 저 피가 메리 씨 것인지 아닌지 조사해야 할 것 아닙니까. 그때 그 비명 소리, 도무지 정상적인 것처럼 들리진 않았습니다만."

준은 우물쭈물 말했다. 세 사람의 냉랭한 시선이 온몸을 찌르는 감촉에, 끝에 가서는 목소리가 모깃소리처럼 기어들었다.

"그렇겠지. 부인은 정령에게 죽임을 당했으니."

"히간중에 봉인을 하다니 자살 행위나 다름없는 일이야."

"히간을 더럽히는 행위에 정령이 반응했다 해도 이상할 것 없어."

세 사람이 잇따라 말했다.

"아니, 그럼 설마 그냥 이대로……"

준은 항의하려 해보았다.

아무리 그래도 그렇지, 이대로 끝내는 것은 너무하지 않나.

소리 높여 웃던 메리의 얼굴이 생각났다. 뺨을 붉히고 전화를 하던 토머스의 얼굴도. 두 사람 다 이제 없다니 그럴 수는 없었다.

"무슨 문제 있나? 인위적으로 저 안에 들어가는 건 불가능했다고 자네들도 증언하지 않았나. 방은 완전한 밀실이었다고. 영적으로도 말이야. 안쪽에서나 바깥쪽에서나 차단돼 있었어. 그럼 정령 외에 누가 부인을 죽일 수 있었다는 소리지?"

토머스 베커가 태연하게 물었다. 어딘가 궤변 같은데, 지금 상태에서는 어디가 이상한지 지적할 수 없었다.

"정식으로 어떻게 할지는 앞으로 협의하겠네. 자네도 다른 데 가서 공연한 소리 하는 거 아니야."

토머스는 그것으로 이야기가 끝났다는 듯 일어섰다.

준도 마지못해 일어설 수밖에 없었다.

그들은 집요하리만큼 입막음을 한 끝에 겨우 준을 해방시켜주었다. 아니, 완곡하게 쫓아냈다고 하는 편이 옳을지 모른다.

로비로 나오자, 그레이 박사와 라인맨이 소파에 나란히 앉아 준을 기다리고 있었다.

"히간은 이대로 계속된다고 합니다. 경시청은 개입 안 하고요."

준이 불만스럽게 두 사람에게 호소하자, "그럴 테지" 하고 라인맨이 어깨를 으쓱했다.

"그래도 되는 겁니까? 메리 씨는 죽었을지도 모르고, 심하게 다친 채 아직 살아 있을지도 모른단 말입니다. 정말 이대로 내버려둬도 되는 겁니까?"

저도 모르게 말투가 사나워졌으나, 준은 그것을 억누를 수 없었다.

"……어디 다른 데 가서 이야기하지 않겠나?"

박사는 작은 목소리로 두 사람에게 소곤거렸다. 준은 물론 이의가 없었다.

"어디서요?"

라인맨이 중얼거렸다.

"호텔 종업원이 없는 곳. 되도록 주민들도 우리 이야기를 못 들을 곳."

"쉽지 않겠는데요. 저희 셋이 있으면 눈에 띌 겁니다."

"박사님 방은요?"

"이제부터 메리를 찾아 호텔을 이 잡듯 뒤질 모양이야. 나도 쫓겨났네."

결국 세 사람은 호텔 정원으로 나왔다.

정원이라 해봤자 뒤쪽 채원에 있는 감자밭이다. 그곳에서 선 채로 이야기했다. 그곳에 있으면 누가 다가와도 금세 알 수 있기 때문에, 이야기를 엿듣는 사람이 없을지 염려할 필요가 없다는 점에서 숲속이나 정자보다 나았다.

"무슨 일이 있었던 건지 한 번 더 이야기해보겠나?"

그레이 박사는 팔짱을 끼고 정색한 얼굴로 준을 보았다.

준은 고개를 끄덕이고, 이따금 라인맨의 도움을 받으며 그때까지 있었던 일을 천천히 설명했다.

몇 번을 말해도 거짓말 같은 이야기라는 생각이 들었다. 엉터리로 지어낸 이야기 같다.

"메리를 만나면 바로 '저쪽'으로 가버린다고?"

박사는 감자 잎사귀를 노려보며 중얼거렸다.

"그 말은 사실입니다. 저희가 이곳에서 받는 힘은 대단히 크죠."

라인맨이 조용히 말했다.

"당신은 어떻게 여기 있을 수 있죠? 힘들지 않습니까?"

준은 걱정스레 라인맨을 보았다. 라인맨은 부드러운 웃음을 띠었다.
"전 특별히 훈련을 받았으니 괜찮습니다. 이 녀석도 있고요."
발치에 누워 있는 검둥이를 내려다본다.
"토머스는 메리를 만난 건지 모르겠군."
박사가 고개를 들었다.
"네? 그…… 피라든지, 파편이라든지, 그런 걸 말입니까?"
준은 머뭇머뭇 물었다.
"아니, 메리 본인 말이야. 그래서 그 순간 메리의 힘으로 '저쪽'으로 가버린 걸세."
준은 어리둥절했다. 박사가 무슨 말을 하는지 알 수 없었다.
"난 메리가 살아 있다고 생각하네. 호텔 측과 짜고 연극을 벌인 게 아닐까."
"호텔 측과 짜고? 왜죠?"
준은 놀라 물었다.
"글쎄, 자세한 이유는 나도 모르지."
박사는 주머니를 툭툭 쳐 담배를 찾으려다가 일몰의 종까지 금연이라는 사실을 기억해내고 씁쓸한 표정을 지었다. 하지만 이내 체념했는지 마음을 바로잡고 이야기를 계속했다.
"하지만 메리가 모습을 감추고 싶어했다면 설명이 되지."
"그렇군요."
라인맨이 중얼거렸다. 그는 그레이 박사가 무슨 말을 하는지 이해한 모양이다.
"간단한 트릭이야. 자네는 메리와 전화로 이야기했지만, 메리가 그때 어느 방에 있었는지는 모르잖나? 굳이 가리비의 방이 아니라도 호텔 안 어디에서든 자네하고 통화할 수 있었을 거야. 전화를 연결시켜 준 사람은 호텔 종업원이고 말이지. 자네가 가리비의 방에 있는 메리하고 통화한다고 믿게끔 유도한 거야."

박사는 두 팔을 벌렸다.

"아!"

준도 납득했다. 그러고 보니 그렇다.

"방은 밀실상태로 만들어둬. 그 직전에 피를 뿌리고 메리의 소지품을 떨어뜨려놓지. 그리고 비명을 지르는 거야. 그까짓 것, 어딘가에 녹음기를 설치해놓고 틀면 그만이야. 그러면 기사들이 달려와 문을 두들기고, 밀실이라는 점을 납득한 다음 문을 부수고 들어가서 유혈 참극의 흔적을 발견한다는 수법이네. 어때? 단순하지 않나?"

"그 그림자요? 그림자는 꾸며낸 게 아닌데요."

창피한 마음도 거들어 준은 다소 발끈해서 대들었다.

"그림자는 정말로 존재했겠지. 삼직도 말했잖아? 히간 도중에 봉인을 하는 건 정령한테 화내달라고 하는 거나 다름없다고. 그럼, 반대로 아무도 없는 방에 부적을 여기저기 붙여놓기만 해도 정령이나 그림자를 불러들일 수 있지 않겠나?"

"하지만 방은 부적으로 봉해져 있었단 말입니다."

"문틀에 붙어 있던 부적은 토머스가 자네를 부르러 간 사이에 찢어졌던 거야. 밖에서 들어온 자네들은 방금 자기들이 문을 부쉈기 때문에 부적이 찢어졌다고 생각할 테지."

듣고 보니 아닌 게 아니라 단순했다.

"으음, 그러고 보니 그렇군요. 부적을 붙인 사람은 밖으로 나와서 문만 잠그면 되겠군요."

준은 신음했다.

"비명을 듣고 바로 달려갔는데 그렇게 피비린내가 진동했다는 게 납득이 안 돼서 말이야. 미리 준비해둔 피를 뿌렸다는 증거야."

박사는 헛기침을 하더니 태연한 얼굴로 말을 이었다.

"게다가 방법은 그것뿐이 아니지. 메리 본인이 비명을 지르고 옆방으로 도망쳤을지도 몰라."

"박사님은 다른 방을 안 보셨기 때문에 그런 말씀을 하실 수 있는 겁니다. 저희는 욕실하고 옆방도 조사했단 말입니다. 고양이 한 마리 숨어 있을 공간도 없었고, 숨을 수 있는 곳은 죄다 찾아봤어요."

준은 입을 삐죽 내밀었다.

"실은 세 방이 이어져 있었다면 어떻겠나?"

박사는 여전히 냉정하게 대답했다. 준은 눈을 크게 떴다.

"네? 그 방이요?"

"그래. 이 호텔의 방이 어떤 식으로 식별되는지 기억나지?"

"문 옆 플레이트죠. ……아아, 그렇군요."

준도 깨달았다.

박사는 고개를 끄덕였다.

"보통 플레이트와 플레이트 사이가 하나의 방이라고 생각하게 마련이야. 그렇기 때문에 세 방이 붙어 있는 방의 경우, 가운데 문 옆에 플레이트를 옮겨놓으면 방문객은 그 왼쪽 두 방이 붙어 있을 거라고 생각하겠지. 하지만 원래 플레이트는 맨 오른쪽 문 옆에 붙어 있어야 했어. 이런 심리적인 트릭을 이용하면 방은 죄다 찾아봤다, 아무도 없었다는 선입견을 심을 수 있거든."

준은 필사적으로 복도를 떠올려보았다. 플레이트의 위치가 달라져 있었던가? 어제보다 멀게 느껴졌던가?

"아마 메리는 옆방으로 뛰어들었을 거야. 하지만 다시 돌아왔어. 토머스를 만나기 위해서. 왜냐하면 토머스를 '저쪽'으로 보내야 했으니까."

박사는 자신 있는 어조로 말했다.

"왜죠?"

준은 솔직하게 의문을 표했다.

"토머스는 메리가 살아 있다는 걸 알아차릴 테니까. '손님'들은 거짓말을 못 한다고 하잖나. 그렇기 때문에 여자 종업원으로 변장하고서라도 토머스를 만나야만 했어."

방 안을 들여다보고 비명을 질렀던 여자 종업원이 생각났다.

박사와 부딪쳐 비명을 지르고, 매니저에게 안기다시피 해서 방에서 나간 두 사람. 얼굴을 감춘 바람에 나이도, 생김새도 알 수 없었는데……

"메리 씨가 그렇게까지 해서 모습을 감추고 싶어한 이유는 뭘까요? 지금 하신 말씀이 사실이라면 말입니다만."

준은 혼잣말처럼 중얼거렸다. 재빨리 대충 검증해보았지만, 박사의 이야기는 나름대로 조리가 서는 것 같았다.

"글쎄. 무슨 개인적인 사정이 있겠지. 아니, 어쩌면 더 큰 이유가 있을지도 모르겠네만."

박사는 수수께끼 같은 목소리로 말했다.

"큰 이유?"

"삼직의 태도가 마음에 걸리지 않나? 이렇게 큰 사건이 벌어졌는데 어쩐지 미리 예상하고 있었던 것 같거든. 별로 허둥대는 것 같지도 않고, 고민하는 것 같지도 않다는 생각 안 들던가?"

"네, 그런 생각이 들긴 하더군요."

무조건 히간을 계속하겠다는 그 태도.

메리 일을 그대로 종결짓겠다는 데 반감을 느끼기는 했지만, 그들은 원래 히간 보수파라는 선입견 때문에 태도 자체가 이상하다는 생각은 하지 못했다.

"설마, 삼직도 한편이었던 겁니까?"

"그건 모르지. 어디까지나 내 억측일 뿐이야. 하지만 난 날이 갈수록 그 사람들이 뭔가를 감추고 있는 게 아닐까 하는 의혹이 강하게 든다네. '피투성이 잭'이나 살인사건 같은 것보다 훨씬 큰 뭔가를 말이야."

"훨씬 큰 뭔가……"

준은 그 말을 멍하니 되풀이했다.

"당신은 이미 어렴풋이 눈치 채지 않았습니까?"

그레이 박사는 갑자기 라인맨에게 말했다.

그때까지 가만히 두 사람의 이야기를 듣고 있던 라인맨은 이를 내보이고 싱긋 웃었다.

"글쎄요. 그렇게 단순한 일은 아닌 것 같군요. 당신 의견은 아주 재미있었습니다만."

"당신은 뭘 찾으러 왔습니까?"

그레이 박사는 라인맨을 똑바로 응시했다. 라인맨은 태연히 그 시선을 맞받아쳤다.

"나도 모릅니다. 나쁜 바람을 쫓아왔더니 나쁜 그림자를 만났습니다. 아버지도 내 역할은 모든 일이 끝났을 때 비로소 알게 된다고 말씀하셨죠."

박사는 웃었다.

"교묘하게 말머리를 돌리는군요. 하지만 난, 당신이 우리가 상상하는 것과는 다른 임무를 띠고 여기 왔다는 생각이 듭니다만."

"생각은 자유니까요."

라인맨은 그 이야기가 계속되는 것을 넌지시 거절했다.

박사도 그 이상 추궁하려 하지 않았다.

"이런, 오후가 눈 깜짝할 새에 지나는군요. 그런 사건이 있었으니 무리도 아니지만 말입니다."

갑자기 피로가 몰려왔다.

"이제 그만 돌아갈까? 담배 생각이 간절하군."

"박사님, 방으로 돌아가실 겁니까?"

"글쎄. 그래, 오늘에야말로 시노다 교수 댁에 찾아가볼까."

박사는 손목시계를 보았다가 준을 보았다.

"그렇게 해주세요. 다들 어제부터 박사님 이야기를 듣고 싶어서 좀이 쑤시는 것 같던데요."

준은 기뻐하며 걷기 시작했다. 이제 마리코와 다른 사람들의 불평을 또 듣지 않아도 된다. 박사를 데리고 가면 집중포화를 받을 사람은 박사다.

"당신도 저희 집에서 식사 안 하시겠습니까?"

준이 말하자, 라인맨은 양쪽의 색이 다른 신비한 눈으로 생각에 잠겼다.

"……그렇군요. 저도 가볼까요? 그럼 준비하고 가겠습니다."

"준비? 무슨 준비를요?"

준은 어리둥절했다.

"다른 분 댁을 방문하는 준비입니다."
라인맨은 그렇게 말하고 빙긋 웃더니 검둥이를 데리고 사라졌다.
"어이구, 여기는 이상한 일이 너무 많아."
박사는 기지개를 크게 켰다.
"오늘 사건은 언제까지 비밀에 부쳐질까요?"
"기껏해야 오늘 하루겠지. 내일이 되면 모르는 사람이 없을 거야."
두 사람은 수군수군 말을 주고받으며 피로한 다리를 끌고 '기도의 성'에서 나와 비탈길을 터벅터벅 내려가기 시작했다.
그러나 그들은 너무 만만하게 생각했다.
그날 오후에는 이미, 흑부인이 밀실에서 참살당한 것 같다는 소문이 온 어나더 힐에 퍼져 있었다.
물론 시노다 교수 집 사람들의 귀에도 그 소문은 이미 들어가 있었으므로, 하루의 피로를 풀 생각으로 돌아온 두 사람을 모두가 입맛을 다시며 기다리고 있었다.

9장

기묘한 만찬회

"선사시대. 아니, 그보다 더 전부터."

교수는 혼잣말처럼 이야기하고 있었다.

"이곳은 존재했어. 어나더 힐로서 정지整地되기 전에 어떤 형태였는지 지금에 와서는 알 길이 없지만, 아마도 원래 이런 형태였던 모양이네."

비가 한 차례 쏟아졌지만 그도 금세 그치고, 한순간 구름 틈새로 흐릿한 빛의 다발이 비쳐들었다.

교수는 창밖을 돌아보고 눈부신 듯 눈을 가느스름하게 떴다.

"대식민지 시대가 오기 전부터 이곳에는 우리 선조들이 이주해와 있었어. 기독교가 들어온 게 제2기. 그 직후에 해류의 영향으로 일본에서도 제법 많은 사람들이 이곳으로 흘러들어 정착한 것 같네."

"쿠로시오 해류죠."

마리코가 무관심하게 덧붙였다.

"구릉지가 펼쳐지는 이 섬을 본국 사람들은 '힐스랜드'라고 불렀어. V.파의 전신이지. 일본에선 '가논 섬'이라고 불렀다던데."

"정확히는 '간논觀音 섬'이에요."

준이 중얼거렸다.

"일본의 기이 지방엔 관음신앙이 있었습니다. 바다 저편에 보타락 산이라는, 관세음보살의 가호를 받는 일종의 유토피아가 있다는 거죠. 이 땅을 그 보타락이라고 생각한 게 틀림없어요. 그리고 이 땅, 어나더 힐이 부부 바위를 닮았다고 부부 산이라고 부르기도 하고, 보타락 산이라고 부르기도 하고, 또 역시 모양새에서 따와 낙타 산이라고도 부른 것 같습니다."

"어나더 힐에 이주민이 들어와 '손님'이 발견되고 히간이 지금 같은 형태가 된 건 18세기 후반이라고 이야기된다네."

교수는 강단에 선 것처럼 주위를 서성거렸다.

"저 도리이가 생긴 게 17세기 무렵이에요. 더 오래됐다는 설도 있고요. 신도가 유입된 거죠."

"뭐, 어차피 일본이 영국 통치령이 되고 여기가 정식으로 V.파가 된 건 인도 제국이 성립되고 조금 뒤인 1870년 후반이니 말이네. 그 이래로 제2차 세계대전이 끝나고 일본이 독립하기까지 약 칠십 년. 시간적으로는 그 이전이 압도적으로 더 긴 셈이야."

교수와 마리코는 의미심장하게 테이블을 둘러싼 멤버를 둘러보았다.

"자, 그럼 자네들의 성지는 우리와 어떻게 다른가?"

"다르지 않습니다. 성스러운 곳이라는 의미라면."

교수는 명확히 이야기하기를 요구한 것이었으나, 라인맨은 얼버무리듯 간결하게 대답했다.

그레이 박사와 라인맨이 합류하면서부터 식당에는 뭐라 형언할 수 없는 긴장감과 흥분이 감돌았다.

특히 라인맨이 들어왔을 때는 모두 저도 모르게 흠칫 놀랐다.

밖에서 볼 때는 몰랐지만, 그에게는 독특한 오라가 있었다. 그것도 그 자리의 분위기가 확 달라질 정도로 강력한 오라다. 모두 그의 방문을 열렬히 환영하면서도, 너무나도 이질적인 분위기에 평소의 날카로운 입담조차 수그러들었다.

이런 사람을 보면 자기들이 얼마나 자연과 야성에서 멀어져 인공적으로 길들여져 살고 있는지를 실감하게 된다.

집에 오지 않겠느냐고 했을 때, 라인맨은 '준비하고 오겠다'고 했다. 대체 무슨 준비였을까. 딱히 달라진 데는 없는 것 같은데.

준은 라인맨의 몸차림과 손에 든 것을 넌지시 체크해보았지만, 아까와 다른 점을 찾아내지 못했다.

라인맨은 준의 시선을 느꼈는지 그를 보고 부드럽게 미소 지었다. 준은 당황했다. 그가 쳐다보면 어쩐지 마음이 안정되지 않는다.

그레이 박사는 어나더 힐에서는 숨겨봤자 소용없다고 체념했는지 오늘 있었던 일을 상세히 이야기했다. 옆에서 준과 라인맨이 간간이 보충했다.

흑부인과 전화로 한 이야기, 단말마의 비명, 피투성이가 된 빈 방 대목에서는 린데도 파랗게 질린 얼굴로 듣고 있었다. 아무리 좋아하지 않는다 해도 어렸을 때부터 알던 사람이다. 마음이 심란할 게 틀림없었다. 메리의 실종에 관해서는 다들 자신의 추리를 피력하고 싶은 것 같았으나, 우선 박사의 이야기를 끝까지 듣기로 한 듯 진지한 얼굴로 얌전히 귀를 기울였다.

그러나 창문과 문을 뒤덮고 있던 '그림자' 이야기가 나오자, 그들은 순식간에 회의적인 표정으로 "그게 뭐야?" "그런 이야기 처음 듣네" "어떤 상태인데?" 등등 저마다 질문을 퍼부었다.

질문을 받는 쪽도 당혹했다. 준은 물론 라인맨조차도 처음 하는 경험이었으니 그럴 만도 하다. 다시금 어나더 힐이라는 곳이 이중, 삼중의 성지라는 인식을 새로이 했을 뿐이었다.

박사의 이야기가 끝나자, 이야기는 흑부인이 밀실상태에서 증발한 사건에 집중되었다. 그쪽이 그나마 다같이 이야기하기 쉬웠을 것이다.

최대의 논점은, 흑부인이 살아 있느냐 죽었느냐 하는 것이었다.

"방에 쏟아져 있던 피가 그 사람 거냐 아니냐 하는 문제네."

마리코가 노골적으로 의심하는 어조로 중얼거렸다.

"토머스는 어디 간 거지?"

이렇게 말한 사람은 린데다.

"호텔 종업원이 한편인 건 틀림없군."

교수는 혼자 고개를 끄덕이고 있다.

"사라질 필요가 왜 있지?"

하나는 한층 더 진지한 표정이다.

이야기를 끝낸 박사는 한시름 던 얼굴로 커피를 마시고 있었다. 사실은 담배를 피우고 싶겠지만 일몰의 종까지는 참아야 한다. 라인맨은 다른 사람들보다 조금 뒤로 물러나 앉아서 논의의 행방을 지켜보고 있었다.

그녀는 죽었을까. 준은 다른 사람들을 보며 멍하니 생각했다.

그 매력적이고 말재주 있는, 린데의 어렸을 때 친구는 정령에게 갈가리 찢긴 걸까.

부풀어오르는 비옷. 예배당에 떠다니는 먼지.

준은 몸을 부르르 떨었다. 인간이 그렇게까지 가루가 될 수 있다면, 자신들은 그 방에서 '흑부인이었던 것'을 본 셈이다.

"정령의 노여움? 봉인했기 때문에?"

마리코가 혼잣말처럼 중얼거렸다.

"기분 나쁜 게 침입하려 한다고 했지? 그것도 정령의 노여움 때문일까?"

"지금까지 봉인을 한 예가 있었나요?"

하나가 교수에게 물었다. 교수는 기억을 더듬듯 턱을 쓰다듬었다.

"들어본 적은 있네. 죽은 남편과 별로 사이가 안 좋던 부인이, 친척들에 대한 체면 때문에 히간에 오긴 했지만 역시 만나고 싶지 않아서 방을 봉인했다고도 하고, 히간을 잘 모르는 사람이 겁이 나서 봉인했다고도 하고."

"그래서 어떻게 됐어요?"

"갈가리 찢겼다는 이야기는 들은 적이 없는데. '손님'이 결국 안 나타나기도 하고, 다른 데 나타나기도 했던 모양이야. 그 정도 이야기밖에 안 전해진다는 건 별일 없었다는 뜻이겠지."

"봉인은 효과가 있어요?"

"제대로 하면 있겠지."

준은 문득 거울과 벽난로에도 부적이 붙어 있던 것을 생각해냈다.

"거울하고 벽난로에도 부적을 붙이는 이유는 뭐죠?"

"벽난로는 알 수 있을 텐데. 밖과 통해 있지 않나."

"아아, 그렇군요."

듣고 보니 당연하다. 구멍이 뚫려 있으니 말이다.

"그럼 거울은요?"

"거울도 입구라네. 루이스 캐럴의 이야기에도 있지 않나. 예로부터 거울엔 마가 깃들기 쉽다고 여겨졌거든. 모습이 비치지, 하물며 반대 방향으로 비치니 말이야."

알 것 같기도 하고 모를 것 같기도 하다. 그러나 거울이 어쩐지 무서운 것은 사실이다.

"거울은 안 보이는 게 보이니까 말이야."

하나가 턱을 괴고 다른 한 손으로 찻잔을 어루만지며 중얼거렸다.

"옛날부터 주술이나 의식에 사용됐잖아? 백설공주 계모도 '거울아, 거울아' 했고. 보일 리가 없는 것, 그 자리에 없는 백설공주까지 보여."

"뒤가 보인다는 게 무섭지, 거울은."

마리코도 동조했다.

"자기 뒤는 원래 보일 리가 없는 거잖아? 그런데 거울을 보면 자기 뒤에 있는 게 보여."

자기 뒤에 있는 것. 준은 오싹했다.

"흑부인에게 사라지고 싶어할 이유가 있었나?"

교수가 이야기를 현실로 되돌렸다.

여자들은 마주 보고 고개를 움츠렸다.

"사라지는 것도 참 야단스럽네."

"그 여자답다고 할 수도 있겠지만."

그 어조는 여전히 냉랭했다. 아무래도, 그레이 박사의 견해대로 흑부인 실종사건은 눈속임이고 본인은 살아 있다는 것이 세 여자의 공통된 생각인 듯하다.

정말 그렇다면 좋겠는데. 준은 저도 모르게 속으로 그렇게 빌었다.

"적어도 세상을 비관할 타입은 아니죠. 그건 교수님도 알 텐데요?"

린데가 싸늘하게 말했다.

"아니, 그건 모르는 일이야. 누가 무슨 고민을 하는지 다른 사람은 이해할 수 없는 법이니까. 아무리 강한 여자라지만, 그렇게 여러 번 배우자를 잃어봐. 사는 게 허무해져서 자기도 뒤를 쫓겠다 생각해도 이상할 것 없지."

준의 뇌리에 토머스가 한 말이 되살아났다.

과거에 죽은 남자들은 모두 메리의 파워에 지고 만 게 아닐까. 나를 포함해서 말이야.

짧은 시간이었지만 그를 만날 수 있어서 즐거웠다. 조금 더 많은 이야기를 듣고 싶었는데. 잘 기록해둬야겠다.

그렇게 생각하니 갑자기 초조해졌다. 얼른 방에 가서 블랙 다이어리를 펴고 싶은데, 도저히 중간에 일어설 분위기가 아니었다.

"지미, 흑부인. 벌써 두 명이 사라졌어. 그 둘은 지금 어디서 뭘 하고 있을까?"

하나가 손가락을 꼽아가며 중얼거리고는 다른 사람들을 빙 둘러보았다.

"옛날로 거슬러올라가면, 켄트 아저씨. 아저씨도 밀실상태에서 사라졌잖아? 여기 뭐가 있나?"

"뭐가 있는 건 당연하잖아. 어나더 힐인데."

"그런 뜻이 아니라."

그때, 준의 머리에 뭔가가 번쩍 떠오르는 것이 있었다.

"……여기 물은 어떻게 합니까?"

"뭐?"

준의 입에서 나온 갑작스러운 질문에 다들 그를 쳐다보았다. 준은 다시 물었다.

"수도는 어디서 나오죠?"

린데가 대답했다.

"뒤쪽에 저수지가 있어. 거기에 빗물을 받지. 운하에서도 끌어오고, 우물도 있고. 여러 수원을 동시에 쓸걸."

"흐음."

"왜?"

"아뇨, 여긴 언덕이고, 또 하천도 없잖습니까. '기도의 성'을 비롯해서 높은 데까지 물을 퍼올려야 하니 지하에 무슨 시설이 있는 건가 해서요. 이렇게 운하로 둘러싸인 구릉엔 복류伏流 같은 게 있지 싶은데요."

"지하에 비밀의 방이 있다든지?"

"밀실에서 빠져나갈 장치가 있다든지."

"그럼 재미없잖아. 반칙이야."

"그런 문제가 아니잖아."

"그냥 생각났을 뿐입니다."

준은 허둥지둥 다른 사람들의 말을 가로막았다. 만약 지하에도 마을이 있다면……

머리에 떠오른 생각을 내몰았다.

"수수께끼가 늘어만 가는군. 내가 아무리 미스터리를 각별히 사랑한다지만 이렇게 한꺼번에 밀려들어서야, 원. 게다가 종류도 다 다르지 않나. 미스터리와 판타지와 호러가 섞인 상황은 영 내키지 않는데."

교수가 말했다. 아마 다른 사람들도 마찬가지 기분일 것이다.

라인맨이 나타난 것이 다섯시 경이었는데, 어느새 시간이 흘렀나보다. 어디선가 이미 귀에 익어버린 종소리가 들려왔다.

누가 먼저랄 것 없이 한숨을 내쉬고 하품했다.

"오늘은 아무 생각 않고 신나게 마시는 게 어떻겠나?"

교수의 제안에 모두 말없이 고개를 끄덕였다. 다른 사람들도 생각하는 데 지친 모양이다.

"'춤추는 구미호 주막', 좋지?"

"찬성."

"박사님은 어떻게 하시겠습니까?"

"가죠. 이렇게 된 이상 무슨 이야기든 듣겠습니다."

박사는 각오를 굳혔는지 고개를 끄덕였다. 펍에 가면 수많은 손님들의 먹잇감이 될 것이 뻔했지만, 숨어서 돌아다니는 것도 지겨워진 것 같다.

갑자기 개 짖는 소리가 들려와, 긴장을 풀고 있던 사람들이 흠칫 놀라 고쳐 앉았다.

라인맨이 슥 일어섰다.

"무슨 일이지?"

다함께 식당을 나섰다.

어둠 속에서 검둥이가 털을 곤두세우고 맹렬하게 짖어대고 있었다.

"검둥아?"

검둥이의 시선이 향한 곳을 보았다.

그러자 비탈 위에서 다섯 남녀가 줄줄이 걸어오는 것이 보였다.

나이가 지긋한 남녀였다. 일몰의 종이 울려 한잔하러 가는 분위기다. 편안한 표정으로 이야기를 주고받으며 이쪽으로 걸어온다.

날마다 이 시간에 흔히 보는 풍경이다.

모두 어리둥절해서 마주 보았다.

그냥 사람이 오는 것을 보고 짖은 건가?

아니, 그럴 리 없다. 준은 흠칫했다.

이 개가 반응한 것은 리틀 풋이 나타나고 테리의 안경을 주웠을 때. 그리고 라인맨이 갓치에 참가했을 때다. 그 이야기는 즉……

"'손님'입니다."

"뭐?"

준이 나지막이 부르짖은 말을 듣고 모두들 이쪽으로 오는 남녀를 다시금 보았다.

남녀는 집 앞을 줄줄이 지나갔다.

검둥이는 이제 짖기를 그치고 털을 곤두세운 채 경계하고 있었다.

불현듯 그들의 얼굴을 어디서 본 적이 있음을 깨달았다.

어디서 봤을까. 자주 본 얼굴인데.

다들 동시에 그 사실을 깨달은 듯했다. 누구나 이름을 찾아 기억을 검색했다.

품위가 있는 예순 전후의 남녀는 그들에게 느긋하게 인사를 하고는, 사뭇 친밀한 분위기로 이야기를 주고받으며 비탈을 내려갔다.

다른 사람들도 답례를 하고 멀어져가는 뒷모습을 뚫어지게 지켜보았다.

그리고 모두들 동시에 깨달았다.

"앗!"

"저 사람들,"

"설마."

저마다 부르짖고 공포와 흥분이 뒤섞인 표정으로 마주 보며 입을 뻐끔거렸다.

모두의 머릿속에 있는 생각을 말로 표현한 사람은 준이었다.

"저 사람들, '피투성이 잭' 사건의 다섯 피해자군요!"

웅성거림은 서서히 커져갔다.

기묘한 행진이었다.

비탈을 내려가는 남녀가 세상을 발칵 뒤집은 연쇄살인사건의 피해자들이라는 이야기는, 당연히 곧바로 사람들에게 전해졌다.

식사를 하러 나온 사람들이 멀찍이 떨어져 그들을 줄줄이 따라갔다.

꼭 무슨 퍼레이드를 하듯 다섯 남녀는 온화하게 주민들에게 인사하며 길을 나아갔다. 사람들은 하멜른의 피리 부는 사나이에게 매료된 아이처럼 반신반의하는 눈으로 뒤를 따랐다.

주민들의 반응을 봐도 이것이 전대미문의 사건임은 틀림없었다.

그도 그럴 것이 하나씩 만나기도 쉽지 않은 '손님'이 다섯 명씩이나 단체로 모여 줄줄이 사람들 앞을 걷고 있는 것이다. 게다가 세상을 떠들썩하게 한 살인사건의 피해자들이다. 아무리 생각해도 쉽게 볼 수 있는 광경이 아니다.

"저게."

"정말로?"

"믿기지 않는군."

흥분과 경악에 찬 수군거림이 잔물결처럼 군중을 훑고 지나갔다. 개중에는 '손님'을 처음 보는 사람도 꽤 있는 것 같았다. 준은 새삼 자신이 얼마나 '혜택' 받았는지를 실감했다.

그건 그렇고, 다섯 사람은 도무지 잔학한 살인사건의 피해자 같지 않았다.

토머스도 그랬지만, 이곳에 나타나는 죽은 자는 다들 그야말로 '성불' 한 것 같다.

"대체 어디 가는 거지?"

하나가 침을 꿀꺽 삼키고, 들릴 리도 없건만 목소리를 낮춰 준에게 소곤거렸다.

"설마 범인 집? 세상에, 다섯이서 같이 고발하러 가는 걸까? 정말 굉장해."

하나의 흥분이 준에게도 느껴졌다.

그래. 다섯 피해자가 함께 나타났다는 것은 그런 이유라고 생각할 수밖에 없다.

"복수를 하려는 걸까?"

"그건 아니겠지."

웅성거리던 군중이 조금씩 조용해졌다. 그들도 하나와 똑같은 생각에 도달한 것이 틀림없다. 그들이 가는 곳을 모두들 숨죽이고 주목했다.

"어라? 하지만 저기는."

준은 다섯 사람이 들어간 곳을 보고 얼빠진 목소리로 말했다.

그들이 들어간 곳은 '춤추는 구미호 주막'이었다. 뒤에서도 주민들이 웅성거리는 소리가 들려왔다. 물론 수많은 주민들이 그들에 이어 주막으로 우르르 밀려들어갔다.

기겁한 종업원이 벌벌 떨며 그들에게 맥주잔을 나르는 것이 보였다. 준 일행과 다른 주민들도 자리에 앉아 맥주를 주문했다. 다들 다섯 사람을 지켜보느라 바빠 그레이 박사에게 말을 거는 사람은 아무도 없었다.

다섯 사람은 여전히 온화하게 담소하는 중이었다. 그러나 그들이 앉은 곳은 원래 밴드 연주를 위해 마련된 작은 무대였다. 이제부터 뭔가 시작하려는 것이 분명했다.

"어떻게 된 거지?"

"글쎄."

"적어도 여기 종업원이 범인이라는 이야기는 아닌가보네."

준 일행도 술을 주문했다. 종업원은 무대에 정신이 팔려 그레이 박사와 라인맨까지 한 테이블에 앉아 있는데도 별반 놀라지 않았다.

다섯 사람은 맛있게 맥주를 마시고 안주를 먹었다.

그 모습이 너무나도 자연스러운데다 하도 맛있게 식사를 하는 통에, 다른 손님들도 덩달아 먹고 마시는 속도가 빨라졌다. 요리가 자꾸자꾸 나오고, 사람들은 먼발치에서 '손님'들을 관찰하던 것도 잊고 어느새 여느 때처럼 시끌시끌하게 저녁 한때를 즐기기 시작했다.

"혹시 그냥 술 마시러 온 거야?"

눈 깜짝할 새에 잔을 비운 마리코는 이미 눈에 힘이 들어가 있었다.

"어째 그런 것 같기도 한데."

"이대로 그냥 가버릴지도 모르지."

모르는 사람 눈에는 흔해빠진 술집 밤풍경으로만 보일 것이다.

그 정도로 그들은 이곳에 자연스럽게 녹아들어 너무나도 즐겁게 시간을 보내고 있었으므로, 아무도 감히 말을 걸지 못했다.

이윽고 이대로 여느 때처럼 밤이 깊겠다는 생각이 들었을 그때였다.

"아버지! 아버지!"

9장 기묘한 만찬회 109

"할아버지."

머리숱이 적은 마흔 살쯤 된 남자와 열 살쯤 된 소년이 새빨간 얼굴로 가게에 뛰어들어와 소리쳤다.

손님들이 일제히 그쪽을 돌아보고, 술집의 소음이 뚝 그쳤다.

다음 순간, 손님들의 시선은 술을 즐기던 단상 위의 다섯 사람을 향했다.

그들은 술잔을 든 손을 공중에 멈추고 그 남자를 보았다.

그 자리에 우뚝 서서 말문이 막힌 듯 무대 위를 보던 남자는 이윽고 부들부들 떨기 시작했다.

"아버지. 정말 아버지군요."

남자는 남들의 시선도 아랑곳하지 않고 왈칵 울음을 터뜨리더니 무대로 곧장 뛰어갔다.

"오오, 히로시, 오랜만이구나."

그중 한 사람이 일어나 기쁜 듯 두 팔을 벌리고 남자를 맞았다.

"아버지, 아버지. 너무해요. 누가 아버지를."

남자는 노인에게 매달려 어린아이처럼 엉엉 울었다. 그런 아버지의 모습을 깜짝 놀라 쳐다보던 소년도 뒤늦게 "할아버지" 하고 조부의 다리에 매달렸다.

"다케시, 잘 있었냐?"

노인은 손자의 머리를 쓰다듬어주고 자기에게 매달려 떨어질 줄 모르는 아들의 어깨를 쓸어주었다.

"히로시, 그렇게 울지 마라. 전혀 고통스럽지 않았고, 보렴, 지금은 이렇게 다른 사람들하고 이곳에 올 수 있지 않았니. 맥주도 맛있구나."

"어머니!"

"엄마!"

이야기를 들었는지 차례차례 가족들이 들어와 단상 위의 남녀에게 달려갔다. 순식간에 단상은 아들과 형제와 손자와 조카딸 들로 만원이 되었다.

어느새 술집은 흐느껴 우는 소리로 가득해졌다. 손님들까지 덩달아 울기 시작한 탓이다.

준도 눈물이 솟는 것을 참을 수 없었다. 문득 테이블을 둘러보니 다른 사람들도 코를 훌쩍이고 눈물을 훔치고 있었다.

그런가. 다들 이렇게 해서 죽음을 직시할 수 있게 되는구나.

그런 생각이 머리에 떠올랐다.

죽음이 잔혹한 것은 불시에 찾아와 작별인사를 할 기회도 없이 모든 것이 단절되기 때문이다. 적어도 마지막으로 한두 마디 주고받을 수 있었다면, 제대로 인사할 수 있었다면. 그렇게 생각하는 유족이 이 세상에 얼마나 많을까.

그러니 이렇게 제대로 인사할 수 있는 기회가 주어진다면. 이 세상을 떠나는 사람이 자기는 괜찮다고, 사랑한다고 말해준다면. 그것이 이 세상을 살아나갈 사람에게 얼마나 큰 위안이 될까.

그런 기회가 약속되기 때문에, 그들은 아무렇지도 않게 죽음을 거실의 엔터테인먼트로 만들 수 있는지 모른다.

"맥주도 즐겼고, 이만 슬슬 이야기를 해야겠지."

처음에 자리에서 일어선 노인이 다른 네 사람을 보았다.

네 사람도 고개를 끄덕였다. 울고 웃던 가족들도 그들의 표정을 보고 누가 먼저랄 것 없이 단상에서 내려와 벽 앞에 섰다.

술집이 조용해졌다. 이제부터 뭔가가 시작되려 하고 있었다.

"에, 여러분, 편하게 계십시오. 여기는 펍이고, 일몰의 종도 울렸으니까요. 부디 즐겨주십시오. 보십시오, 저도."

노인이 유머러스하게 자신의 빈 잔을 가리켰으므로 웃음이 와르르 터졌다. 종업원이 즉각 새 맥주를 내와 그의 손에 들린 잔과 교환하자 박수가 일었다.

"인사가 늦었습니다. 안녕하십니까. 이렇게 뵙게 되어 기쁩니다. 좋은 히간인 것 같아 더없이 다행입니다. 이렇게 모인 김에 건배를 들까요? 본에 나란히 서신 폐하께 영광 있으라!"

모두들 소리 높여 건배를 들었다. 갑자기 분위기가 스스럼없어지고, 술을 찰랑찰랑하게 따른 술잔이 차례차례 나왔다.

준 일행의 테이블에도 술이 나왔다.

문득 자신이 너무나도 기묘한 상황에 놓여 있다는 생각이 머리를 스쳤다. 죽은 자와 술자리. 죽은 자와 건배. 참 해괴한 일이 다 있다.

"에, 오래 걸릴 것 같으니, 죄송하지만 앉겠습니다. 이제 피곤을 느끼지는 않는데 생전의 습관 때문에 왠지 피곤할 것 같은 생각이 드는군요."

노인은 영차 하고 의자에 앉았다. 물론 사람들도 이의는 없었다.

"여러분도 아시다시피, 여기 있는 저희는 아마 올해 최대의 화제일 '피투성이 잭'이라는 연쇄살인범의 피해자들입니다."

잘 생각해보면 엄청난 내용인데, 노인이 워낙 담담하게 이야기하려니와 장소도 펍이고 다들 술을 마시고 있는 통에 내용의 처참함이 상당히 중화되는 것 같았다.

"범인은 아직 잡히지 않았다고 들었습니다."

그렇다, 아직 못 잡았다, 경찰은 대체 뭘 하고 있나, 하는 소리가 들렸다.

"저희는 여기 어나더 힐에서 처음 만났습니다. 생전에는 전혀 모르는 사이였죠. 저희 피해자들에게 무슨 공통점이 있는가, 왜 저희가 표적이 됐는가를 이야기해보던 중입니다."

단상 위의 사람들은 마주 보고 진지한 얼굴로 고개를 끄덕였다.

"……이거 재미있군."

교수가 중얼거렸다.

"피해자에게 직접 이야기를 들을 수 있다니, 세상이 아무리 넓다지만 그런 데는 여기뿐일걸요."

하나가 자랑스럽게 고개를 끄덕였다.

"지금은 이쪽 세계 주민이 돼버렸으니까요. 그 일은 이제 어쩔 수 없다고 생각합니다."

단상 위의 노부인이 조심스럽게 발언했다.

"하지만 범인이 아직 잡히지 않은 건 중대한 문제입니다. 앞으로도 희생자가 더 나타날지 모른다니, 그런 일은 견딜 수 없어요."

"저희가 오늘 이렇게 다함께 여기 온 건, 저희가 제공하는 정보로 범인을 반드시 잡아주십사 해서입니다."

"뭐, 맥주도 마시고 싶었고 말이지."

"자식들도 만나고."

단상 위의 다섯 사람이 저마다 이야기하기 시작했다.

"자자들, 서두르자고. 여기 얼마나 있을 수 있을지 모르니 말이야."

처음에 발언한 노인이 다른 사람들을 나무랐다.

그때, 갑자기 교수가 쓱 일어섰으므로 준은 깜짝 놀랐다.

"잠깐 괜찮겠나."

낭랑한 목소리가 술집에 울려퍼졌다. 아까부터 무슨 말인가 하고 싶어 좀이 쑤셔하는 것은 알고 있었지만, 이런 데서 대체 무슨 말을 하려는 걸까.

"방해하지 마, 교수."

"여기서부터 재미있는 부분이라고."

취객들의 욕설이 날아들었지만 교수는 태연했다.

"저런, 저런, 증오스러운 연쇄살인범을 잡고 싶은 마음에 이렇게 나와주신 분들 뜻에 부응하고 싶어서 그러네. 절대 나쁘게는 안 할 테니 잠깐들 참아."

교수는 손을 흔들어 사람들의 항의를 잠재웠다.

"살인범을 잡기 위해서는 효율적으로 정보를 모으는 게 중요하다고 생각하네만, 괜찮다면 내가 질문해도 되겠나? 사망연감이나 신문에서 우리가 이미 알고 있는 사실은 되도록 생략하고 간단한 질문 몇 가지로 범인의 정체를 규명하고 싶은데, 어떤가?"

아닌 게 아니라 좋은 방법 같았다.

취객들도 그렇게 생각했는지 큰 반론은 나오지 않았다.

단상 위의 다섯 사람도 교수의 제안에 기꺼이 동의했다.

교수는 술집을 빙 둘러보고 청중의 동의를 얻은 것을 확인한 듯, 무대로 다가가 진지한 어조로 질문을 시작했다.

"짧게 하죠. 범인은 여러분이 아는 사람이었습니까?"

사람들의 시선이 다섯 사람에게 집중되었다.

다섯 사람은 일제히 고개를 흔들었다.

그들을 대표해서 처음 발언했던 노인이 대답했다.

"범인이 누군지는 압니다."

"뭐라고요?"

교수가 놀라자, 노인은 당황해서 손을 내저었다.

"아뇨, 이름을 안다든지 그런 건 아닙니다. 다른 분들과 이야기를 해본 결과 같은 녀석이라는 걸 알았습니다. 외판원입니다."

오오, 하는 탄성이 터져나왔다.

"그렇구나. 그래서 다들 집 안에서 살해당했구나."

"외판원이라면 모르는 사람이라도 집 안에 들여놓으니 말이야."

마리코와 린데가 소곤소곤 이야기했다.

"뭘 파는 사람이었습니까?"

교수는 고개를 끄덕이면서도 바로 다음 질문을 했다.

그 질문에 대답한 사람은 노부인이었다.

"책입니다. 시집이었어요. 아주 아름다운 특장본들로 구성된 작은 전집이었죠. 수제라고 하더군요. 나도 모르게 손에 들고 싶어지는 근사한 책이었어요."

노부인이 두 손을 모아 쥐었다.

"맞습니다. 그랬어요."

다른 남자가 동의했다.

"나무함에 들어 있었는데, 이게 또 얼마나 정교하게 세공되어 있는지."

"대단히 잘 만든 책이더군요. 일본과 영국, 양국의 시가 테마별로 모아져 있었습니다. 작품의 선택도 세련됐고요. 그림도 들어 있었어요."

"감탄해서 책장을 넘겨보는 사이에 뒤로 돌아가서,"

남자는 자기 목을 손으로 슥 눌렀다.

자세히 보니 그들은 모두 목에 머플러나 스카프를 두르고 있었다.

준은 갑자기 그 부분이 신경 쓰였다.

'피투성이 잭'에게 찔렸을 부분. 저 속은 어떤 상태일까? 상처를 숨긴 건가? 아니면 그냥 추워서?

"맞습니다. 다들 같은 방법으로 죽임을 당했습니다. 현관 앞에서 전 집을 슬쩍 보여주고, 관심을 보이면 집 안으로 들어와 책을 보여줍니다. 그리고 뒤로 돌아가서 느닷없이 머리를 누르고 단숨에 목을 졸랐습니다. 눈 깜짝할 새였습니다. 금세 의식을 잃었죠."

갑자기 흐느껴 우는 소리가 들려왔다.

벽 앞에서 그들의 이야기를 듣고 있던 유족들이었다. 범행 당시의 이야기를 듣는 것이 고통스러울 것이다. 준은 몹쓸 일을 하는 듯한 기분이 들었다.

"그럼 좌우지간 여러분을 죽인 범인은 동일인물이라는 말씀이군요. 게다가 여러분이 모르는 사람이고요. 맞습니까?"

교수는 아랑곳하지 않고 질문했다. 다섯 사람은 고개를 끄덕였다.

"범인의 특징은? 남자죠? 나이는요?"

이 질문에 대해 다섯 사람은 주저하듯 마주 보았다.

가장 젊은, 오십대로 보이는 남자가 대답했다.

"남자였을 겁니다. 꽤 젊었어요. 목소리가 부드럽고, 지적이고, 예의 바른 사람이었습니다. 몸집이 호리호리하고 위압감이 없더군요. 그래서 별 생각 없이 집 안에 들였던 겁니다."

준은 문득, 어디서 들은 적이 있는 형용사라는 생각이 들었다.

어디였더라?

"으음, 남자라고 생각하긴 하지만, 어딘지 종잡을 수가 없고 중성적인 인상이라고 할까요. 젊기는 한데, 소년 같은 여성일지도 모른다는 생각도 드는군요."

취객들은 이제 술을 마시는 것도 잊고 진지하게 듣고 있었다.

"매력적이었어요."

"그 전집이 수제라면 교양도 상당하겠죠."

교수도 분석하며 질문하는 듯 천천히 말했다.

"그렇군요. 그런데 범인은 한 사람이었습니까? 차를 타고 왔나요? 그리고 혼자 찾아왔다는 거죠?"

다섯 사람은 또다시 마주 보았다.

"그게 말이죠, 저희도 이야기해봤는데 각기 다르군요."

노인이 대답했다.

"저는 혼자였다고 기억합니다만, 두 사람이었다는 사람도 있습니다."

"집에 들어오는 사람은 늘 한 사람뿐입니다."

"차가 말이에요, 다 다르지 뭐예요. 하얀 차라고도 하고, 회색 차라고도 하고요. 제 때는 어디에나 있을 법한 평범한 승용차였어요. 왜건이나 경트럭이 아니라."

"내가 본 건 하얀 세단이었지."

"난 회색이었어요."

다들 저마다 이야기하기 시작했다.

"차에 한 사람 남아 있었던 것 같은데."

"난 누가 타고 있는 걸 봤어."

듣고 있던 손님들도 웅성거렸다. 슬슬 다들 자기 추리를 제시하고 싶어진 모양이다.

"알겠습니다. 범인의 얼굴은? 눈에 띄는 신체적 특징은? 말버릇이나, 사투리가 있다든지, 대화 내용에 무슨 특징은 없었습니까?"
교수는 질문을 계속했다.
갑자기 다섯 사람이 입을 딱 다물었다.
마치 약속이라도 한 것처럼.
교수가 당황해서 그들을 보았다.
다섯 사람은 모두 겸연쩍은 얼굴이었다.
"왜 그러시죠? 무슨 일 있습니까?"
교수가 재촉하자, 노부인이 "그게……" 하고 중얼거렸다.
"그게 말이죠, 한 가지 이상한 게 있답니다."
"이상한 일?"
그녀는 주저하다 입을 열었다.
"아무도 기억이 안 나지 뭐예요."
"네?"
낮은 목소리였으므로 교수가 되물었다.
"기억이 안 나요. 얼굴만. 그 부분만 쏙 빠져 있는 거예요."
노부인은 면목이 없는 듯 중얼거렸다.
"저희도 그렇습니다."
노인이 말을 이어받았다.
"다들 범인의 얼굴만은 생각이 안 납니다. 공통적으로 말이죠. 그렇기 때문에 몽타주마저 그릴 수가 없습니다. 도무지 까닭을 모르겠어요."
"기억이 안 나신다고요?"
교수는 의아한 얼굴이 되었다.
"모자를 썼다든지, 선글라스를 꼈다든지, 얼굴을 가렸다든지 그런 건 어떻습니까?"

"아뇨, 모자도, 선글라스도 없었다는 건 일치합니다. 갈색 가죽 장갑을 꼈던 건 기억납니다만. 책에 손때가 안 타게 하려나보다, 맨손으로 나무함을 운반하면 상처가 생기니까 그러나보다 하고 납득했죠. 그런데 얼굴이 생각 안 나는 겁니다."

"못 보신 겁니까?"

"아뇨, 분명히 봤습니다. 본 건 사실입니다."

"하지만 기억이 안 나신다?"

"네, 얼굴만은."

사람들이 웅성거렸다.

어떻게 된 일일까. 얼굴만 기억나지 않는다. 분명히 봤는데도.

얼굴이 없는 남자.

"목소리는 어떻습니까?"

교수가 물었다.

"사투리는 없었습니다. 낮고 조용한 목소리고, 점잖더군요."

"일본계인지 영국계인지도 모르시고요?"

"얼굴이 생각 안 나니 뭐라 말하기가……"

교수의 얼굴이 어두워졌다. 팔짱을 끼고 몸을 앞뒤로 흔들기 시작했다.

그가 무슨 생각을 하는지 모를 것도 없었다. 얼굴을 모르고, 목소리에도 특징이 없다면 범인을 가려내기 쉽지 않다. 하지만 왜?

교수는 고개를 들고 끈질기게 질문을 계속했다.

"범인은 처음에 찾아와 뭐라고 했습니까? 누구에게 소개를 받았다든지요. 되도록 들은 그대로 범인의 말을 생각해내주시겠습니까?"

열심히 생각하던 노인이 이윽고 나지막이 이야기하기 시작했다.

"뭐라 그랬더라? 수제 책을 만드는데, 관심 있으면 한번 안 보겠느냐고 했던 것 같습니다. 외판원 같지 않고 소극적이었기 때문에 오히려 흥미가 생기더군요. 그렇게 이야기를 많이 하지는 않았습니다. 보면 알 거라면서요."

"그래요, 책을 좋아하는 분에게 추천드린다고 했어요."

"몇 년 걸려 만든 거라 부수가 한정돼 있다, 책을 팔아서 또다른 전집을 만들고 싶다고 했습니다."

"실제로 정말 갖고 싶어질 만큼 잘 만든 책이었습니다. 꼭 보석 같았죠."

"지금도 좀 갖고 싶을 정도야."

"처음에 현관 앞에서 그림을 보여줬잖아. 태양과 달 그림."

"맞아, 맞아, 아름다운 그림이었지."

교수는 팔짱을 더 세게 끼었다.

사람들의 웅성거림도 더욱 커졌다.

교수는 포기하지 않고 범인의 복장 및 체격 등에 대해 물었으나, 애매한 대답밖에 돌아오지 않았다. 객석에서도 몇 가지 질문이 나왔지만, 역시 도움이 될 만한 대답은 없었다.

분위기가 침체되기 시작했다.

"정보가 이것뿐이라 미안합니다."

"그게 워낙 갑작스러운 일이라서."

"정말 눈 깜짝할 새였거든요."

단상 위의 다섯 사람도 우물쭈물했다.

"아뇨. 분명히 무슨 힌트가 있을 겁니다. 여러분의 용기 있는 행동

덕에 범인은 반드시 가까운 시일 내에 체포될 겁니다."

교수가 마음을 다잡고 그들의 기운을 북돋우듯 말했다.

"귀한 시간 내주셔서 감사합니다. 더 생각나시는 게 있으면 가족 분들께 말씀해주십시오. 가족 분들도 협조해주셔서 감사합니다. 느긋하게 좋은 시간 보내시길 바랍니다."

박수가 쏟아졌다.

단상 위의 다섯 사람이 기다리던 가족과 함께 밖으로 나가는 것을 다함께 박수로 배웅했다.

"저 사람들은 얼마나 여기 있을 수 있을까?"

준은 박수를 치며 하나에게 물었다.

"글쎄, 그건 몰라. 얼마 동안 있을 수도 있고, 목적을 달성했다고 생각하면 사라져버릴 수도 있고. 사람마다 다 달라."

그러고 보니 그렇다. 준이 만난 '손님'들은 모두 곧바로 사라져버렸다. 가장 오래 있었던 사람이 토머스인 셈이다.

"가족들하고 느긋이 있을 수 있으면 좋겠네."

"진짜."

다섯 사람이 퇴장하고 나자 긴장이 한꺼번에 탁 풀렸다.

새로운 술과 요리가 줄줄이 나왔다.

손님들이 일제히 이야기하기 시작한 것 같았다.

방금 있었던 일에 대한 감상, 그들이 피해자가 된 연쇄살인사건에 관한 추리가 펼쳐지는 것이 틀림없었다.

교수가 자리로 돌아와 털썩 주저앉았다.

이야기하느라 지친 듯, 잔에 남아 있던 맥주를 단숨에 들이켰다.

"수고하셨어요, 교수님."

9장 기묘한 만찬회

"제법 괜찮은 진행이던데요?"

"하지만 수확이 별로 없었지."

교수는 지친 목소리로 말했다.

"이거 정말 놀랐습니다. 이런 걸 볼 줄이야."

그레이 박사가 눈을 둥그렇게 뜨고 한숨을 쉬었다. 다른 사람들도 덩달아 한숨을 내뱉고 술잔을 입으로 가져갔다.

"어때요, '손님'들을 보신 감상은? 설마 이제 와서 환각이라곤 안 하시겠죠?"

마리코가 심술궂게 테이블 위로 몸을 내밀고 물었다.

박사는 쓴웃음을 지었다.

"그런 말은 안 합니다. 그 사람들이 움직이고 가족들과 끌어안고 이야기하는 모습을 이 눈으로 틀림없이 봤으니까요."

"라인맨은 어때요?"

하나가 여전히 조용하게 앉아 있는 라인맨을 보았다. 다른 사람들도 생각난 듯 그를 보았다. 그가 살짝 웃었다.

"재미있었습니다. 살아생전에 이렇게 재미있는 일과 맞닥뜨릴 줄은 몰랐는데요."

"당신에게는 '손님'이 저희가 보는 것하고 다른 식으로 보인다면서요? 에너지 덩어리로 보인다고 하셨는데요."

준이 생각나서 물었다.

라인맨은 어깨를 가볍게 으쓱했다.

"네. 잘 설명은 못 하겠습니다만."

그 이상 질문을 원하지 않는 것 같았으므로 준은 입을 다물었다.

그에게는 그 다섯 사람이 어떻게 보였을까.

"진짜 전대미문이야. 연쇄살인사건 피해자가 합동 기자회견을 한 거 아냐?"

마리코가 두 팔을 벌리고, 흥분이 가라앉지 않은 들뜬 목소리로 말했다.

"음, 아직 실감이 안 나는군."

교수는 손수건으로 이마를 닦았다. 교수에게도 다섯 '손님'을 상대로 질문을 하는 것은 긴장되는 작업이었나보다.

"어쩐지 배가 고프군. 찜요리를 주문할까."

"양순대도 먹어요."

다른 사람들도 긴장했었는지 차례차례 음식을 주문했다. 종업원은 여기저기 정신없이 뛰어다녔다.

얼마 동안 말없이 술과 안주를 즐겼다. 다섯 사람이 사라지고 나니 꿈을 꾼 것만 같았다. 라인맨도 조용히 음식을 먹고 술을 마시고 있었다. 금주할 필요는 없는가보다.

"그건 그렇고 대체 어떻게 된 걸까요, 다섯 사람의 그 증언은?"

박사가 적당한 시기를 봐서 입을 열었다.

다른 사람들도 그 말에 민감하게 반응했다. 각자 술을 마시며 생각해본 모양이다.

"다른 건 그렇게 자세히 기억하면서 얼굴만 기억이 안 난다니 말입니다. 그것도 다섯 사람이 모두. 그런 일이 과연 있을 수 있을까요?"

준도 의문을 표했다.

"서로 짜고 위증을 하는…… 어이쿠, '손님'은 거짓말을 안 한다고 했던가요?"

박사가 도중에 여자들의 비난 어린 시선을 깨닫고 고쳐 말했다.

"그래요, 잘 아네요."
린데의 시선에 박사는 겸연쩍게 헛기침했다.
"한 가지 설명이 가능한 건,"
하나의 자신 있는 어조에 모두 그녀를 보았다.
"다섯 사람이 진짜로 기억 못 한다는 거야."
모두들 불만스레 투덜거렸다.
"당연하잖아. 그게 뭐 어쨌다는 거니?"
"무슨 말을 하려고 저렇게 폼 잡나 했더니."
하나는 웃으며 손을 흔들었다.
"자자, 그런 건 나도 알아. 분명히 봤는데 잊어버렸다는 이야기는, 잊어버리게 했기 때문이 아니겠어?"
"잊어버리게 했다고?"
"응."
"최면이라도 걸었다는 소리니?"
"응, 바로 그거야."
"아무리."
마리코가 코웃음을 쳤지만 하나는 끄덕도 하지 않았다.
"생각해봐. 어나더 힐의 존재를 아는 연쇄살인범이잖아. 피해자가 돌아와서 증언할 것도 알고 있어. 아까 증언으로도 꽤 지적이라는 걸 알 수 있었잖아? 그럼 피해자들한테 자기 얼굴을 잊으라고 암시를 거는 것도 가능하지 않겠어?"
"으음, 이거 또 희한한 설이 나왔네."
"하지만 가능성은 있잖아."
린데의 말에 하나가 반론했다.

"증언을 생각해봐. 처음에 현관 앞에서 책을 보여줬다고 했잖아? 태양과 달 그림. 아름다운 그림이 있었다고 말이야. 생각나?"

다들 고개를 끄덕였다.

"초보적인 최면술이야. 뭔가를 순간적으로 주목하게 해. 흔들리는 물건이나 동그란 물건에 의식을 집중하게 하고 암시를 거는 거야. 별로 희한한 설도 아니라고. 다같이 얼굴을 잊어버린 이유가 바로 설명되는걸. 그것 말고 또 설명할 수 있는 방법 있어?"

그렇게 말하면 확실히 정면으로 부정할 수는 없었다.

"나 말이야, 하나 마음에 걸리는 게 있어."

마리코가 끼어들었다.

"뭔데?"

하나가 불만스레 입술을 뾰족 내밀었다. 마리코는 고개를 흔들었다.

"네 그 희한한 의견 말고. 그 사람들이 말한 범인 말이야."

마리코는 말을 어물거렸다. 이상하다. 벌써 꽤 많이 마셨으니 여느 때처럼 공격적이어야 정상인데.

"왜 그래? 뭘 그렇게 주저하는데? 너답지 않아."

린데가 재촉했다.

"저기, 그거 지미 같지 않아?"

다들 흠칫 놀랐다. 준도 가슴이 철렁했다.

"그애 머리글자도 'J'잖아. 현장에 피로 쓴 글자가 남아 있었다며?"

그랬다. 아까 그들의 증언을 들었을 때 어딘가 친숙한 듯한 묘한 기분이 든 것은 마리코와 똑같은 느낌을 받았기 때문이었다.

예의 바르고, 호리호리하고, 젊고, 지적이고, 매력적.

"지미? 테리 아니고?"

"혹은 둘 다."

교수가 나지막이 중얼거렸다.

테이블에 어색한 침묵이 흘렀다.

지미가 사라지고 만 하루가 지났다. 목격했다는 정보는 없다. 물론 그에게서도 연락이 없고, 보지도 못했다. 그를 생각하면 다들 가슴에 뭐가 걸려 있는 기분이었다.

"잠깐만. 다들 얼굴 기억 못 하잖아. 젊고 지적이고 매력적인 남자애는 얼마든지 있을 거 아냐. 왜 하필이면 지미인데?"

하나가 성난 목소리로 반론했다.

마리코는 어깨를 으쓱했다.

"그건 그렇지만 어쩐지 지미가 연상됐어. 그애, 나이 많은 사람들이 좋아하잖아. 그리고 내가 마음에 걸린 건, 두 사람이었을지도 모른다는 증언이야."

그녀가 다른 사람들을 둘러보자, 동의와 당혹, 양쪽의 시선이 돌아왔다. 모두가 같은 생각을 했음을 그 시선이 여실히 증명하고 있었다.

"지미랑 테리. 두 사람에 대해서 우리는 아무것도 몰라. 린데 아줌마는 일인이역 설을 주장했지만, 난 쌍둥이가 존재하는 건 사실이라고 생각해. 난 두 사람이 동전의 양면 같은 기묘한 관계였다는 생각이 들어. 지킬 박사와 하이드처럼 선과 악을 나눠 갖고 있었다고 할까. 쌍둥이, 그리고 형제는 사실 이상한 관계잖아."

마리코는 다소 눈에 힘이 들어가기는 했어도 진지한 얼굴로 중얼거렸다.

"만약 그애들이 '피투성이 잭'이라면 다 설명이 돼. 틀림없이 두 사람은 각자 차가 있었을 거야. 그래서 번갈아 다른 차를 썼겠지. 어느

쪽이 실제 범행을 저질렀는지, 번갈아 범행을 했는지는 모르지만, 그 두 사람이 범인이라면 모든 게 잘 들어맞는다고 생각했을 뿐이야. 그렇게 똑같이 생겼으니 알리바이 공작도 여러 가지로 가능할 거 아냐? 지성 있고, 교양도 있고, 남들한테 호감을 주는 두 사람. 그 둘은 그 조건에 정확히 부합된다고."

마리코는 그렇게 말하고 남은 술을 들이켰다.

오늘은 여느 때보다도 마시는 속도가 빠르다. 위험하다. 준은 조심해야겠다고 생각했다.

얼마 동안 어색한 침묵이 흐르고, 각자 잔을 비웠다.

이번에는 박사가 입을 열었다.

"저는 그와는 별도로 마음에 걸린 게 있었습니다."

"흐음, 그거 들어보고 싶군."

교수가 다소 취한 얼굴로 대답했다. 질문하느라 긴장했던 탓인지, 그도 여느 때보다 빨리 취하는 것 같았다.

박사는 입술을 핥고 눈을 빛냈다.

"피해자들은 아까 이렇게 말했죠. 같이 이야기해봤지만 자기들에게 공통점은 없다, 아마 무차별 살인일 것이라고요. 그게 사실일까요?"

박사의 회의적인 어조에 다들 술이 확 깼다.

"무슨 뜻이죠?"

마리코가 묻자, 박사는 뺨을 쓰다듬으며 대답했다.

"시집 방문판매 아닙니까. 특장본 시집 전집. 이 나라 분들이 문예를 좋아하고 미스터리를 좋아한다는 건 압니다만, 그런 걸 좋아하는 사람들은 굳이 말하자면 꽤 소수파 아닐까요? 아닙니까?"

"그러네요. 적어도 저희 학교 학생들로 말하자면, 문학을 좋아하는 애는 한 반에 기껏해야 한두 명쯤 있을까 말까 해요."

마리코가 고개를 끄덕였다.

"그럴 겁니다. 그런 여학생들은 보통 부모님이 문학을 좋아하지 않습니까?"

"맞아요. 부모가 학자나 교사라든지 출판계에 있다든지 하는 경우가 대부분이죠."

"그럴 거라고 생각합니다."

박사도 열심히 고개를 끄덕였다.

"그 부인도 아까 그러지 않았습니까. '책을 좋아하는 분들에게 추천 드리고 있다'고. 그게 힌트라고 생각합니다. 애초에 시집에 관심이 없으면 집 안에 들여놓지도 않을 테고, 하물며 등뒤로 돌아가서 목을 조르는 건 불가능합니다. 어느 정도 표적의 범위가 좁혀져 있었다고 생각하는 게 맞을 것 같습니다만. 무작정 희생자를 찾아 돌아다녔다간 다른 의미에서 소문이 날 것 아닙니까. 수제 시집 방문 판매니까요. 이쪽에선 흔치 않은 일 아닙니까?"

"흔치 않죠."

마리코가 화난 어조로 대꾸했다.

"잠깐 기다리게, 박사. 테리가 죽은 건 올봄이야. 그런데 범행을 저지를 수 있었겠나?"

교수가 손바닥을 들어 보였다.

박사는 어깨를 으쓱했다.

"정말 죽었는지 아닌지 모르는 일이죠. 그렇지 않나요? 아무튼 범인은 어디선가 피해자의 정보를 입수했을 겁니다. 대형 서점 고객 명단이라든지, 특정 문학 전집을 구입한 사람의 명단이라든지. 그런 정보를 입수하는 게 가능했던 인물을 찾아야 합니다."

"이런, 결국 그애들이 열쇠를 쥐고 있었던 셈인가."

"지금 어디 있을까."

"어딘가에 앨리스가 뛰어드는 구멍이 있는 거야. 그래서 다들 모여서 다과회라도 하고 있겠지."

다들 슬슬 취하기 시작한 것 같다.

그 다섯 사람은 지금쯤 뭘 하고 있을까. 아직 가족과 함께 있을까.

준은 얼근하게 취한 머리로 생각했다. 아니, 잠깐. 두 사람 부족하다. 어나더 힐에서 죽임을 당한 두 사람도 '피투성이 잭'의 피해자 아니었나? 아무래도 여기 온 이래로 나날이 마시는 양이 늘어난 탓인지 생각이 정리가 되지 않는다.

박사와 라인맨이 다른 사람들의 주목을 끌기 전에 집으로 돌아가 다시 판을 벌이기로 했다.

그 뒤, 단숨에 술이 깨버릴 사건이 기다리고 있는 것도 모르고.

'피투성이 잭'의 정체, 사라진 흑부인과 지미의 행방 등 뒤죽박죽으로 뒤섞인 이야기를 주고받으며 돌아온 그들은 일본차를 마시며 한숨을 돌렸다.

V.파에도 일본차가 있지만, 준이 어머니가 시키는 대로 갖고 온 일본차의 훌륭한 향기에 까다로운 여자들에게서도 칭찬이 쏟아졌다.

"눈이 번쩍 뜨이는군." 교수도 칭찬했다.

라인맨은 일본차를 처음 마시는 듯, 흥미진진하게 향기를 음미하며 마셨다. 고개를 끄덕이는 것을 보면 마음에 든 모양이다.

"아직 일주일도 안 됐는데, 올해는 뭔 일이 이렇게 많은지."

린데가 멍하니 중얼거렸다.
"준은 한꺼번에 체험할 수 있어서 잘됐네. 안 그래, 학자 선생님?"
하나가 그렇게 말하며 윙크해서 준은 쓴웃음을 지었다.
다시없을 귀중한 체험인 것은 사실이고, 여러 번 온다 해도 똑같은 체험을 할 수 있을지는 의문이다. 그렇다고 기뻐해야 할지는 별개의 이야기지만.
유이는 흑부인이 죽었다고 판단했을까. 그렇다면 그녀도 내일 속보에 실릴까. 아무래도 그때 그들이 보인 태도는 석연치 않았다.
"자, 개운해졌으니까 또 마시자고요."
마리코가 사람들에게 술잔을 돌리기 시작했다. 준은 넌더리가 났으나 거절하기도 귀찮고 사실 마시고 싶기도 했다. 술에 습관성이 있다는 것을 잘 알겠다.
박사가 자기 짐에서 꺼내온 잭 대니얼스를 보고 마리코가 크게 기뻐했다.
"멋져요. 저도 주세요."
"젊은 아가씨가 신대륙 위스키 같은 걸 마십니까?"
"물론이죠. 맛있는 술에는 국경이 없다고요."
"명언인데요. 찬성입니다."
다들 조금씩 핥듯이 마셨다. 준은 코를 확 찌르는 향기에 당황했다.
"라인맨은 술 안 마시는 줄 알았어요."
하나가 숏글라스를 든 라인맨을 이상하다는 듯 보았다.
"안 그렇습니다. 감각이 흐트러지지 않을 정도로는 마십니다. 몸을 따뜻하게 하거나 긴장을 풀 때 유용하죠."
라인맨은 태연하게 대답했다.

"아까 여기 오기 전에 준비를 한다고 하셨는데, 무슨 준비였습니까?"

준이 묻자, 라인맨은 뜻밖이라는 얼굴을 했다. 그가 그런 일을 기억한다는 것에 놀란 것 같다.

"기억하고 있었습니까."

라인맨은 그렇게 말하고는 걸치고 있던 망토 같은 것 안에서 뭔가를 꺼내 다른 사람들에게 보여주었다.

빨간 돌.

모두의 시선이 거기 집중되었다.

"그게 뭐예요?"

"돌?"

"그렇습니다."

라인맨은 고개를 끄덕했다.

그는 망토 속에서 가죽 주머니를 꺼냈다. 묵직해 보이는 주머니 안에서 돌이 부딪치는 소리가 났다. 꽤 많이 들어 있는 모양이다.

"이 빨간색은 뭐죠? 염료? 물감?"

린데가 물었다.

"저희에게 전해지는 염료입니다. 잘 안 지워지죠."

라인맨은 손가락으로 문질렀다.

"꼭 철단 같은데요."

준도 돌을 들어보았다. 뭐라고 글씨가 새겨져 있었으나, 자세히 보기도 전에 교수가 빼앗았다.

"철단이 뭔가?"

교수가 물었다.

"일본 건축물에 많이 쓰이는 안료입니다. 산화철이었던 것 같군요. 이렇게 선명한 붉은색이 나는데, 일본의 도리이나 격자창 등에 쓰이죠."

"호오, 그렇군."

선명하다기보다 조금 불길함마저 느껴지는 붉은색이다.

"이걸 왜요?"

하나가 탐색하듯 라인맨의 눈을 똑바로 응시했다. 라인맨의 시선은 여전히 돌을 향하고 있었다.

"도움이 될 것 같았습니다."

색이 다른 두 개의 눈이 돌을 바라보고 있었다.

저 눈에 비치는 붉은색은 내가 보는 붉은색과 같을까.

준으로서는 상상조차 되지 않았다.

"어디 쓰는데요?"

라인맨은 대답하지 않았다.

"막연히 그런 생각이 들었을 뿐입니다."

웃으며 그렇게 말하고는 다른 사람들이 들고 있던 돌을 한데 모았다.

"이상한 사람이네요."

"이걸 만들고 계셨습니까?"

준은 라인맨이 내민 가죽 주머니에 교수가 돌을 넣는 것을 보며 물었다.

"네. 돌을 찾아서 이걸 발라 불을 피워 말렸습니다."

라인맨은 그 이상 대답할 마음이 없는 것 같았다.

다들 주저하듯 침묵했다.

"저는 먼저 자도 되겠습니까?"

그가 갑자기 그렇게 말하고 슥 일어섰다.

"빈 방 아무 데나 써도 돼요."

"될 수 있으면 그 청년이 쓰던 방을 쓰고 싶습니다. 지미가 있던 방이요."

"취미도 별나네요. 그럼 안내하죠."

린데도 일어나 그를 안내했다.

"……정말 신비로운 사내로군. 그야말로 영적인 존재야."

교수가 박사에게 소곤거리듯 중얼거렸다. 박사도 고개를 끄덕였다.

"네, 아주 흥미로운데요. 저 사람들을 조사하는 건 가능할까요? 저 사람들 생활에 밀착해서 저 정신세계가 어떻게 형성됐는지 꼭 알아내고 싶습니다."

"그거 재미있겠는데요. 혹시 실현되면 저도 불러주십시오."

준이 흥분해서 말했다.

"라인맨과 필드워크를 할 수 있다면 얼마나 재미있을까요. 그야말로 문화인류학자의 꿈이겠군요."

라인맨과 나란히 초원을 걷는 자신의 모습이 떠올랐다. 어슴푸레한 언덕.

꼬리를 흔들며 달려가는 검둥이 모습도.

"어머, 준이라면 괜찮을걸. 그 사람도 준이 마음에 든 것 같던데."

하나가 다소 빈정거리듯 말했다. 그녀는 준이 유난히 사건과 맞닥뜨리고 다양한 인물과 접촉하는 것이 마음에 안 드는지, 묘한 경쟁심을 불태우는 모양이었다.

"그 사람, 술 꽤 센데. 아까부터 지켜봤는데 거침없이 마시더라고. 분명히 체질일 거야. 전혀 안 취하는 것 같던걸."

마리코가 라인맨이 남긴 술잔을 가리켰다.

"죽은 자와 건배하고, 선주민족과 건배하다니. 이런 기회는 두 번 다시 안 올 것 같군."

교수는 자기 머리 높이로 잔을 들어올렸다가 잭 대니얼스를 맛있게 들이켰다.

"맛있군! 신대륙에 건배!"

박사도 술잔을 높이 들었다.

"그 돌 대체 어디 쓰는 걸까? 좀 섬뜩하던데."

"붉은색은 마귀를 쫓는 색깔이지."

"우리집에 오는 데 일부러 돌을 찾아서 색칠해 왔다며? 그 이야기는 우리집에서 쓴다는 뜻이잖아?"

마리코가 눈썹을 치올리고 복도를 돌아보았다.

"그러고 보니 그 돌에 무슨 글자가 새겨져 있었죠."

준은 중얼거렸다.

"그게 뭐?"

하나는 어쩐지 내내 시비 거는 모드다.

"아니, 그냥."

"그냥 뭐?"

마리코까지 시비 거는 모드로 얼굴을 불쑥 들이밀었으므로, 준은 쓴웃음을 지었다.

식당으로 돌아온 린데를 흘깃 올려다보았다.

"어디서 본 것 같아서요."

그러나 그렇게 무의식중에 중얼거린 말의 의미를 알게 된 것은, 그로부터 한참 뒤의 일이었다.

검둥이는 여느 때와 마찬가지로 바닥에 꼼짝 않고 엎드려 있었다.

여느 때와 다른 것은 바깥이 아니라 식당 구석에 있다는 점일까.

서니와 사이드도 이제 검둥이에게 완전히 익숙해져, 근처에서 목을 가르랑거리며 자고 있었다.

여섯 사람은 여전히 테이블을 둘러싸고 술을 마시고 있었다.

검둥이는 그중에 주인이 없는 것을 알고 있었지만, 자기와 같은 건물 안에 있다는 것도 알고 있었다.

이곳은 따뜻하고 기분 좋기는 했으나, 그의 귀는 아까부터 누군가의 기척을 쫓고 있었다.

조금씩 온몸의 털이 곤두섰다.

그러자 그의 긴장이 느껴졌는지, 두 고양이도 안절부절못하기 시작했다. 검둥이 주위를 불안하게 맴돌았다.

그것은 차츰차츰 가까이 다가왔다. 어딘지 모르게 멀리서부터 조금씩 포위를 좁혀오는 느낌이었다.

검둥이는 직전까지 꼼짝 않고 있었다. 무작정 짖어봤자 경고가 되지 않음을 충분히 이해하고 있기 때문이다.

정전기 같은 오한이 온몸을 에워쌌다. 실제로 온몸의 털이 이제는 완전히 곤두서 있었다. 건드리면 불꽃이 튈 것 같을 정도로.

서서히 닥쳐드는 뭔가가.

마침내 검둥이는 슥 일어섰다.

시야 끄트머리에서 검은 것이 움직였다. 준은 깜짝 놀라 고개를 들었다.

"왜 그래, 준? 사람 놀래지 마. 너 내 이야기 듣고는 있는 거야?"
 마리코는 완전히 눈에 힘이 들어갔다. 준이 시선을 돌린 것이 못마땅한 모양이다. 완전히 설교 모드가 발동되어 표정이 무섭다.
 "거, 검둥이가,"
 "검둥이가 뭐?"
 "이상합니다."
 "나 원 참, 넌 만날 검둥이, 검둥이 하더라?"
 "검둥이가 서 있어요."
 "그야 다리가 있는데 서겠지."
 갑자기 서니와 사이드가 야옹야옹 신경질적으로 울기 시작했다.
 "왜 그러니?"
 하나가 일어나 다가가자, 두 마리는 한 덩어리가 되어 그녀에게 달려가 다리에 발톱을 세웠다. 하나가 얼굴을 찌푸렸다.
 "진정해. 이 밤중에 대체 왜 그러는 거니?"
 "……이런, 큰일 났다."
 갑자기 린데가 중얼거렸다.
 "뭐가?"
 "한동안 조용했기 때문에 방심했어. 첫날에 그렇게 심한 바람이 불었는데 말이야."
 린데가 술기운이 완전히 가신 눈으로 말했다.
 그녀는 천장을 올려다보고 귀를 기울였다.
 "서, 설마, 또?"
 "그래, 뭔가가 와. 소리가 나는데."
 다들 덜컹덜컹 의자를 밀고 엉거주춤 일어났다.

"창문을……"

"쉿!"

움직이려는 마리코를 린데가 제지했다.

멀리서 무슨 소리가 들려왔다.

모두들 마른침을 삼키고 귀를 기울였다.

방금 전까지 유쾌하게 웃고 떠들던 것이 거짓말처럼, 다들 정색을 하고 입을 다물고 있었다. 뇌리에 첫날의 대소동이 되살아난 것이 틀림없었다.

준의 귀에도 무슨 소리가 들리기 시작했다.

라디오 잡음처럼 귀에 거슬리는, 어디선가 들어본 소리.

"저게 뭐죠?"

안다. 아는 소리다. 옛날부터 잘 알던 소리다.

"이건 꼭……"

박사가 중얼거렸다.

"……파도 소리 같군."

교수가 말을 이어받았다.

그래, 파도 소리였다. 밀려왔다가 밀려가는 파도. 태곳적부터 바닷가에서 되풀이된 생명의 자장가.

"말도 안 돼."

"왜 어나더 힐에 파도 소리가 들리는데?"

"쓰가루자미센이랑 〈아메리칸 패트롤〉이 들리는 건 안 이상하고?"

"설마 진짜?"

"아하, 팥을 상자에 넣고 굴려서 내는 효과음이군?"

"누가 지금 밖에서 팥을 굴린다는 말이에요?"

동요한 사람들이 제각기 부르짖었다.

이내 쏴아, 철썩 하는 파도 소리가 서서히 커졌다. 게다가 자꾸자꾸 가까워진다.

검둥이가 컹컹 짖기 시작했다.

파도 소리는 점점 커졌다.

준은 머릿속이 새하얘졌다.

"꺄!"

하나가 서니와 사이드를 안아들고 펄쩍 뛰며 비명을 질렀다.

"왜 그래?"

"무, 물."

문 밑에서 물이 흘러들기 시작했다.

"맙소사."

"홍수? 바닷물? 이런 언덕 위에? 물이 어디서 흘러든다는 거야?"

마리코가 비명을 지르듯 소리쳤다.

쏴아, 철썩 하는 소리는 급기야 파도가 일렁이는 소리가 되어 닥쳐들었다. 마치 이 집이 커다란 배가 되어 풍랑을 만난 것 같았다.

"그 물은 진짜가 아닙니다!"

갑자기 라인맨의 목소리가 들렸다.

번개처럼 준엄한 목소리였다.

모두들 흠칫 놀라 돌아보자, 라인맨이 식당으로 뛰어들었다.

그러나 그 목소리도 우르릉거리는 파도 소리에 지워져버렸다.

다들 쭈뼛쭈뼛 서로 마주 보고, 발치에 밀려드는 물을 보고, 문 앞에 선 라인맨을 보았다.

물은 이제 식당 안까지 밀려들어와 테이블 다리에 철썩거리고 있었다.

이게 가짜?

준은 자신의 신발을 적시는 물을 내려다보았다.

가장자리의 거품도, 거품이 드리우는 그림자도 보이는데, 이게 가짜라니.

파도 소리는 급기야 폭음처럼 쾅쾅 크게 울리기 시작했다.

첫날 밤에 그랬듯이 벽이 진동하는 것 같다.

밖은 어떤 상태일까.

공포를 느끼면서도 그런 강한 호기심이 일었다.

갑자기 라인맨이 문을 벌컥 열었다.

엄청난 굉음.

반사적으로 눈을 감고 귀를 틀어막았다.

물이 쏴아 밀려들었다 밀려나간다.

다른 집에서는 어떻지? 다들 똑같은 소리를 듣고 있나?

의문이 차례차례 떠오르는데, 고막을 쾅쾅 울리는 굉음 때문에 명료한 사고가 불가능했다.

"라인맨, 어디 가는 거예요!"

하나가 소리쳤으나 라인맨은 개의치 않고 검둥이와 함께 밖으로 나갔다.

다른 사람들도 가만있을 수 없어서 뒤를 따라갔다.

"라인맨!"

"뒤로 물러나요!"

라인맨이 무시무시한 형상으로 뒤를 돌아보는 바람에 다들 엉겁결에 멈춰 섰다.

9장 기묘한 만찬회 139

그러나 그때 그 너머에 있는 광경이 눈에 들어와, 귀를 틀어막으면서도 그 자리에서 꼼짝할 수 없었다.

"뭐지, 저게……"

박사가 망연히 부르짖었다.

바다.

그곳에 분명히 바다가 있었다.

바다라고 할지, 파도가.

모두들 말문이 막혀 한데 모여 서서 그것을 응시했다.

여느 때와 다름없는 밤의 어느더 힐이었다.

그러나 그곳은 바다가 되어 있었다. 그렇게 말할 수밖에 없었다.

비탈길과 경사면 나무들 사이로 사나운 파도가 밀려들고 있었다. 게다가 묘하게도 경사면을 따라 수면이 있다. 수면이 경사져서 파도치고 있었다.

파도 위로 솟아나온 나무들은 꺾어질 것처럼 휘어 물결에 흔들렸다. 나뭇잎이 떨어져 수면에서 빙글빙글 돌고 있는 것도 보였다.

바다는 기이한 균형을 유지하고 있었다. 밀려들었다 밀려나가는 파도도 집 바로 앞에서 멈춘다. 물이 철썩철썩 새어들기는 해도 무슨 경계가 있는 듯 그 이상 들어오지는 않는다.

그러나 파도를 보고 있던 것도 잠시뿐이었다.

라인맨이 손에 들고 있던 붉은 돌을 파도를 향해 던지기 시작했다.

어둠 속으로 데굴데굴 굴러가는 돌.

그러자 돌 앞에서 파도가 딱 멈췄다. 조그만 돌멩이로만 보이는데, 땅바닥에 뒹구는 돌은 붉은 빛을 발하며 파도를 차례차례 멈춰갔다.

파도에 정신이 팔려 있던 것도 잠시뿐, 그들의 주의는 이내 다른 것으로 옮겨갔다.

바다 위에 사람이 있었다.

그것도 수많은 사람이.

정확히 말하자면 바닷물에 수많은 사람들이 올라타 있다. 그런 상태다.

준은 막연히 내영來迎이라는 말이 생각났다.

부처님이 구름을 타고 후광에 둘러싸여 하늘을 날아오는 광경을 상상한 것이었다.

그중에서도 한층 눈에 띄는 것은 맨 앞에 선 노인이었다. 하오리와 하카마*를 입고, 풍모가 당당하다. 허리가 꼿꼿하고, 눈썹 밑의 가느스름한 눈이 강렬한 인상을 주었다. 어깨까지 내려오는 백발이 바람에 나부껴 범상치 않은 위용이 느껴졌다.

"아, 저 사람."

"니자 할아버지."

"아버지!"

마리코가 입을 뻐끔거리고, 여자들이 저마다 소리쳤다.

저 사람이.

준은 안광이 형형한 노인을 올려다보았다.

어쩐지 보통 관록이 아니다 싶었다.

여자들을 발견한 노인이 눈을 부릅뜨고 노려보았다.

"오오, 린데. 마리코, 하나."

걸걸한 목소리가 위에서 들려왔다.

---

* 예장용으로 입는 일본 전통 남자 의복.

"이렇게 바람이 부는데 밖에 나오다니, 위험하지 않느냐. 어렸을 때부터 그렇게 일렀건만. 음? 뭐가 막고 있군?"

니자에몬이 서 있는 데까지 이십 미터쯤 떨어져 있었을까.

윙윙 불어대는 바람 소리에도 니자에몬의 목소리는 뚜렷하게 들렸다.

"아버지, 왜 낮에 안 와주셨어요? 작년이랑 재작년에도요. 저희가 얼마나 기다렸는데요."

린데가 불평했다. 역시 배짱이 두둑하다.

니자에몬은 코웃음을 쳤다.

"너희에 관해서는 아무 걱정 없으니 말이다. 굳이 올 필요도 없지 않나 생각했다."

"세상에, 어쩌면 저렇게 쌀쌀맞지?"

여자들의 불만 어린 목소리를 무시하고 니자에몬은 다른 사람들 앞에 선 라인맨에게 시선을 돌렸다.

"거기 있는 건 라인맨인가? 어쩐지, 그래서 너희도 밖에 나올 수 있었군. 무슨 일 있었나?"

"네. 올해는 상당히 나쁜 바람이 불고 있습니다."

라인맨도 파도 소리에 파묻히지 않게 고함쳤다.

"음. 이상사태로군."

니자에몬은 태연히 고개를 끄덕였다.

"혹시 뭐 아시는 게 있습니까?"

라인맨이 물었다.

"저걸세."

니자에몬은 멀리 떠 있는 대도리이를 지팡이로 가리켰다.

"도리이 말씀입니까?"

"그래. 저것 때문에 저기에 접근을 못 하고 있어."

"맙소사. 어째서입니까?"

"저걸 잘 봐."

바로 그때, 멀리 번개가 치며 도리이를 비추었다.

대도리이를 본 그들은 비명을 질렀다.

도리이는 파괴되어 있었다.

두 기둥에 걸쳐진 두 개의 가로대 한복판에 거대한 금이 가 있고, 멀리서 봐도 도리이 전체가 일그러져 있는 것을 알 수 있었다.

준은 오싹했다. 어느새 저렇게. 그리고 돌연히 깨달았다. 바다 위에 있는 사람들은 다들 '손님'인 모양이었다.

"어쩌면 이제 히간을 못 할지도 모른다. 우리가 그쪽으로 가려고 해도 저 갈라진 틈 있는 데서 도로 밀려나는 통에 좀처럼 가까이 다가갈 수가 없어. 그 시체가 매달린 뒤로 특히 심하구나. 얼른 도리이를 수리해라."

"나 원 참, 사교邪敎 탓이 아닌가."

옆에 말없이 서 있던 영국 신사 풍의, 꼬챙이처럼 마르고 키 큰 노인이 갑자기 중얼거렸다.

"뭣이?"

니자에몬은 그 편벽한 인상의 노인을 노려보았다.

"저런 이국 사교의 기둥을 세운 게 잘못이야."

"사교라고? 그럼 네놈은 히간을 부정하나? 여기 오는 걸? 가족을 만나고 싶지 않나?"

"그런 말은 안 했네. 우리 집안은 철저한 영국 국교회야."

"그게 무슨 상관인가. 이렇게 히간에 오는 주제에. 너 이놈, 여기까지 와서 나에게 반항할 셈이냐? 이 치터윅 상회 놈."

두 노인은 무시무시한 얼굴로 서로를 노려보았다.

그 퍼런 서슬에 다른 '손님'들과 준 일행도 주춤거렸다.

"저 사람 누굽니까?"

준이 몰래 린데에게 묻자, 린데도 목소리를 낮추고 대답했다.

"아버지의 사업 라이벌이었던 영국계 기업 치터윅 상회 회장이야. 견원지간이었는데, 아버지가 돌아가시고 나서 의욕이 없어졌는지 순식간에 늙어버리더니 금세 죽었어."

"그거, 실은 사이가 좋았다는 뜻 아닙니까?"

"그럴지도 모르지, 저 모습을 보면."

보다 못해 하나가 소리쳤다.

"할아버지, 이제 그만 하세요. 지금 싸울 때가 아니잖아요."

"어떻게 하면 되죠?"

"거기 있는 라인맨에게 물어봐라. 유이에게도. 그 녀석들이 방법을 알 거다."

"올해는 완전히 엉망진창이에요. 연쇄살인이 발생하질 않나, 갓치를 해도 범인이 안 나오질 않나, 경찰이 개입하는 것도 시간문제라고요."

"음. 어째 이상한 건 사실이군."

니자에몬은 얼굴을 찌푸리더니 문득 준에게 시선을 돌렸다.

눈을 부릅뜨고 날카로운 눈빛으로 노려보았다.

"거기 있는 게 누구냐? 켄트와 똑같이 생겼는데."

"준이치로 이토. 친척이에요. 도쿄에서 왔어요."

"호오. 그런가. 들은 적 있는 이름이구나."

"예, 처음 뵙겠습니다."

준은 엉겁결에 고개를 숙였다. 머뭇머뭇 고개를 들자 모든 것을 꿰뚫어볼 것처럼 냉철한 눈이 아직 자신을 응시하고 있었으므로 어쩔 줄 몰랐다.

"애들을 부탁한다."

노인은 엄숙한 어조로 말했다.

"아, 예."

다른 '손님'들도 제각기 뭐라 소리치는 것 같았지만 들리지 않았다. 자세히 보니 그들의 모습이 아까보다 가물가물 흐렸다.

니자에몬이 주위를 둘러보고 물러나라고 손짓했다.

"안 되겠군, 이 이상 못 다가가겠어. 야음과 바람을 틈타면 어떻게 되지 않을까 했네만…… 부탁한다, 라인맨, '달의 우물'을…… 해……"

"아버지!"

"니자 할아버지!"

파도가 거세지고, 니자에몬의 모습이 어두워졌다.

"저기 봐! 물이 빠지기 시작했다!"

교수가 소리쳤다.

"잠깐만요! '달의 우물'을 어쩌라고요!"

하나가 부르짖고 뛰어나갔다.

"움직이지 말아요!"

라인맨이 날카롭게 소리쳤다. 하나가 놀라 멈춰 섰다.

"아아, 사라져버렸네."

린데가 멍하니 중얼거렸다.

파도 소리가 멀어지기 시작했다.

길과 경사면을 뒤덮고 있던 물이 필름을 고속재생하듯 순식간에 빠졌다. 기묘한 광경이었다.

"할아버지!"

하나가 소리쳤으나, 그때는 이미 파도와 함께 '손님'들도 모습을 감춘 뒤였다.

아니, 그에 앞서 검은 안개 같은 것에 싸여 아무것도 보이지 않았다.

주위에 보이는 것은 일렁거리며 물러가는 파도뿐이었다.

그렇게 소란스러웠던 파도 소리도 서서히 작아졌다.

이윽고 팥으로 내는 효과음이 되고, 라디오 잡음이 되었다.

그리고 마침내 완전히 사라졌다.

정적이 주위를 감쌌다.

정신을 차려보니 여느 때와 다름없이 조용한 밤이었다.

어둠 속에 고요히 펼쳐진 숲.

구름으로 뒤덮인 어두운 하늘.

"히간을 못 하게 된다고? 맙소사."

교수가 중얼거렸다.

"대체 여기서 무슨 일이 벌어지고 있는 거지?"

마리코가 망연히 다른 사람들을 둘러보았다.

그러나 아무도 꼼짝하지 않았고, 대답하지 않았다.

허탈하게 그 자리에 선 채, 방금 전까지 파도가 밀려들던 밤의 비탈길 안쪽을 뚫어지게 응시할 뿐이었다.

10장

산 자와
죽은 자의 막간

눈앞에서 펼쳐진 예기치 못한 스펙터클에 넋이 나간 나머지, 일동은 얼마 동안 그 자리에 우두커니 서 있었다. 죄다 사라지고 여느 때와 다름없이 조용한 밤의 어나더 힐이 돌아온 것도 알아차리지 못했을 정도였다.

그러나 라인맨이 안으로 돌아가는 것을 보고 다른 사람들도 말없이 그 뒤를 따랐다. 다시 식당에서 테이블을 둘러싸고 앉았다.

결국, 술과 커피로 갈리기는 했지만 또 마시기 시작했다.

자기 방으로 돌아가려는 사람은 아무도 없었기 때문이다.

"아버지, 여전히 쌀쌀맞으시네."

린데가 박사의 잭 대니얼스를 잔에 따라 단숨에 마셔버리고 중얼거렸다.

"저쪽에서도 분명히 할아버지가 진두지휘하고 있을걸."

마리코가 턱을 괴고 고개를 끄덕였다.

니자에몬. 대단히 강렬한 노인이었다.

준은 하오리와 하카마 차림에 날카로운 눈빛을 지닌 노인을 떠올려 보았다. 풍신, 뇌신 저리 가라 할 박력이었다. 그렇게 멀리서도 모든 것을 꿰뚫어보는 듯한 눈이 레이저처럼 그를 관통했다. 생전에는 분명 위광이 대단했을 것이다. 아니, 지금도 사라지지 않았지만.

"중대한 사태는 여전히 진행중이라는 이야기군. '손님'이 기자회견을 하지 않나, 나쁜 바람이 불지 않나, 하여튼 정신없는 밤이었어."

교수는 위스키를 홀짝홀짝 마셨다.

정력으로 말하자면 누구에게도 지지 않는 그도 아까 본 것에는 간담이 서늘했나보다.

"'달의 우물'이 뭐예요?"

하나가 교수와 마리코를 번갈아 보며 물었다.

"아아, 그러고 보니 아버지가 그랬지. '달의 우물'을 어떻게 하라고. 라인맨, 당신한테 하는 말 같던데, 그게 뭐죠?"

린데가 옆에 앉은 라인맨을 돌아보았다.

모두를 둘러볼 수 있게 의자를 조금 빼고 앉아 있던 라인맨은 린데가 자신을 보는 것을 깨닫고 고개를 들었다.

"여러분의 삼직이 알고 있는 장소입니다. 좀처럼 행하지 않는 의식이라고 들었습니다."

"하지만 아버지는 당신을 보고 있었어요. 당신도 아는 거 아닌가요?"

린데는 라인맨의 대답을 물고 늘어졌다.

라인맨은 여느 때처럼 조용히 미소를 띠었다.

"저희에게 예로부터 구전되는 노래가 있죠."

그는 나지막이 노래하기 시작했다.

> 시작의 바닥에 시작의 방이 있다
> 빛과 그림자의 쌍둥이가 시작에 태어난다
> 탯줄은 숲에서 나와 하늘에 사다리를 걸친다
> 별에 오르는 것은 누구인가
> 탯줄을 천둥이 끊어놓을 날까지
> 하늘에 오르는 것은 누구인가
> 빛과 그림자의 쌍둥이가 시작을 가를 때까지

다들 어안이 벙벙해서 노래하는 라인맨을 쳐다보았다.
"이거 뜻밖인데. 좋은 목소리를 가졌군."
"아유, 넋 놓고 들었네."
"목소리에서 초음파가 나오는 것 같아."
박사와 여자들이 감탄했다.
아닌 게 아니라 신비한 목소리라고 준은 생각했다.
목소리가 소리이고 파동인 이상, 사람의 귀에 기분 좋게 느껴지는 파장이 있게 마련이다. 라인맨은 결코 큰 소리로 노래하지는 않았다. 오히려 속삭이듯 작은 목소리였는데도, 소리가 뱃속에 또렷하게 스며드는 것 같았다. 게다가 호흡이 길어 숨도 거의 쉬지 않았다. 허파와 복근이 상당히 단련돼 있는 것이 틀림없다.
몽골 등 중앙아시아의 전통적인 가창법에 거의 진동이나 다름없는 목소리를 멀리까지 울려퍼지게 하는 것이 있다. 라인맨의 노래는 그런 것과 비슷하다는 느낌이 들었다. 아마 그들이 사는 초원에서는 이런 목소리가 커뮤니케이션을 하기에 좋을 것이다.

"흠."

린데는 라인맨이 부른 노래 가사를 메모했다.

"준이 한 말이 영 엉뚱한 소리가 아니었나보네."

그렇게 중얼거리고는 준을 흘긋 보았다.

"네?"

"아까 펍에 가기 전에 어나더 힐에 지하 시설이 있는 게 아닐까 했지? 아무래도 그 말이 맞는 것 같아."

"그렇습니까?"

준이 어리둥절해하자 린데는 메모지를 연필로 톡톡 쳤다.

"'시작의 바닥에 시작의 방이 있다.' 이 말, 아무래도 어나더 힐을 가리키는 것 같거든. 힐 밑에 공동空洞 같은 공간이 있는 게 아닐까. 거기서 '빛과 그림자'가 태어나는 거지. 그리고 '탯줄은 숲에서 나와'라는 게 아까 아버지가 말씀하신 그것 같고. '탯줄'이 우물을 가리키는 거야. 우물은 지하 공동으로 이어져 있고, 탯줄 같은 역할을 해. 그렇죠, 라인맨?"

라인맨은 빙긋 웃기만 하고 긍정도 부정도 하지 않았지만, 린데는 그리 신경 쓰지 않았다.

"어이구, 이번엔 지하 여행인가."

교수는 과장되게 한숨을 내쉬더니 술잔에 든 얼음을 짤랑짤랑 흔들며 다른 사람들을 둘러보았다.

"'달의 우물'에 관해 검토해보고 싶은 마음은 굴뚝같네만, 그전에 아까 '손님'들이 한 말을 삼작에게 전해주는 게 좋겠네. 실제로 숲속에서 의식을 거행하는 건 그 사람들이니까."

"그 의식이 대체 뭡니까?"

박사가 물었다. 교수는 살짝 난처한 얼굴을 했다.

"나도 자세히는 모르네. 삼직만이 할 수 있는 비밀 의식이고, 삼직에게 구전으로 전해진다는 것밖에. 어나더 힐에 위기가 닥쳤을 때만 행한다더군."

"위기. 그야말로 위기죠. '손님'이 안 오는 히간에 무슨 의의가 있겠어요?"

마리코가 중얼거렸다.

"그거 진짜일까?"

하나가 불안스레 마리코에게 말했다. 마리코는 짤막하게 고개를 끄덕였다.

"아까 봤잖아. 할아버지가 한 말이니까 틀림없어."

"하지만 '피투성이 잭' 사건의 피해자가 다섯 명씩이나 왔잖아."

"그게 마지막이었겠지."

"아직 정말로 '손님'이 못 오게 된 건지 아닌지는 모르는 일이야."

하나는 왜 그런지 기를 쓰고 마리코에게 대들었다.

"너 뭘 그렇게 화를 내고 그러니?"

마리코가 어이없는 얼굴로 하나를 보았다.

하나는 부루퉁한 얼굴로 입을 다물더니, 이윽고 시선을 살짝 돌리고 분한 듯이 말했다.

"나…… 지난 몇 년 동안 '손님'을 한 명도 못 만났단 말이야. 어렸을 때는 준처럼 많이 만났는데. 그런데 '손님'이 아예 안 오게 된다니."

마리코가 풋 하고 웃음을 터뜨렸다.

"뭐야, 너한테 '손님'이 안 온다고 삐쳐 있었니? 어쩐지 준을 유난히 시샘한다 싶었더니. 이상한 애네."

"준의 경우는 초심자의 행운이야."

린데가 끼어들었다.

"만나고 싶다, 만나고 싶다 하면 더 안 오는 법이지. 무심하고 좀 멍한 사람 쪽이 '손님'도 더 들르기 쉬운 거야. 누구든지 어렸을 때 '손님'을 더 많이 만난다고."

좀 멍하다. 내가 그런가. 준은 내심 살짝 상처받았다. 뭐, 그렇지 않을까 싶기는 했지만.

"허나 하나의 말에도 일리는 있어. 정말 '손님'이 저 대도리이 때문에 못 온다면, 앞으로는 아무도 '손님'을 못 만나겠지. 그걸 확인하고 나서 삼직에게 보고해도 늦지 않을 게야."

교수가 고개를 끄덕였다.

그러나 린데는 교수를 노려보았다.

"교수님, 무슨 꿍꿍이가 있군요? 삼직한테 나중에 보고할 생각이죠?"

"아니, 어디까지나 지금 말한 이유 때문이야. 그렇지 않아도 히간이 혼란에 빠져 있는데 문제를 더 늘리면 안 된다는 노파심이랄까."

교수는 열심히 턱을 쓰다듬었다.

"무슨 생각이죠? 말해봐요."

다들 교수를 주목했다. 교수는 사람들을 차례차례 둘러보았다.

"아니, 저, 좀 실험해보고 싶은 게 있어서 말이에요."

"실험? 무슨 실험인데요?"

"조금 전 일로 효과는 확인된 셈이야. 니자에몬 옹도 '뭔가가 막고 있다'고 지적했고."

"효과? 지적이라고요?"

"이것 말이야."

교수는 재킷 주머니에서 붉은 돌을 꺼냈다.

아까 라인맨이 파도를 향해 던진 기이한 돌을 어느 틈에 주웠던 모양이다.

모두들 반사적으로 교수의 손을 쳐다보았다.

"여기에 부적 같은 효과가 있는 것 같거든. 내 생각인데, 정령에 대해서도 효력이 있지 않겠나?"

교수는 그렇게 중얼거리고는 의미심장하게 윙크했다.

"교수님, 설마."

린데의 안색이 달라졌다. 교수는 태연했다.

"린데도 한번쯤 가보고 싶다고 생각하지 않았나? 아니, 지금도 그렇게 생각할 텐데?"

"무슨 이야기예요?"

마리코가 의아스레 말했다.

"'달의 우물' 말이네."

교수는 아무 일 아니라는 듯 대답했다.

"지금부터 이 돌을 들고 숲속에 있는 비밀 우물에 가보자는 거야."

이런 시간에 밖을 걸으려니 갓치를 했던 날 밤이 생각났다.

이미 먼 옛날 일만 같았다.

어나더 힐의 밤. 밤이지만 어딘지 모르게 어렴풋이 밝다. 준이 전에 알던 밤은 명확한 어둠이었다. 그러나 이곳의 밤은 낮과 희미하게 이어져 있는, 어딘지 모르게 경계가 애매한 느낌이다. 늘 지평선에 아득한 빛이 느껴진다.

말없이 비탈길을 내려가며 준은 먼 지평선을 응시했다.

도쿄에 돌아가 어나더 힐을 생각하면 맨 먼저 이 광경이 떠오를 것이 틀림없다. 그런 예감이 들었다.

운하가 가로지르는 숲의 바다.

축축한 밤공기. 앞을 걷는 하나의 머리털이 은빛으로 반들반들하게 윤이 났다.

어나더 힐의 기억은 이 풍경과 살갗에 느껴진 밤공기와 더불어, 내 뇌세포에 아로새겨져 유전자 속에 가라앉을 것이다.

기시감 같기도 하고 꿈 같기도 한 이 감각이야말로 그가 원하던 것일지 모른다. 이런 감각을 맛보고 싶어서 어나더 힐에 온 것일지도.

처음에는 다들 반대했으나, 결국 호기심에 지고 말았다.

입 밖에 내는 사람은 없었지만, 니자에몬이 한 말은 그만큼 인상에 강하게 남아 있었다. 준도 그 '달의 우물'이라는 말에서 신비적인 매력을 느꼈다.

어나더 힐에 상륙했을 때부터 그 울창하고 해묵은 숲에 흡인력을 느끼고 있었으니, 숲을 헤치고 들어가보고 싶은 마음이 드는 것도 당연하다.

라인맨이 동행해주는 것도 마음이 든든했다. 그가 함께 있으면 금단의 숲도 아무렇지 않을 것 같았다.

그는 왜 같이 가는 데 동의했을까.

준은 대각선 앞을 걷는 라인맨을 흘깃 보았다.

라인맨은 타인의 시선을 매우 민감하게 알아차린다. 흡사 온몸에 눈이 붙어 있는 것 같다. 이때도 그가 곧 준의 시선을 받아내듯 돌아보았으므로 가슴이 철렁했다.

라인맨이 미소를 지었다. 준은 이 미소에 약했다. 어쩐지 자기가 어린아이가 된 기분이 들기 때문이다.

"왜 제가 가겠다고 했는지 묻고 싶겠죠?"

라인맨은 작은 목소리로 속삭였다. 그 말 그대로였으므로 준은 고개를 끄덕였다.

"이거 규칙 위반이잖습니까."

"그렇겠죠."

준이 나지막이 묻자, 라인맨은 태연한 얼굴로 대답했다.

"하지만 그렇게 말하자면 제가 여기 있는 것 자체가 규칙 위반이고, 올해는 처음부터 규칙 위반이었던 셈이니까요. 갓치도 있었고요."

"예에."

라인맨의 단정한 옆얼굴을 보고 있으려니 자기가 몹시 야만적이고 조잡한 사람 같은 기분이 들었다.

"그 기모노 입은 노인은 당신 친척입니까? 대단히 흥미로운 사람이더군요."

니자에몬 말인 것 같았다. 라인맨이 보기에도 그 노인은 강렬했던 모양이다.

"어디에 흥미를 느끼셨죠? 차림새에? 아니면 박력?"

"전부."

"왜 같이 와주신 겁니까?"

"간단합니다. 저도 본 적이 없기 때문에 한번 보고 싶었습니다. 아침이 되기 전에 보는 게 좋을 것 같아서 말이죠."

대답은 해주는데 그 진의는 여전히 알 수 없었다.

주택지를 지나자, 운하에 붙들어맨 배가 보이기 시작했다.

검은 물에 어렴풋이 물결이 일고 있었다.

교회 저편에 검은 숲이 펼쳐져 있었다.

검둥이는 라인맨의 발치에 그림자처럼 붙어 있다. 그야말로 주인과 일심동체다.

어두운 숲속에 점점이 사당이 보였다. 이나리 사당이다.

숲도 섬뜩하지만 하얗게 떠올라 있는 사당도 무섭다. 어쩐지 그곳만 부옇게 빛나는 것 같다.

숲속으로 들어가자 교수는 작은 손전등을 꺼냈다. 이쯤 들어오면 밖으로 빛이 새어나갈 염려가 없다고 판단했나보다.

전방을 얼핏얼핏 비추는 빛을 쫓아간다.

해묵은 숲이지만 관리가 잘 되어 있는 느낌이었다. 지면이 고르고 잡초도 그리 많지 않다. 이나리 사당에 바쳐진 유부(오믈렛)가 빛 속에 떠오른다.

어쩐지 가슴이 두근거리기 시작했다. 부모 몰래 나쁜 짓을 하는 기분이다.

숲은 깊었다.

어나더 힐의 삼분의 일을 차지하며, 삼직 이외의 사람이 들어갈 수 있는 것은 그중 삼분의 일뿐이라고 누가 말하지 않았던가?

숲속인데도 이상하게 밝다. 색채는 없지만 사물은 뚜렷하게 보인다. 흑백 텔레비전 속에 들어간 것 같다.

일곱 사람이나 걷고 있는 것 같지 않게 다들 조용하고 신중하게 걸었다. V.파 사람들은 보통 수다스럽고 떠들썩하지만 할 때는 확실히 하는구나, 하고 묘한 감탄을 했다. 그러나 출입금지 구역에 발을 들여놓았으니 당연하다면 당연한 일이다.

"교수님, 위치는 아는 거예요?"

별안간 마리코가 속삭이는 소리가 들려왔다.

"대충 짐작은 되네."

"정말요? 어째 자꾸 숲속 깊이 들어가는 것 같은데요."

"나중에 돌아가는 길을 찾을 수 있을까?"

소곤소곤 이야기하는 여자들의 목소리가 들려왔다. 숲이 깊어지면서 도저히 입 다물고 있을 수 없게 된 모양이었다. 아닌 게 아니라 전후좌우가 죄다 숲이니 방향감각이 없어져 불안했다. 중얼거리는 목소리도 나무들에 흡수되어 들리지 않았다.

그런데도 컴컴해지지 않는 것이 또 이상했다. 세계는 흐릿한 은빛으로 물들어 있고, 사물의 윤곽이 뚜렷하게 보였다.

밤에 밖을 걸으면 기분이 이상하다. 환한 거리를 걸을 때와는 달리, 호흡도 고동도 공기 중으로 녹아들고 자신의 의식만 이동하는 것 같다.

숨을 들이쉴 때마다 숲이 허파 속으로 들어온다. 이윽고 세포가 숲과 하나가 되고, 의식이 숲과 동화된다—숲의 의사$_{意思}$가 들어온다.

문득 라인맨 뒤에 젊은 여자가 서 있는 것이 보였다.

보인 것 같았다고 하는 편이 정확할지 모른다.

왜냐하면, 그 여자는 투명하게 비쳐 보였기 때문이다.

이 기묘한 상태를 어떻게 설명하면 좋을까.

태고의 어나더 힐에서 흑부인을 만났던 때와는 다르다. 그때는 완전히 다른 세계로, 주위 공기나 경치나 별세계였다. 그러나 지금은 앞을 걷는 하나와 라인맨의 모습도 보이고, 주위의 나무들도 보인다. 그런데도 다른 사람들과 겹쳐지듯 한 여자가 서서 이쪽을 보고 있었다. 실수로 서로 다른 것이 찍힌 필름 두 장을 겹친 느낌이라고 할까.

무섭지는 않았다. 희미한 상像이었고, 매우 상냥할 것 같은 아름다운 여자였기 때문이다.

'손님'은 아니다. 뭐지?

준은 걸으면서도 계속 그 상을 바라보았다. 여자는 준과 같은 속도로 움직이는 듯, 거리와 크기가 달라지지 않았다.

이마 한가운데에서 가르마를 탄 머리를 길게 늘어뜨리고, 몸을 완전히 감싸는 긴 가운 같은 옷을 입고 있었다. 어디서 본 것 같은데…… 누구 비슷하게 생긴 사람이……

그때, 라인맨이 갑자기 뒤를 돌아보았다.

동시에 여자가 사라졌다.

준은 순간 의아했다. 사라진 여자의 얼굴이 라인맨과 닮았기 때문이다.

그렇군. 누구와 비슷하게 생겼다고 생각했더니 라인맨이었나. 누굴까. 친척일까. 왜 보였을까.

준은 냉정히 분석하는 스스로가 이상하게 생각되었다. 너무나도 많은 일이 연달아 일어난 바람에 놀라움을 느끼는 신경이 마비된 모양이다. 뭐, 나중에 라인맨에게 물어보자.

"잠깐."

선두에 선 교수가 멈춰 서더니 다른 사람들도 멈춰 서게 했다.

다들 '오뚜기가 넘어졌다'*를 하듯 우뚝 섰다.

---

* '무궁화 꽃이 피었습니다'와 같은 놀이.

"이상하군. 우리 말고도 누가 있어."

"네?"

"저기를 봐. 저쪽이 환해. 누가 있는 게야."

교수가 숲 안쪽을 가리켰다.

모두 모여들어 교수가 가리키는 방향을 보았다.

나무들 사이로 빛이 보였다.

광원은 하나가 아닌 것 같았다. 흔들흔들하는 것이 아무래도 촛불 불빛 같다.

"조용히. 소리 내지 말고."

교수의 목소리가 낮아졌다.

다들 몸을 낮추고 천천히 앞으로 나아갔다. 이런 상황에서도 도망치려 하지 않고 끝장을 보려 하는 점이 그들다웠다.

빛은 숲 안쪽 깊숙한 곳에 보였다. 다행히 나지막한 덤불 뒤에 숨어 나아갈 수 있었다.

"뭐지?"

"저게 우물일까?"

린데와 마리코가 소곤거렸다.

준도 두 사람 사이로 앞을 보았다.

우물 같은 것이 있었다. 둥근 돌우물. 두레박이고 뭐고 아무것도 없는 그냥 우물이다. 돌 뚜껑이 우물에 기대 세워져 있었다.

그리고 우물을 에워싸듯, 높이가 어린아이 키 정도 되는 돌기둥이 네 개 서 있었다. 꼭대기에서는 각각 양초가 타고 있었다. 네 개의 불꽃이 흔들리며 우물 주위에 몇 겹의 그림자를 드리웠다.

그곳에서 발소리가 들렸다.

가운을 입은 그림자가 촛불 불빛 속에 떠올랐다.

세 사람이다. 삼직일까. 얼굴을 보고 싶은데, 머리에 두건을 덮어쓴 탓에 보이지 않는다. 남자인 것 같지만 그도 확실치는 않다.

세 사람은 뭔가를 운반하는 중이었다. 천에 싸인 기다란 물체다. 크기가 딱 성인의 시체만 하다.

세 사람은 각기 주문 같은 것을 외우고 있었다. 목소리가 작아 성별은 잘 알 수 없었다. 남자 같기도 하고, 여자 같기도 했다.

우물 앞에 이른 세 사람은 들고 있던 것을 우물에 던져넣었다.

무게가 꽤 나가는 것 같았다.

그러나 아무 소리도 나지 않았다. 물이나 바닥에 떨어졌다면 소리가 날 텐데, 아무 소리 없이 빨려들고 말았다.

세 사람은 우물을 둘러싸고 거듭 절을 하며 주문을 외웠다.

마지막으로 한 번 더 절하고 합장하더니, 우물에 세워져 있던 돌 뚜껑을 셋이 함께 들어올려 우물 입구를 꽉 막았다.

세 사람은 주위를 두리번거린 다음, 촛불을 불어 껐다.

갑자기 어두워져 아무것도 보이지 않았다. 불빛에 눈이 익었던 탓에 컴컴하게 느껴졌다.

준은 당황했지만 움직이지 않고 꾹 참았다. 근처에 있는 다른 사람들도 마찬가지였다.

세 사람이 조용히 사라지는 발소리만 들려왔고, 이윽고 그마저도 사라졌다.

눈이 어둠에 익숙해지기까지 다들 숨죽이고 쭈그리고 있었다.

서서히 조금 전의 은빛 세계가 돌아왔다.

맨 먼저 일어선 사람은 라인맨이었다. 다른 사람들도 따라 일어나고, 교수가 손바닥으로 가리며 손전등을 켰다.

"교수님."

"멀리서 보면 보이지 않겠어요?"

"이 정도로 지면 가까이를 비추면 괜찮을 게야."

교수는 몸을 굽히고 우물 쪽으로 천천히 다가갔다.

"아까 그 사람들, 삼직이었나요?"

"아마 그렇겠지."

"역시 여기 뭔가 있군요."

다들 의문을 표했다.

"아니, 이게 뭐지?"

박사가 조금 거칠어진 목소리로 말했다.

다들 박사를 주목했다.

박사는 말없이 땅을 가리켰다.

돌 뚜껑이 덮인 우물 주위에 포석이 깔려 있었다. 우물의 지름이 일 미터쯤 된다면, 포석이 깔린 면적은 오 제곱미터쯤 될까.

자세히 보니 그곳이 시커멨다. 오랜 세월 뭔가가 배어든 것 같다.

순간, 살기 비슷한 긴장이 흘렀다. 다들 똑같은 생각을 한 탓이다.

아무리 봐도 핏자국처럼 보였다.

"뭐, 뭐야, 이게. 기분 나쁘게."

마리코가 소름끼친 듯 말했다.

"그만 가죠."

라인맨이 말했다.

"우물 안을 보고 싶네. 준, 도와주지 않겠나?"

교수가 우물을 덮은 돌 뚜껑을 들어올리려 하며 준에게 손짓했다.

라인맨이 재빨리 고개를 저었다.

"안 됩니다. 그냥 두고 여기를 벗어나야 합니다."

"하지만 안을 보지 않으면 여기까지 온 의미가 없지 않나."

교수는 뚜껑에서 손을 떼려 하지 않았다.

"하지만 들켰는데요."

"뭐?"

교수가 뒤를 돌아보았다. 라인맨이 재빨리 움직였다.

"교수님, 손전등을 끄십시오. 자, 다른 분들은 조용히 저를 따라오십시오."

교수는 허둥지둥 손전등을 껐다.

또다시 사방이 컴컴해졌다. 그러나 멀리 나무들 사이로 손전등 불빛이 보였다.

교수가 들고 있는 것처럼 작은 것이 아니다. 업무용 전등처럼 커다란 불빛이 셋. 조금 전에 왔던 세 사람이 하나씩 들고 있나보다. 그 불빛이 탐조등처럼 숲속을 파고들고 있었다. 거리가 있기는 해도 이쪽으로 오고 있음을 알 수 있었다.

"이쪽입니다."

라인맨의 목소리가 뒤쪽에서 들렸다.

그는 어둠 속에서도 바로 움직일 수 있는 모양이다. 시력이 어지간히 좋은 게 아닌가보다.

"한 줄로 따라오십시오."

목소리가 멀어졌다. 다들 뒤처지지 않게 황급히 걷기 시작했다.

준은 앞에 보이는 하나의 머리를 따라갔다.

숲속에 세 줄기 빛이 바쁘게 움직였다.

그 빛을 피하듯 달아났다.

라인맨은 도무지 처음 온 사람 같지 않게, 깊은 숲속을 헤매지도 망설이지도 않고 서슴없이 나아갔다.

어둠 속에서도 보이는 게 아닐까 싶을 정도로 거침없는 동작이었다.

"다들 계십니까? 대답하십시오."

라인맨이 뒤를 돌아보고 불렀다.

저마다 대답했다. 여섯 개의 목소리가 다 들렸다.

"여기서부터 길이 아닌 데를 지납니다. 조심하십시오."

라인맨이 선착장이 아니라 경사면 쪽으로 가는 것을 알 수 있었다. 나지막한 덤불 사이를 교묘하게 빠져나가 경사면을 올라간다.

"설마 저대로 집까지 올라가려고?"

"지름길이네."

마리코와 하나가 중얼거렸다.

조금 올라가다 뒤를 돌아보니, 숲속에서 손전등 불빛이 깜박거리며 움직이고 있었다.

아직도 침입자를 찾고 있는 것이다.

"서둘러요. 지금 이쪽을 비추었다가는 그대로 발각되고 맙니다."

박사가 빠르게 말했다.

마리코와 하나는 입을 다물고 허둥지둥 경사면을 오르기 시작했다. 꽤 가파른데도 쫓기는 탓인지 다들 상당히 빠른 속도로 올라갔다.

맨 뒤에 선 준도 가파른 경사에 얼굴을 찡그리면서도 앞사람의 등을 따라 필사적으로 올라갔다. 지금 당장이라도 손전등이 등을 비출 것 같아 제정신이 아니었다. 허벅지 뒤쪽 근육이 비명을 지르고 온몸이 헉헉 거친 숨을 몰아쉴 때까지 준은 쉬지 않고 올라갔다. 위에서도 힘에 겨운 듯한 숨소리가 들려왔다.
"이제 얼마 안 남았습니다."
라인맨의 목소리가 들려와 그가 훨씬 위쪽에 있음을 알 수 있었다.
아무 생각 하지 않고 하나의 거친 숨소리만을 따라 올라갔다.
나뭇가지를 피하고, 나뭇잎 냄새를 맡으며, 땀범벅이 되어, 은빛 밤 속을 오로지 위로, 위로 나아갔다.
느닷없이 눈앞이 환해졌다.
평평한 길로 나와 저도 모르게 발을 멈췄다.
땀이 눈으로 흘러들어 순간 아무것도 보이지 않았다.
고개를 들자 낯익은 교수의 집 앞이었다. 마리코와 하나가 숨을 몰아쉬며 비틀비틀 집 안으로 들어갔다. 린데와 교수가 가슴을 부여잡고 쭈그리고 있었다.
아아, 살았다. 심야의 산책치고는 좀 과격했다.

이튿날 아침, 기도의 종이 울려도 아무도 일어나지 않았다.
집 안은 쥐죽은 듯 조용했다.
그럴 만도 하다. 어젯밤에 그렇게 온갖 일들이 벌어진데다가 술 마시고 나서 한바탕 모험까지 벌였으니 다들 곤히 잠들어 있을 것이다.
준은 원래 아침잠이 많지 않은 탓에 몸은 피곤한데도 종소리를 듣고 반사적으로 일어났다. 머리는 무거웠지만 거의 습관적으로 침대에서 나와 씻고 옷을 갈아입었다.
식당은 아무도 없이 썰렁했다. 검둥이가 보이지 않는 것을 보면 라인맨은 산책 간 것 같다. 그에게는 어젯밤 같은 운동도 별것 아닌 듯, 어디까지나 자연의 리듬에 맞춰 행동하고 있었다.

주전자를 불에 얹고 홍차를 끓였다.

김이 피어오르자 천천히 정신이 맑아졌다.

홍차를 즐겨 마시는 편은 아니었는데, 이곳에서 마시는 홍차는 꽤 맛도 있고 또 여기서 지내다보면 자연히 홍차 생각이 난다. 물이 다른 지도 모른다.

어디서 서니와 사이드가 나타나, 준의 무릎 위로 뛰어오르기도 하고 양말을 물어뜯기도 하며 밥 달라고 야옹야옹 조르기 시작했다.

하나가 뭘 먹였더라?

준은 두 고양이를 발치에 매단 채로 찬장을 뒤졌다. 사료가 보여 바닥에 놓여 있던 접시에 쏟아주자, 고양이들은 앞다퉈 접시에 코를 박았다.

어쩐지 여느 때보다 조용한 아침이다. 다들 자고 있는 탓도 있지만, 이상하게 고요한 느낌이다.

"좋은 아침. 어머, 고마워, 밥 줬구나."

입구에서 잠에 취한 목소리가 들렸다.

하나가 부은 얼굴로 서 있었다.

"잘 잤어?"

"우물 옆에서 '갈매기, 갈매기' 하는 꿈을 꿨어. 아아, 물 끓였구나."

"홍차 마실래?"

"응. 고마워, 준."

준은 하나가 내민 찻잔에 홍차를 따랐다.

하얀 찻잔에 따라진 홍차의 호박색을 보면 여유로운 기분이 든다.

찻잔을 두 손으로 감싸쥐고 홍차를 마시는 하나는 어린아이처럼 사랑스러웠다. 헝클어진 머리도 애교스럽다. 평소에는 총명함이 앞서서 별로 못 느끼지만, 이렇게 보면 상당한 미소녀다.

준은 소노코의 얼굴을 떠올려보았다. 그러나 하나의 얼굴을 보기까지 소노코 생각을 못 한 것이 내심 켕겼다. 소노코가 알면 화낼 것이 분명하고, 이렇게 하나와 마주 앉아 홍차를 마시는 모습을 보면 헤어지자고 할 수도 있다.

준은 몰래 하나의 얼굴을 관찰했다. 소노코도 미소녀지만, 좀더 선이 부드럽고 하나처럼 또렷또렷한 인상은 아니다.

"준이 지금 무슨 생각 하는지 맞혀볼까?"

하나가 갑자기 씩 웃고 준을 보았다.

준은 당황해서 눈을 껌벅였다.

"도쿄에 두고 온 여자친구 생각하지?"

날카로운 지적에 더욱 당황했다.

"아니, 그런 게……"

하나가 킥킥 웃었다.

"정말 뻔하다니까, 준은."

식사를 끝내고 기분이 좋아진 서니와 사이드가 테이블 위로 뛰어올라 털을 고르기 시작했다. 준은 동요를 감추기 위해 서니의 목을 간질여주었다. 서니는 기분 좋은 듯 가르랑거렸다. 사이드가 저도 해달라고 머리를 갖다대고 비볐다.

"얘들 이제는 준을 막 따르네."

하나는 감탄한 듯 고양이의 머리를 콕 찔렀다. 사이드가 애교 부리듯 울었다.

"내가 그렇게 표정에 다 드러나?"

"준이 생각하는 것보다는."

"그보다는 여기 사람들이 다른 사람의 얼굴을 잘 관찰하는 것 같아. 여기 온 이래로 내내 표정을 읽히더라고."

하나는 고개를 갸웃했다.

"V.파 사람들은 그 무엇보다도 인간을 사랑해서 그래."

"그렇다고도 할 수 있고."

"어떤 여자인지 맞혀볼까?"

하나가 홍차를 한꺼번에 마셨다.

"뭐?"

"준이 사귀는 여자 말이야."

"에이, 그런 걸 어떻게 알아?"

"글쎄, 과연 그럴까."

찻잔을 내려놓은 하나는 턱을 괸 채 눈을 치뜨고 준을 바라보았다. 커다란 검은 눈동자에 빨려들 것만 같았다.

준은 당황했다. 타인과 눈을 마주치지 않는 것을 미덕으로 여기는 나라에서 온 사람에게는 불손하게 느껴질 정도로, 이 나라 사람들은 눈을 똑바로 쳐다본다.

"분명히 귀여운 타입이겠지."

하나는 중얼거렸다.

"응, 몸집은 가냘프고 키는 나 정도. 피부가 하얗고 머리는 어깨 바로 밑까지 내려와. 늘 이마를 드러내는 헤어스타일이고, 머리에 핀을 꽂았어. 눈은 늘 웃는 것처럼 상냥하고, 겉보기에는 정말 전형적인 일본 여자. 말하자면 얌전하고 소극적인 편이고, 화려한 차림새를 싫어해. 바지는 안 입고 늘 치마만 입어. 목소리도 그렇게 안 크고. 어때?"

준은 기겁했다.

맞았다. 거의 똑같다 해도 될 정도다.

"하지만,"

하나는 검지를 세웠다.

"그건 어디까지나 겉보기가 그렇다는 거야. 그 여자, 남자들한테 굉장히 인기 많은 타입이지? 사귀자는 남자가 늘 수두룩해. 태도가 부드럽고 상냥해 보이니까. 하지만 실제로 사귀어보면 다르거든."

준은 더더욱 놀랐다. 설마 하나가 소노코를 아나?

"실제로 사귀어보면 주도권을 잡고 있는 건 늘 그 여자야. 마치 엄마처럼 남자의 행동이랑 언동을 체크하고 이것저것 요구해. 심지가 강하고 씀씀이도 전혀 헤프지 않고. 젊은 여자답게 변덕을 부릴 때도 있지만, 의외로 감정에 휩쓸리지 않고 사고방식은 합리적이고 현실적이야."

"하나, 소노코를 알아?"

준은 머뭇머뭇 물었다.

하나가 씩 웃었다.

"호, 이름이 소노코야?"

"이거 놀라운데. 딱 들어맞잖아. 정말 하나가 말한 거랑 똑같아."

"그거 봐."

하나는 힘차게 고개를 끄덕였다.

"소노코를 어떻게 알지?"

준은 이상해서 견딜 수 없었으므로 다시 한번 물었다.

"몰라. 알 리가 없잖아. 도쿄에 가본 적도 없는데."

"그럼 어떻게 안 거야?"

하나는 곁눈으로 준을 쳐다보더니 의미심장하게 웃었다.

"알 수 있어, 준이 어떤 타입을 좋아하는지. 혹은 어떤 타입의 여자가 준을 좋아하는지. 나, 소노코가 어떻게 준한테 접근했는지도 알아. 준은 자기가 먼저 좋아했다고 생각할지 몰라도 사실은 그 반대야. 소노코가 준을 좋아해서 준의 주위에 덫을 놓은 거야. 소노코는 준이 자기를 좋아하게 해서 사귀자고 하게 한 거라고."

"뭐?"

준은 어안이 벙벙했다. 하나의 직감과 통찰력이 예리한 것은 익히 알고 있었지만, 아무리 그래도 그런 것까지 알 수 있나?

그러나 하나는 자신에 찬 목소리로 말을 이었다.

"여자는 어떻게 하면 상대방이 자기한테 접근할지 본능적으로 알거든. 그 여자는 준의 성격을 잘 파악하고 있어. 준은 본질적으로는 다정하고 관대한 사람이지만, 그러면서도 남이 억지로 밀어붙이는 건 싫어하지? 누가 자기 세계에 멋대로 들어오는 건 싫어해. 준의 다정함은, 자기가 하고 싶은 일을 하기 위해서 무의식중에 타인과의 마찰을 피하려는 방편이기도 해. 그 여자는 그걸 알아. 그래서 자기가 먼저 접근하지 않고 준이 자발적으로 그 여자를 선택했다고 생각하게 획책한 거야."

준은 감탄했다. 소노코가 실제로 그런 수단을 썼는지 아닌지는 알 수 없지만, 자기 성격에 관한 분석은 맞는 것 같았다.

"대단한데, 하나. 심리학자도 될 수 있겠어."

하나는 얼굴을 찡그리고 고개를 흔들었다.

"아무리. 여자라면 누구나 이 정도는 알아."

"여자는 어른이구나."

하나는 의외라는 얼굴로 준을 보았다.

"준은 진짜 성격이 좋네. 어지간히 가정교육을 잘 받았나봐. 아니면 도쿄에서 자라면 다 그런가?"

준은 쓴웃음을 지었다.

"별로 안 좋아. 일반상식이 없고 둔감할 뿐이지. 다들 학자 선생님, 학자 선생님 하지만 어차피 좁다란 세계 안의 이야기고. V.파 사람들은 다들 자기 자신한테 정직하고 인생을 즐기고 있어. 처음에는 당황했지만 지금은 부럽네."

"내내 정직하게 산다는 것도 나름대로 쉽지 않다고."

하나는 노인네 같은 어조로 말했다.

준은 하나를 흘깃 보았다.

"하나는 저, 남자친구 없어?"

"나? 없어."

은근슬쩍 떠보자, 하나의 표정이 순식간에 딱딱해졌다.

"정말? 그럴 리 있어? 이렇게 미인인데."

준이 놀라는 척하자, 하나의 얼굴이 확 빨개졌다.

이상하다. 준에 관해서는 그렇게 치밀하게 분석해놓고서, 자기 이야기는 영 젬병인가보다.

자신이 빨개진 것을 알아차린 하나가 허둥지둥 얼굴을 돌렸다.

"진짜 없는걸."

"알았다. 하나가 너무 똑똑해서 남자가 기죽는 거군."

"안 그래. 나 별로 안 똑똑해."

하나는 화난 목소리로 말했다.

"글쎄? 남자는 의외로 심약하니까 말이야. 하나의 지성이 워낙 빛나니까 나 같은 건 상대도 안 해주겠거니 하는 거 아닐까?"

"뭐?"

하나는 뜻밖이라는 얼굴이 되었다.

"어머나, 나 그렇게 보여?"

"내 눈에는 그런데. 다른 남자들은 어떤지 모르지. V.파의 젊은 남자도 지미밖에 아는 사람이 없으니."

그 이름을 입에 올리고 둘이 흠칫했다.

지미와 테리.

그들의 진상은 대체 무엇이었을까. 그들이 정말 '피투성이 잭'이었나. 그 문제를 까맣게 잊고 있었던 것에 양심의 가책을 느꼈다. 그러나 준이나 하나나 그 이야기는 꺼내지 않았다. 어쩐지 지금 두 사람의 화제로는 어울리지 않는 것 같았다.

"이렇게 사적인 이야기는 처음 해보네."

하나가 중얼거렸다. 준도 고개를 끄덕였다.

"그러게. 어나더 힐하고 히간에 몰두하느라 그럴 여유가 없기도 했고, 또 여기 온 이래로 워낙 많은 일이 있었으니 말이야. 하지만 생각해보면 오늘로 겨우 엿새째거든."

준은 손가락을 꼽았다. 하나가 어이없는 얼굴이 되었다.

"세상에, 아직 그것밖에 안 됐어? 한 달은 더 있은 것 같은데."

"나도 그래. 정말 별별 일이 다 있었잖아. 도착하자마자 살인사건이 일어났으니 말 다 했지."

"그러게. 갓치에, 니자에몬 할아버지 출현에, 워낙 강렬한 일이 많아서 한옆으로 밀려나고 말았네. 연쇄살인사건 수사는 어떻게 됐을까 몰라?"

"아무 진전 없을걸."

오늘은 꼭 일기를 써야겠다고 준은 결심했다. 지금쯤 정리해두지 않으면 기억이 뒤죽박죽될 것 같다. 문득 하나가 식당에 들어왔을 때 한 말이 생각났다.

"하나, 그러고 보니 아까 '갈매기, 갈매기' 하는 꿈을 꿨다고 했는데 그게 뭐지?"

"어머, 일본 동요야. 준도 해본 적 있지 않아? 한 아이가 가운데에 눈 감고 앉아 있고, 그 주위를 빙글빙글 도는 놀이."

"아아, '바구니 코, 바구니 코'* 말이군."

준은 또다시 일본의 것이 기묘한 형태로 전승된 것을 발견하고 놀랐다.

"혹시 이런 노래야?"

준은 노래를 불렀다.

"바구니 코, 바구니 코, 조롱의 새는 언제, 언제 나오나 날 밝는 밤에 두루미와 거북이가 미러졌다 등뒤의 정면 누구―게."

진지한 표정으로 듣고 있던 하나가 고개를 갸웃했다.

"멜로디는 거의 같은데, 가사가 미묘하게 다른걸. 우리 건 이래.

갈매기, 갈매기, 갈매기 알 몇 개, 몇 개 먹을래 날 밝기 전에 죄와 그림자가 내려왔다 등뒤의 정면 누구―게."

"호오, 그거 재미있는데. 잠깐만."

"어디 가?"

"공책 가지고 오려고. 가사 좀 적을게."

---

* 일본어로 '갈매기'는 '가모메'. '바구니 코'는 '가고메'로 발음한다.

준은 지적 호기심이 자극되어 잠이 확 깼다.

서둘러 공책을 들고 돌아와 하나에게 다시 한번 노래를 불러달라고 했다. 가사도 다르지만 멜로디도 미묘하게 장조에 가깝다.

"흠, 재미있는데. 오음음계를 벗어나잖아."

"원래 가사 좀 써봐."

준은 공책에 '바구니 코, 바구니 코'의 가사를 적었다.

"바구니 코라니?"

"대바구니를 엮는 댓조각의 코 말이야."

하나의 발음을 듣고 왜 이렇게 바뀌었는지 짐작이 갔다.

일본어를 읽고 쓸 줄은 알아도 영어가 주류인 V.파에서는 '바구니 코'의 발음이 어려운 것이다. 게다가 그 뜻도 잊혀졌고, V.파에는 '두루미'도 서식하지 않기 때문에 본 적이 없다.

그렇기 때문에 V.파에서도 자주 보는데다가 발음하기 쉬운 '갈매기'로 가사가 변했을 것이다.

하나는 준이 쓴 가사를 유심히 읽었다.

"어렵네. '날 밝는 밤에'가 무슨 뜻이야?"

"글쎄. 동요 가사는 원래 뜻을 잘 알 수 없는 게 많으니 말이야."

"'미러졌다'는?"

"'미끄러졌다'가 변한 게 아닐까. 이 '바구니 코, 바구니 코'는 수수께끼가 특히 많은 가사라고 이야기되거든. '영원의 끝'처럼 일부러 반대되는 단어를 이어붙여서 말의 재미를 노렸는지도 모르지."

"언어유희일지도 모르겠네."

"응. 이건 하나도 알다시피 눈을 가린 아이 주위를 빙글빙글 돌다가 노래가 끝났을 때 뒤에 있는 아이가 누군지 맞히면 술래를 교대하는 놀이인데, 원래는 주술적인 노래라는 설도 있어."

"흐음. 무슨?"

"그건 몰라. 바구니 코는 이런 모양을 가리키거든."

준은 공책에 정삼각형 두 개를 거꾸로 짜 맞춘 별 모양을 그렸다.

"어머, 헥사그램이네."

하나가 고개를 끄덕였다.

"그래. 이건 아마 만국 공통으로 마를 쫓는 표시가 아닐까 하는데, 일본에서도 마찬가지야. 이 표시가 있으면 악령이 그 이상 들어오질 못한다고 하지. 이쪽 별 모양도 그렇고."

준은 보통 별 모양을 그렸다.

"펜타그램이구나."

"일본에선 사상 최강의 음양사陰陽師가 이걸 문紋으로 썼었어."

"음양…… 뭐? 문은 또 뭐야?"

"음, 일본 사상 최강의 마술사야. 문은 서양의 문장紋章 같은 거고. 갓난아기 속옷에 이 문을 붙이는 지방도 있어."

"그렇구나."

"양쪽 다 마를 쫓는 표시니까. 그래서 그쪽 방면에서 쓰던 노래가 아닐까 하는 거지. 원래는 무슨 의식에서 부르던 노래일지도 몰라."

"재미있네."

준은 하나에게 들은 노래 가사를 다시 한번 읽어보았다.

"V.파는 역시 달걀의 나라군."

"우후후, 그러게."

문득 '죄와 그림자가 내려왔다' 부분에 시선이 멎었다.

어디서 들어본 것 같은데.

준은 흠칫했다. 어젯밤에 라인맨이 불렀던 노래에도 비슷한 말이 있지 않았나? 기분 탓인가?

"어젯밤에 세 사람이 우물에 던져넣은 게 뭘까?"

하나가 목소리를 낮추고 물었으므로 준은 고개를 들었다.

"우물 주위에 있던 얼룩, 그거 아무리 봐도 피잖아."

"으음, 어두워서 잘 안 보이긴 했지만."

준은 단정을 피했다. 은빛 숲, 흔들리는 촛불. 어젯밤 이야기는 꿈속에서 일어난 일만 같았다.

"난 그게 흑부인의 시체였을 것 같아."

"뭐?"

하나가 몸을 불쑥 내밀고 말을 이었다.

"역시 삼직이 뒤에서 무슨 일을 꾸미고 있는 거야. '피투성이 잭' 사건에도 그 사람들이 관련돼 있는 게 틀림없어."

"아무리. 그럼 처음에 죽은 두 사람은? 도리이에 시체를 매달아놓은 것도 삼직이라고? 경찰이 개입할지도 모르는데, 히간의 자치를 원하는 그 사람들이 왜 그런 일을 하지?"

"그건 몰라. 모르겠어."

하나는 천천히 고개를 흔들었다.

"하지만 분명히 무슨 음모가 있어. 우리가 생각지도 못한 이유로. 지금 여기 어나더 힐에서 뭔가가 진행중인 거야."

그날은 매우 조용하고 평온하게 지나갔다.

다들 점심때가 지나 일어나 각자 간단하게 요기하고 시간을 보내는 것 같았다. 박사는 '기도의 성'으로 돌아간 모양이다.

준은 일기를 썼다. 잊어버리면 안 되겠다 싶어 간단하게 기록해둔 메모는 있는데, 글씨가 지저분해 해독하느라 애먹었다. 평소에는 바르게 글씨를 쓰는 편이라, 이곳에서 목격한 사건 때문에 자신이 얼마나 동요했는지 알 수 있어 어쩐지 웃음이 났다. 아직 닷새밖에 지나지 않았는데도 완전히 다른 사람이 된 것 같았다.

오후가 되어 라인맨이 돌아왔다.

어디 갔었는지는 묻지 않았지만 풀냄새가 났다.

라인맨은 준의 곁에 있는 것을 좋아하는 것 같았다. 그것은 준에게도 기쁜 일이었지만, 침대에 앉으라고 권해도 사양하고 준의 방 입구에 검둥이와 앉는 바람에 난처했다.

"바닥이 차지 않습니까?"

"괜찮습니다. 이쪽이 편해요. 작업하는 데 방해가 됩니까?"

"아뇨, 전혀."

"제가 이러고 있으면 '손님'이 못 들어오려나요?"

라인맨은 복도와 방을 둘러보았다.

"상관없어요. 이미 많이 만났기도 하고, 혹시 들어올 생각이면 창문으로 들어올 수도 있으니까요."

"그렇군요."

"저기, 라인맨, 당신들 생활 이야기를 해주세요. 사실은 저 여기 오기까지 당신들의 존재도 몰랐습니다."

준은 라인맨 쪽으로 돌아앉았다.

라인맨은 가볍게 고개를 끄덕였다. 검둥이는 자는지 꼼짝도 하지 않았다.

"그렇겠죠. 우리 선조는 문자가 없이, 기록을 남기지 않고 살아왔으니까요."

혼잣말처럼 그렇게 중얼거렸다.

문자가 없고 기록을 남기지 않는다. 살짝 활자 중독 기미가 있는 준에게는 상상을 초월하는 사회다.

"그럼 구전으로?"

"그래요, 노래와 구전이 대부분입니다."

준은 무의식중에 메모를 하기 시작했다.

"V.파나 영국 사람들이 당신들과 함께 살았던 적은 있습니까?"

"글쎄요, 별로 들어본 적이 없군요. 그도 그럴 것이 이 나라 자체가 본국에서 거의 잊혀져 있으니 말이죠. 우리에게 관심을 보이는 사람은 없었습니다."

"하지만 흑부인이 그러던걸. 자기나 저한테는 당신들 피가 섞여 있다고요. 옛날에는 외부 사람들과 혼인을 했던 게 아닐까요?"

"그건 맞습니다. 한때 동화 정책이 추진된 적도 있었고요. 하지만 그러기 훨씬 오래전부터 당신네 나라 사람들이 자주 와서 우리와 교류한 것 같더군요."

"네? 일본에서요?"

준은 놀랐다.

라인맨은 당연하다는 표정으로 고개를 끄덕였다.

"그래요. 장로의 노래로 들은 적이 있습니다. 가끔씩 조류의 영향으로 일본인이 우리가 사는 지역의 바닷가에 표류하는 일이 있었던 모양입니다. 그 때문에 아주 오래전부터 우리는 당신네 나라를 알고 있었어요. 당신네 나라의 장식품을 갖고 있는 사람도 있죠."

"저런. 그렇게 오래전부터 교류가 있었군요."

"당신의 선조가 그중에 있었을지 모르죠."

"그럴지도 모르겠군요."

준은 고대의 낭만에 잠겼다. 너른 바닷가에 라인맨과 기모노를 입은 남자들이 마주 서 있는 광경이 떠오른다.

머나먼 나라끼리도 바닷길로 이어질 수 있다.

문득 어젯밤 숲속에서 있었던 일이 뇌리에 되살아나 준은 무심코 물었다.

"라인맨, 혹시 여자 형제가 있습니까?"

라인맨은 순간 움찔하더니 무표정한 얼굴로 준을 보았다.

색깔이 다른 두 개의 눈동자가 정면에서 주시하는 것을 깨닫고 준은 저도 모르게 허리를 곧게 폈다.

"왜죠?"

라인맨은 메마른 목소리로 물었다.

"저, 그게,"

준은 말문이 막혔다.

그 기묘한 현상을 말로 표현하기가 내키지 않았다. 그러나 라인맨이 꼼짝 않고 자신의 대답을 기다리고 있었으므로 마지못해 입을 열었다.

"봤거든요."

"뭘 말입니까?"

"어젯밤에 숲속에서, 당신을 닮은 여자가 서 있는 걸요."

"뭐라고요?"

라인맨이 벌떡 몸을 일으키고 준의 어깨를 잡았다.

그 너무나도 신속한 동작과 진지한 표정에 준은 저도 모르게 굳어버렸다. 라인맨이 발산하는 살기에 소름이 돋았다.

라인맨의 두 눈이 바로 눈앞에 있었다.

오른쪽이 갈색, 왼쪽이 진녹색. 하나가 말한 대로다. 어쩐지 아사다 사탕*이 생각났다. 박하맛과 계피맛. 딱 그 색깔이다.

두 개의 눈동자가 흔들리더니, 라인맨이 눈을 돌렸다. 준의 어깨에서 가만히 손을 떼고는 원래 위치로 돌아가 앉았다.

"실례했습니다."

"아뇨."

준은 안도하며 대답했다. 동시에 마음 한구석으로, 라인맨은 여차하면 아까 같은 유연한 동작으로 적을 쓰러뜨리겠구나 하는 생각을 했다.

"어떻게 보였죠?"

라인맨이 마음을 다잡고 조용히 물었다.

"뚜렷하지는 않고, 비쳐 보이더군요. 마치 숲속에 프로젝터로 영사한 것처럼 다른 사람들 모습하고 이중으로 겹쳐 보였어요."

준은 적당한 말을 골라 설명했다.

"이마 한가운데서 가르마를 타고, 머리가 길었습니다. 당신처럼 몸을 완전히 감싸는 옷을 입고 있었고요."

라인맨은 준의 말을 잠자코 듣고 있었다.

"아주 아름다운 사람이었어요. 상냥할 것 같고, 기품이 있고요. 누구하고 닮았구나 생각하는데 당신이 저를 돌아보면서 그 순간 사라져버렸습니다. 그러면서 당신하고 닮았다는 걸 깨달은 겁니다."

라인맨이 나지막이 한숨을 내쉬었다.

감정이 읽히지 않는 침묵이 이어졌다. 이번에는 준이 설명을 기다릴

---

* 일본의 목사탕 브랜드.

차례였다.

"……그 숲은 의식까지 구체화시키는 모양이군요."

"네?"

"그때 저는 누님 생각을 하고 있었습니다. 그게 당신에게 보인 거겠죠."

"뭐라고요?"

준은 순간 자신이 무엇 때문에 놀라는지 알 수 없었다. 라인맨의 의식이 보였다는 것도 그렇지만, 자신이 본 여자가 라인맨의 누나였다는 것도 놀라웠다. 그러나 굳이 따지자면, 라인맨의 누나였다는 사실에 더 강하게 반응한 것 같았다.

"그럼 그 사람은 당신의……"

라인맨이 가볍게 고개를 끄덕였다.

"누님입니다. 누님도 라인맨이었죠."

"여성도 라인맨이 될 수 있습니까?"

"남녀 구별은 없어요. 오히려 여성 쪽이 강한 재능을 가지고 있을 때가 많습니다."

무녀 같은 걸까. 아닌 게 아니라 영감은 여자가 더 강하다.

그녀라면 무녀 복장도 어울릴 것 같다.

"저희 가계는 다들 눈이 이렇거든요."

라인맨이 자기 눈을 가리켰다.

"모든 분이 좌우 눈 색깔이 다릅니까?"

"그래요. 누님은 저와 색이 정반대였죠. 오른쪽이 녹색, 왼쪽이 갈색이었습니다."

"저기, 전부터 궁금했는데, 좌우 눈 색깔이 다르면 어떻게 보입니까?"

준은 전부터 알고 싶었던 것을 물었다.

라인맨은 생각에 잠겼다.

"특별히 다를 것 같지는 않은데요. 다른 색 눈을 가져본 적이 없어서 모르겠군요."

"그건 그렇겠군요. 죄송합니다."

바보 같은 질문이었다고 머리를 긁적였다.

"누님은 저보다 훨씬 강력했습니다."

라인맨이 나지막이 중얼거렸다.

상냥해 보이던 얼굴이 떠올랐다. 라인맨과 나란히 서면 아름답고 박력 있는 남매였을 것이 틀림없다.

"강력했다니요?"

준은 라인맨의 말이 과거형임을 깨달았다.

라인맨은 준을 보지 않았다.

"누님은 이곳으로 불려왔습니다. 몇 년도 더 전의 일입니다. 자세한 경위는 모르지만, 그때도 이곳에서 판정이 필요한 트러블이 일어났던 것 같습니다."

"트러블? 대체 무슨 트러블이었습니까?"

"글쎄요. 저도 잘은 모릅니다. 하지만 부름을 받은 이상 가야 합니다. 성지를 수호하는 것이 우리 역할이니까요. 그래서 누님은 떠났습니다."

"그래서요?"

준은 머뭇머뭇 물었다. 아무래도 이야기의 결말이 그리 좋지 못하리라는 것을 깨달았기 때문이다.

10장 산 자와 죽은 자의 막간 183

"돌아오지 않았습니다."

라인맨은 단적으로 대답했다.

거북한 침묵이 흘렀다.

"어나더 힐에 갔다가 두 번 다시 돌아오지 않았습니다. 이곳에서 사라진 것 같더군요."

"여기서요?"

준은 저도 모르게 방을 둘러보았다.

"그래요. 이곳, 힐 어딘가에서."

"그럼 아직도 찾지 못했습니까?"

"그래요. 흔적도 없어요."

라인맨은 천천히 고개를 들고 여느 때와 다름없이 고요한 눈으로 준을 보았다.

"게다가 제가 조사한 바에 따르면, 누님은 무슨 이유에선지 켄트라는 당신 친척과 같은 날에 사라진 모양입니다."

조용한 오후가 지나갔다.

사실 오늘 오후가 너무 조용하다고 생각한 사람은 준만이 아니었다.

어나더 힐의 주민 대다수가 그렇게 생각했을 것이 틀림없다.

이 기이한 정적은 사람들의 긴장감이 낳은 것이었다.

누구나 오늘 하루 두고 보자고 생각했다.

어젯밤, 손님에게 도리이가 부서진 탓에 '접근할 수 없다'고 경고를 받은 사람은 준 일행만이 아니었다.

히간이 없어진다.

'손님'이 오지 않게 된다.

모두들 충격을 받고 우려하고 있었다. 그러나 그 말을 전적으로 믿지 못한 것도 모두 마찬가지였던 듯, 하루 동안 지켜보고 확인하자고 생각한 것이다.

하루가 느릿느릿 지나고, 일몰의 종이 울린 것과 동시에 주민들은 일제히 정보 교환을 시작했다. '손님'이 나타났다. '손님'을 만난 사람은 없나.

약 한 시간이 경과할 무렵에 대체로 판명되었다.

이날, '손님'을 만난 사람은 단 한 명도 없었다.

'손님'을 본 사람조차 없었다.

전에 없던 사태였다.

'손님'이 한 명도 오지 않는다.

히간이 아니다.

공포가 서서히 퍼져나갔다.

'손님'이 오지 않는다.

히간을 할 수 없다.

그런 불안에 빠진 주민들은, 그것을 해소하고자 날이 저묾과 동시에 활동을 개시했다.

11장

제등과 병조림

이곳에 와 벌써 몇 번째인지 모를 저물녘이 되도록 마티아스는 헛방을 물색하느라 여념이 없었다.

그는 한창 자랄 때의 소년이다. 낮 동안의 어너더 힐은 따분해 죽을 지경이다. 게다가 노인들을 위한 식단이다보니 먹을 것도 신통치 않다.

부모는 히간이니까 어쩔 수 없다고 한다. 조용히 시간을 보내며 간소한 식사를 하는 것이 히간이다. 우리도 어렸을 때 그랬다, 라고.

그래서 그는 몰래 헛방의 식료품 선반에서 콘비프와 참치 깡통을 찾아내, 자기 방이나 정자에 숨어 꽁쳐둔 빵과 함께 먹곤 했다.

그래도 할 일이 없어 심심하기 때문에 배가 금세 고파졌다. 사람들은 운동을 하면 배고파진다고 하지만, 사실 운동하는 중에는 먹을 것은 생각도 나지 않는다. 심심할 때가 훨씬 더 배고프다. 그것밖에 생각할 거리가 없지 않나.

어느 학교에서나 히간 기간에는 특별 숙제를 내준다. 조용히 생각하기에 안성맞춤이라는 이야기다. 그러나 숙제를 시작해야겠다는 생각이 전혀 없는 마티아스는, 자신은 지금 할 일이 없어 심심하다고 스스로를 설득하며 식품 선반 안쪽에 손을 뻗었다. 제일 낮은 곳은 바닥에 무릎을 꿇어야 손이 닿는다. 오래된 통조림과 병조림이 차례차례 나왔지만, 대체 몇 년 전 것인지 모를 만큼 오래된 것들도 있다. 여기 있는 것들은 먹지 않는 것이 좋을 것 같았다. 오래돼서 못 먹게 된 것들은 좀 처분하지. 그러면 새 깡통을 놓을 자리가 생기잖아.

마티아스는 불만스레 얼굴을 찡그렸다.

현관에 떨어져 있던 목장갑을 그 멍한 남자의 비옷 주머니에 넣은 일 때문에, 마티아스는 부모와 삼직에게 호되게 야단맞았다. 그때는 그래도 얌전히 있었지만, 남보다 두 배는 빨리 회복하기 때문에 지금은 이미 까맣게 잊어버렸다. 그러나 부모는 잊지 않았기 때문에 그가 집 밖으로 나가지 못하게 철저히 감시하고 있었다.

오늘은 수확이 얼마 없다. 어머니가 다음번에 장을 봐 오면 다시 와야지.

마티아스는 가볍게 혀를 차고 정어리 깡통을 하나 챙겨 뒷걸음질 쳤다.

그때, 발에 뭐가 닿았다.

이상한 느낌에 돌아보자, 발이 벽에 닿아 있었다. '뭐'의 정체는 작은 경첩이었다. 어두운 헛방에서 검게 칠해진 경첩은 얼핏 봐서는 눈에 띄지 않았다.

경첩이 있다는 이야기는 문이 있다는 뜻이다.

마티아스는 벽을 더듬었다. 선반 뒤쪽에 문손잡이가 있었다. 참 교묘하게 만들어놓았다. 그냥 보면 이런 곳에 찬장이 있는 줄 전혀 모를 것이다.

마티아스는 비밀의 냄새를 맡았다. 비밀은 그가 아주 좋아하는 것 중 하나다.

그는 살그머니 손을 뻗어 찬장을 열려 했다.

그러나 문은 열리지 않았다.

잠겨 있는 모양이다.

낙담했지만, 동시에 가슴이 설레기 시작했다. 이런 곳에 존재 자체를 감추고, 게다가 잠기기까지 한 찬장이 있다니. 대체 뭐가 들어 있을까? 마티아스는 헛방 안을 두리번거렸다.

열쇠는 어디에 있을까. 옛날부터 있던 찬장 같으니 벽에 걸려 있거나 부엌의 열쇠꾸러미에 들어 있을 것이 틀림없다.

헛방 벽에는 밧줄, 렌치 등이 걸려 있었지만 열쇠 같은 것은 보이지 않았다. 역시 부엌인가.

마티아스는 배고픈 것도 잊고 정어리 깡통을 주머니에 쑤셔넣은 다음 안절부절못하며 헛방을 나섰다.

부엌에서는 부모와 친척들이 수군수군 이야기하고 있었다.

잘은 모르겠지만, 올해는 별별 이상한 일이 일어나고 있는 모양이다. 삼직은 번번이 뭔가를 설명하고, 어른들은 머리를 맞대고 낮은 목소리로 이야기를 주고받았다.

그래서 지금도 부엌에 들어가자 "마티아스, 너 밖에 나가면 안 된다"라고 한마디 주의를 줬을 뿐, "홍차 마셔도 돼?"라고 물어도 "저기 있어"라고 대꾸하는 것이 전부였다.

찻주전자에서 차를 따르고, 은근슬쩍 서랍에서 낡은 열쇠꾸러미를 꺼냈다. 어른들은 이야기에 열중하느라 아무도 모르는 것 같았다.

자기 방으로 돌아와 홍차를 마시며 찬찬히 열쇠꾸러미를 살펴보았다. 아까 손가락으로 크기를 잰 찬장 열쇠구멍에 맞을 것 같은 열쇠는 두 개뿐이었다.

마티아스는 그 두 개를 따로 쥐고, 다시 외진 곳에 있는 헛방에 들어갔다.

찬장으로 다가가 열쇠를 꽂아보았다. 맨 처음 열쇠가 빙고였다.

아싸.

통쾌한 기분을 맛보며 열쇠를 돌리자, 찰각 소리를 내며 자물쇠가 풀렸다.

소리 나지 않게 조용히 문을 열었다.

처음에는 캄캄해서 아무것도 보이지 않았다.

눈이 익을 때까지 잠깐 기다렸다.

뭐가 놓여 있는 것이 흐릿하게 보였다. 오래된 작은 병.

병조림? 피클 같은 건가?

마티아스는 살짝 손을 뻗어 병을 하나 집었다.

물 같은 것 속에 뭐가 들어 있다. 하얗고 작은 것.

이게 뭐지?

마티아스는 병을 들고 자세히 들여다보았다.

밖이 소란스러워졌다.

사람들이 일제히 밖으로 나왔기 때문이다. 게다가 분위기가 심상치 않았다.

교수와 린데에게 또다시 전화가 쉴새없이 걸려오기 시작했다. 다들 흥분한 듯 좀처럼 전화를 끊지 않았다.

겨우 통화가 일단락된 것은 한 시간가량 지난 뒤였다.

"이런, 진짜 할 생각인가봐."

린데가 한숨을 쉬었다.

"뭘 말입니까?"

준은 머뭇머뭇 물었다.

"제등 행렬 말이야."

대답한 사람은 교수였다.

"네?"

순간 준은 자기가 잘못 들은 줄 알았다.

"뭐라고 하셨죠? 한 번 더 말씀해주실 수 있을까요?"

린데와 교수는 이상한 듯 마주 보았다.

"자네도 알 텐데? 원래는 일본의 행사였으니까. 이름도 그대로고. 제등 행렬. 일본에서도 이렇게 말하지 않나?"

교수가 두 팔을 벌리고 준을 보았다.

잘못 들은 것이 아니었다.

"아, 네, 제등 행렬이라는 게 있긴 합니다만. 그걸 왜 지금 하는 거죠?"

준은 경계하며 물었다.

"허간을 못 하기 때문이야. '손님'이 나타나질 않으니 삼직의 책임을 물으려는 거겠지."

린데가 서슴없이 대답했다. 준은 혼란에 빠졌다.

"간단하게 말하면 인민재판이야, 인민재판."

마리코가 거들었으나, 준의 혼란은 더욱 커질 뿐이었다.

"일본에선 그런 게 아냐?"

그 큰 눈을 더 크게 뜨고 묻는 하나의 말에, 준은 겨우 단어는 같지만 목적이 다르다는 것을 깨달았다.

"일본에선 제등 행렬은 경사가 있을 때 하거든요. 그것도 국가 차원의 축하 행사일 때가 많죠. 전쟁에 승리했다든지, 황실에 아이가 태어났다든지."

"호오."

"그렇구나."

"재미있는데."

다들 눈을 껌벅거렸다. 말투로 보건대, 이쪽의 제등 행렬이 그리 경사스러운 일이 아니라는 것은 명백했다.

"우리 쪽에선 화라든지 분노, 불만, 항의 같은 감정을 나타낼 때가 많아. 굳이 말하자면 데모에 가깝다고 할까. 지금부터 쳐들어갈 테니까 각오하라는 느낌이지."

린데가 생각에 잠겨 설명했다. 준은 저도 모르게 쓴웃음을 지었다.

무척 경사스럽지 못한 행사다. 가능하면 당사자가 되고 싶지 않다.

세월과 거리의 영향으로 의미가 역전되는 단어가 있는데, 이것도 그런 것 같다. 일본에서 옛날에는 존칭이었을 '기사마貴様'가 지금은 욕설로 쓰인다든지, 영국에서 전에는 가장 점잖은 초대였던 '에칭 판화를 보러 가자'는 말이 지금은 성적 유혹을 의미하는 것도 비슷한 경우다.

"그럼 삼직을 상대로요?"

"그런가봐."

"이유가 뭡니까?"

"뭐, 이번에 있었던 온갖 일에 대해서겠지. '피투성이 잭' 사건은 어쩔 수 없다 쳐도 그 뒤로 아무것도 해결된 게 없으니 말이야. 히간을 운영하는 게 삼직의 일이니까 일처리가 미흡했다는 지적을 받아도 이상할 것 없어."

"삼직을 해임하는 일도 가능합니까? 애초에, 누가 삼직을 임명하는 거죠?"

의문이 꼬리에 꼬리를 물고 떠올랐다.

"원칙적으로 히간 기간중에 리콜은 못 해. 사임하고 후임을 지명할 수는 있지만. 그리고 삼직은 운영위원회의 투표로 정해. 운영위원회를 실질적으로 장악하는 건 사회적 지위가 있는 사람들이고."

"역시 그런가요?"

"그렇기 때문에 제등 행렬엔 아무 힘도 없어. 다만 임기중에 그런 일이 벌어지면 삼직한테도 상당한 굴욕이라는 것 하나는 확실하지."

"네에."

"교수님도 참가할 거예요?"

마리코가 냉랭한 목소리로 물었다.

"고민중이네."

교수는 난처한 듯 코를 문질렀다.

"린데 아줌마는요?"

"난 안 할래. 이번엔 불가항력적인 일이 너무 많았으니까."

린데는 어깨를 으쓱했다.

"어머, 진짜 불가항력이었을까?"

하나가 의미심장하게 중얼거렸다.

"뭐야, 죄다 삼직의 음모였다는 소리니?"

"글쎄, 그건 아직 모르지."

마리코가 운을 떼보았으나, 하나는 새침한 얼굴로 그 이상 말하려 하지 않았다.

"박사님이랑 라인맨은?"

"아직 안 온 것 같은데."

"저녁은 어떻게 할까?"

"제등 행렬 하면 시끄러울 텐데, 오늘은 그냥 집에 있는 걸로 때울까?"

여자들이 나지막이 이야기를 주고받는 중에도 밖이 점점 더 시끄러워졌다. '인민재판' 분위기가 상당히 고조된 것 같다.

저런 종류의 일은 일단 불만에 불이 붙으면 쉽게 타오른다. 그렇지 않아도 이곳은 폐쇄적인 환경인데다 V.파 사람들은 분위기에 휩쓸리기 쉬운 기질이다.

"어떤가, 준? 잠깐 구경 가지 않겠나? 자네도 자네 나라의 제등 행렬을 여기서 어떻게 하는지 보고 싶겠지?"

교수가 준에게 눈짓했다. 참가는 하지 않아도 구경하고 싶은 모양이다.

준은 고개를 끄덕였다.

"네, 가능하다면 보고 싶습니다."

"그럼 잠깐 나갔다 올까."

"조심하세요."

"먼저들 식사해."

"알았어요."

밖으로 나온 준은 저도 모르게 우와, 하고 나지막이 소리쳤.

곳곳에서 일렁일렁 흔들리는 분홍색 제등 불빛이 환상적이었다.

아름답다.

그 제등이 의미하는 바도 잊고, 준은 넋놓고 바라보았다.

제등은 분명히 제등이었다. 약간 세로로 길고 손잡이가 달린 것이, 시대극에서 범인을 체포할 때 쓰는 제등과 비슷하다. 어쩐지 랜턴이 연상되었다. 색깔은 보랏빛이 도는 분홍색인데, 촛불 불빛에 흐릿하게 비쳐 보였다. 그 제등이 비탈에 무수히 흔들리고 있었다.

땅거미 깔린 숲의 어두운 녹색, 옅은 먹빛의 그러데이션으로 물든 하늘의 색과 완벽하게 조화를 이루는 불빛은 마치 아름다운 꿈만 같았다.

"아름답지?"

교수가 속삭이듯 말했다.

"네. 이런 건 줄 몰랐는데요."

"뭐, 인민재판이라 해봤자 이렇게 제등을 들고 걷다가 흥분해서 떠들썩하게 한판 노는 게 거의 대부분이니까."

"그럼 좋겠습니다만."

준은 길 가는 사람들의 얼굴을 흘깃 보았다. 다들 언성이 높아져 있고 분위기가 상당히 험악하다. 현재로서는 '인민재판'을 하러 가는 행렬이다.

"삼직의 집으로 가는 겁니까?"

"'기도의 성'이겠지. 삼직은 매일 예배당에서 반성의 시간을 가지니까."

갑자기 갓치를 했을 때의 공포가 몸속에 되살아났다.

예배당. 갈가리 찢어진 비옷.

정령. 정령과 '손님'은 다르다. 이곳은 예루살렘처럼 서로 다른 세계의 성지가 겹쳐져 있다.

그들의 세계는 겹쳐져 있지 않나?

문득 그런 생각이 들었다. 정령과 '손님'이 만나는 일은 없나? 그들이 서로를 배제하는 일은 없나? 정령과 '손님'과 라인맨은 한곳에 존재할 수 있나?

흑부인의 남편이 했던 말이 생각났다. 유리로 된 건물이 있고, 다들 다른 층에 있는 느낌이라고 했던가. 즉, 우리에게는 같은 층에 있는 것처럼 보이지만, '손님'들끼리는 서로의 존재를 느낄 수는 있어도 접촉할 수는 없다는 뜻일까.

빛의 무리는 자꾸자꾸 위로 올라간다.

마치 무수히 많은 반딧불이가 하늘로 날아올라가는 듯 보였다.

그러나 환상적인 풍경과는 달리, 그 풍경을 메우는 목소리는 점점 커졌다. 심상치 않은 분위기는 계속 고조되어갔다.

"괜찮을까요? 저러다 폭력사태가 벌어지거나 하지는 않을까요?"

준이 걱정스레 중얼거리자, 교수가 고개를 흔들었다.

"아니, 괜찮아."

그 목소리는 자신에 차 있었다.

저렇게 자신만만해도 되나. 준은 반신반의했다.

하늘에 떠오른 '기도의 성'의 불빛. 제등의 흐릿한 불빛은 돌담 앞에서 가로막혀, 도로가 분홍색 빛으로 흘러넘쳤다.

삼직 나와라, 설명해라, 히간을 못 하다니 어떻게 된 일이냐, 하는 노도와 같은 함성이 울려퍼졌다.

"좌우지간 올해 히간은 처음부터 이상했어!"

얼굴이 벌건 젊은 남자가 돌담 위에 뛰어올라 소리쳤다.

동의하는 목소리가 여기저기서 터져나왔다.

"도리이에 시체, 경찰, 라인맨의 등장. 그 시점에서 올해 히간은 중지했어야 했어."

이번에는 동의와 의문의 웅성거림이 반반이었다.

옳소, 옳소, 하는 목소리와 글쎄, 그럴까, 하는 목소리가 뒤섞였다.

"살인사건은 아직 끝난 게 아니야. 시체가 또하나 나왔어. 범인은 이 중에 있는데, 아직 안 잡혔어."

남자는 목소리를 한층 더 높이며 제등을 휘둘렀다.

삼직의 책임이다, 하는 함성이 터져나왔다. 그놈들을 잘라라, 히간을 계속할지 다같이 투표하자. 투표다, 투표.

군중이 광기 어린 열기에 휩쓸리려는 찰나, 누가 소리쳤다.

"갓치는? 그건 옳았을 텐데? 우리 중에 살인자는 없어."

군중의 온도가 조금 내려갔다. 갓치는 그들에게 절대적인 모양이다.

아니, 나에게도 마찬가지다. 준은 다시 생각했다.

갓치는 누구에게나 절대적이었다.

다른 남자가 돌담에 뛰어올랐다. 먼저 뛰어올랐던 남자는 하는 수 없이 내려섰다.

이번에는 체격이 다부진 중년 남자였다.

"그러니까 죄다 거짓부렁이라고. '피투성이 잭' 같은 건 존재하지 않아. 경찰이 히간에 개입하기 위한 작전이었어. 개입을 허락하지 않겠느니 뭐니 하지만, 실은 삼직도 한편이야. 수습이 불가능한 상황을 일부러 만들어놓고, 경찰을 들일 수밖에 없겠다고 사람들을 납득시키는 게 목적인 거야."

박수와 노성이 뒤섞여 주위를 메웠다.

언젠가 교수님이 말한 것과 같은 설이군.

준은 열변을 토하는 돌담 위의 남자를 바라보았다. 박수가 제법 나오는 것을 보면 교수와 같은 의견을 가진 사람이 꽤 되는 것 같았다. 뒤집어 말하면, 경찰과 어나더 힐 사이에 그 정도로 깊은 골이 패어 있다는 이야기다. 아닌 게 아니라 이런 행사와 관청은 양립되기 어려울 것이다.

이윽고 사람들이 저마다 나서서 자신의 추리를 피력하기 시작했다.

얼마가 지나자 돌담 위는 침 튀겨가며 부르짖는 남자들의 토론장이 되었다.

상당히 견강부회적인 주장도 섞인 남자들의 이야기를 듣다보니 차츰 이해가 되었다.

이것이 교수가 '괜찮다'고 한 이유였다. 요컨대 그들은 자기 의견을 발표하고 싶을 뿐이고, 제등 행렬은 어디까지나 방편이었다.

"교수님이 하신 말씀의 의미를 알겠는데요."

준이 나지막이 소곤거리자, 교수는 씩 웃었다.

"뭐, 요컨대 우리는 뭐든 즐길 수 있다는 이야기야. 우리 국민의식이 얼마나 높은지 알겠지?"

"네, 잘 알았습니다."

준은 진지하게 고개를 끄덕였다.

"내 이야기도 들어보겠나?"

흥분한 목소리들에 이어 침착한 목소리가 들려왔다. 다들 놀라 목소리의 주인을 주목했다. 작은 그림자가 돌담 위로 훌쩍 뛰어올랐다.

품위 있게 생긴 노인이었다.

어디서 본 얼굴인데.

아, 맞다. 삼직이 갓치를 하겠다고 했을 때, 완곡하게 그만두는 게 좋지 않겠느냐고 했던 노인이다.

그는 제등을 들고 있지 않았다. '인민재판'이 아니라, 준과 교수처럼 상황을 살피러 온 것 같다.

"문제는 '손님'이 안 온다는 걸세. 다들 이런저런 이야기를 했네만, 당면한 문제는 그것 아닌가?"

노인은 조용한 눈으로 군중을 둘러보았다.

그때까지 '피투성이 잭' 사건과 삼직과 경찰의 음모에 관해 추리 대결을 펼치던 군중이 갑자기 조용해졌다.

그러고 보니 그랬다. 어젯밤 '손님'에게서 어나더 힐에 가까이 갈 수 없다는 말을 들은 것이 이 제등 행렬의 발단이었다. 즉, 히간을 할 수 없다, '손님'을 만날 수 없다는 사태를 어떻게 해결할 것인지가 현재의 최우선 과제였다.

옳소, 옳소, 하고 동의하는 목소리가 터져나왔다.

"왜 '손님'이 못 오는지, 문제를 해결할 방법은 있는지, 삼직은 어떤 생각을 갖고 있는지. 그걸 먼저 확인해야 하네."

큰 소리를 내는 것도 아닌데 노인의 목소리는 또렷하게 잘 들렸다.

사람들이 또다시 동의하듯 웅성거렸다. 준도 맞는 말이라고 고개를 끄덕였다.

"삼직에게도 무슨 생각이 있겠지. 분명 어떻게든 해주리라고 생각하네."

노인은 거기서 이야기의 방향을 바꿨다.

사람들의 얼굴에 의아한 표정이 떠올랐다. 삼직에게 조금 전의 질문을 하는 것이 노인의 목적이 아닌 것 같았기 때문이다.

"우리는 우리대로, 민간 차원에서 할 수 있는 일이 있지 않겠나?"

노인은 그렇게 말하고 의미심장한 얼굴로 사람들을 둘러보았다.

군중의 얼굴에 당혹의 빛이 떠올랐다. 물론 그중에는 준도 포함되어 있었다.

무슨 소리냐고 누가 소리쳤다.

노인이 희미하게 웃었다. 군중의 호흡을 파악하는 데 재주가 있는 사람이다.

"누구나 아는 민간전승이 있잖나. 요새는 잘 하지 않네만. 하지만 지금 같은 상황에서는 해볼 가치가 있다고 생각하네. '손님'이 정말로 없어졌다면 더더욱. '손님'을 도로 불러오고 싶다면 더 말할 것도 없지."

그러니까 뭘 하자는 거냐고 동시에 여러 사람이 소리쳤다.

다들 초조하게 노인의 말을 기다렸다. 애태우는 것도 이목을 집중시키는 테크닉 중 하나임을 노인은 잘 알고 있었다.

"어렸을 때 해보지 않았나. 수련회나 캠프파이어 때, 다함께 돌아가면서. 누구든지 한두 번은 경험이 있을 텐데?"

답을 알고 싶어 몸이 단 군중에게 죽임을 당하기 전에, 노인은 부랴부랴 말했다.

"헌드레드 테일스 말이야."

"헌드레드 테일스?"

그렇게 되뇐 사람은 준뿐만이 아니었다. 옆에 있는 교수도 분명히 그렇게 말했다.

주위 사람들도 뜻밖의 말이었는지 입 속으로 중얼중얼 되뇌었다.

"교수님, 그거 혹시……?"

"제등 행렬과 마찬가지일세. 일본에도 있을 텐데?"

교수가 소곤거렸다.

"음, 어디 보자, 일본어로는 '햐쿠모노가타리'*라는 것 같았는데."

준은 기겁했다.

"햐쿠모노가타리? 정말 그 햐쿠모노가타리입니까?"

교수의 얼굴을 빤히 응시하고 말았다.

"그래."

"저, 괴담을 이야기하고 나서 촛불을 불어 끄는 그것 말입니까?"

준은 이번에도 다른 의미인지 모른다고 경계하며 물었다.

"그래. 백 명이 한자리에 모여서 밤을 새워 하지."

"아, 예, 일본에서도 그렇습니다."

"그리고 마지막 사람이 이야기를 마치면 모두의 소원이 이루어진다, 기다리던 사람이 나타난다고 전해진다네. 맞지?"

교수가 자신만만하게 말했으므로 준은 무심코 고개를 끄덕일 뻔했다가 허둥지둥 고개를 흔들었다.

"아닙니다. 일본에선 마지막 사람이 이야기를 마치고 촛불이 모두 꺼지면 괴이한 일이 일어나고 불길한 것, 무서운 것이 나타난다고 하는데요."

"그럼 결말이 좋지 않잖아."

"하지만 일본에선 그렇습니다. 더운 여름에 더위를 식히기 위해서 괴담을 이야기하는 게 습관이니까요."

그렇군. 여기서도 반대가 된 셈이다.

---

* 百物語, '백 편의 이야기'라는 뜻.

다함께 모여 괴담을 이야기하면 소원이 이루어진다는 긍정적인 결말도 생각해보면 V.파 사람들답다.

"어떤가? 솔직히 말해서 난 여기 어나더 힐에서 꼭 한번 헌드레드 테일스를 해보고 싶었네만. 히간은 앞으로 어떻게 될지 몰라. 이제는 '손님'이 안 와줄지도 몰라. 시대의 흐름이 그런 걸지도 모르지. 그렇다면 할 수 있는 일은 죄다 해봐야 하지 않겠나?"

노인은 열심히 설득했다.

군중들 사이에서 박수갈채와 환성이 터져나왔다.

설마 정말 할 생각인가. 준은 어처구니가 없었다.

갓치로 학을 뗀 것이 아니었나. 왜 여기 사람들은 이렇게 성가시고 위험한 이벤트를 하고 싶어하는 걸까. 요는 따분함만 해소해준다면 뭐든 상관없다는 이야기인가.

"하자, 해."

"재미있겠는걸."

"어렸을 때 해보고 처음이군."

"까맣게 잊고 있었어."

조금 전까지의 분노는 어디 갔는지, 사람들은 새로운 이벤트 생각에 푹 빠진 것 같았다. 어느 틈에 옆에 있는 교수까지 박수갈채를 보내고 있었다.

스플래터 다음은 괴담인가. 준은 혼자 한숨을 쉬었다.

심장이 몇 개 있어도 부족할 것 같았다.

헌드레드 테일스의 전통적인 방식은 다음과 같다.

화자 및 순서는 되도록 무작위인 편이 바람직하다. 따라서 화자가 될 가능성이 있는 사람의 수만큼 제비를 만든다. 제비에는 숫자가 있는 것과 없는 것이 있다. 예컨대 백이십 명이 제비를 뽑았을 경우, 백지가 스무 장 있는 셈이다. 이 제비를 뽑은 사람들은 제외된다. 나머지 제비에는 1부터 100까지 숫자가 씌어 있고, 숫자가 작은 순서대로 이야기를 한다.

헌드레드 테일스는 화자 전원을 한눈에 볼 수 있는 넓은 방에서 진행되며, 방의 네 귀퉁이에 달걀을 놓고 공기를 엎어놓는다. 다함께 빙 둘러앉고 한가운데는 비워놓는다. 마실 것은 괜찮지만 먹을 것은 불가. 물론 잡담도 금지다. 시작은 자정 정각에. 날이 밝기 전에 끝내야 한다.

이상과 같은 설명을 들으며 준은 교수와 함께 집으로 돌아갔다.

일본에서도 에도 시대에 '햐쿠모노가타리'가 유행했다고 한다. 서민뿐 아니라 오오쿠*를 비롯해 상류계급에서도 꽤 자주 한 것 같다. 세상이 평화로워지면 괴담을 즐길 여유도 생기는 걸까.

원래 영국은 유령 이야기의 나라이다보니, 일본의 괴담 모임도 이런 형태로 수용되었는지 모른다.

그렇기는 해도 V.파에서 '햐쿠모노가타리'를 하게 될 줄이야.

집에 도착하니 소식 빠른 여자들은 이미 헌드레드 테일스 이야기를 알고 있었다.

"오랜만이네. 수련회에서 했었는데."

린데와 마리코가 과거를 추억하는 표정을 지었다.

오늘 저녁은 통조림 깡통을 활용한 메뉴인 듯, 고기 및 생선 깡통이

---

* 大奧, 쇼군의 처첩과 생모 및 시녀들이 거처하던 곳.

찜과 샐러드로 변신했다.

준은 갑자기 배가 고파져 맥주를 곁들여 생선 스튜를 먹었다.

"나, 입원한 친구의 회복을 빌기 위해서 해본 적 있어."

하나가 말했다.

"저런, '햐쿠모노가타리'를? 회복을 빌기 위해서?"

준은 복잡한 표정으로 물었다.

"응. 지금도 그러지 않나? 그렇지?"

하나는 고개를 끄덕이고는 동의를 구하듯 마리코와 다른 사람들을 보았다. 그들도 고개를 끄덕였다.

"사업 성공을 기원하거나, 집을 새로 지을 때 하기도 해."

오햐쿠도*나 종이학 접기 같은 것인가. 그것을 괴담으로 한다는 부분이 영 기이하지만.

"그래서 그때 소원이 성취됐어? 마지막 사람이 이야기를 끝냈을 때 무슨 일이 벌어졌지?"

준은 흥미를 느끼고 하나에게 물었다. 하나는 도리질을 쳤다.

"아니. 아무것도. 분명히 그러고 나서 친구가 낫긴 했지만, 이야기가 끝난 순간에 극적으로 나은 건 아니었어."

"뭐, 그야 그렇겠지."

고개를 끄덕이다가 준은 문득 생각이 났다.

이나리 사당이라 하면……

"V.파에선 분신사바는 안 해?"

"그게 뭐야?"

---

* お百度. 소원을 빌 때, 신사나 절 경내를 백 번 왕복하며 기도하는 일.

"일본에선 '큐피드 씨'라고도 하는데요. 문자와 숫자를 쓴 종이에 동전을 올려놓고, 두 사람이 손가락을 대고 여우나 천사를 불러내서 이야기를 하는 겁니다. 옛날에는 세 사람이 대나무 세 그루를 묶어서 쟁반을 올려놓고 쟁반이 움직이기를 기다려 점을 쳤다고도 하더군요. 그게 서서히 간략해지면서 그런 형태가 된 모양입니다. 지금까지 몇 차례 붐이 일었다던데요. 서양에선 플랑셰트라 한다던가요?"

"아아, 그거 말이구나."

마리코가 관심 없다는 듯이 대답했다.

"들어본 적은 있지만 해본 적은 없어. 영국에선 강령회가 주류인 것 같던데."

린데가 위스키를 마시며 대답했다.

"왜죠? V.파에서 하면 효과 만점일 것 같은데요."

준이 그렇게 말하자 모두들 웃었다. 준은 왜 웃는지 몰라 어리둥절했다.

"필요가 없잖아. 준, 지금 자기가 어디에 있다고 생각하는 거야?"

하나가 두 팔을 벌렸다.

"어디라니······"

준이 우물쭈물하자 하나는 상냥하게 웃었다.

"우리는 여기서 다들 만날 수 있고, 다들 여기로 오니까 일부러 그런 걸 할 필요가 없어. 힐에 오는 편이 훨씬 재미있고, 세상 사람들이 이러쿵저러쿵하는 것 같은 트릭도 없고."

듣고 보니 맞는 말이다. 여기는 어나더 힐. 정령과 죽은 이가 나타나는 곳이었다.

준은 혼란과 공포를 느꼈다. 이곳 생활이 당연하게 느껴지기 시작했지만, 그러면서도 아직 자신의 상식에서 완전히 벗어나지 못했다. 모순된 현실을 모순된 채로 받아들이고 있었다. 연구자로서 이래도 되는 걸까.

"하지만 어나더 힐에 '손님'이 안 오게 되면 앞으로는 유행할지도 모르겠네. 아아, 싫어라. 일부러 힐까지 와서 창가에서 플랑셰트를 하다니, 그런 건 히간도 아냐."

마리코도 이미 위스키로 옮겨가 있었다.

"다음에 한번 해볼까? 준이랑 같이 하면 재미있을지도 몰라."

하나는 고양이의 목을 어루만지며 말했다. 그 눈을 보건대 농담만은 아닌 것 같았다.

그들의 자랑이구나.

히간은 그들의 정신적 지주이자 문화유산인 것이다.

준은 왜 그런지 그 순간, 이곳에 오길 잘했다는 생각이 들었다.

이곳에 이렇게 머물지 않았더라면 V.파나 어나더 힐이나 이상한 곳, 이상한 사람들이라는 이미지밖에 없었을 것이다.

사람은 참 신기한 존재다. 지극히 물리적인 존재면서 자연의 일부지만, 그릇인 신체에 비해 정신의 활동은 초자연에 가깝다. 현실적이고자 하는 정신은 늘 모순 사이에서 갈등하면서도, 미묘한 균형을 유지하며 미래로 나아가려 한다.

이런 생각을 자연스럽게 하는 것도 이곳에 있는 덕분이다.

준은 그 사실을 곰곰이 곱씹었다.

도쿄에서 이런 말을 하면 바보 취급을 받거나 걱정을 사거나 둘 중 하나일 것이다. 왜 그런지 그곳에서는 물리적인 사람은 물리적인 일면, 초자연적인 사람은 초자연적인 일면에서만 사물을 본다. 본래 인간은 양면을 다 가진 존재일 텐데도.

"헌드레드 테일스라. '손님'은 그렇다 치고, 정령은 어떤 반응을 보일까 몰라?"

마리코가 중얼거렸다. 준도 그것이 마음에 걸렸다. 어나더 힐에서 '햐쿠모노가타리'를 하면 어떻게 될까.

"뭐, 새로운 즐거움을 발견한 건 틀림없는 사실이지."

교수는 눈 깜짝할 새에 맥주 두 잔을 비우고 빵으로 그릇의 스튜를 쓱쓱 닦아 먹고 있었다.

"그러네요. 하여튼 오락거리를 찾아내는 데엔 V.파 사람들은 천재라니까요."

마리코는 고개를 끄덕였다.

"그게 꼭 멋진 결과를 낳는 건 아니라는 걸 알면서도 말이죠."

그날 밤, 펍이 문을 닫을 무렵에는 이미 성격 급한 누군가가 전원의 제비를 만들어두었다. 우체국 앞 광장에서 제비를 뽑는다는 소문을 들은 주민들이 차례차례 상자에 든 쪽지를 집어갔다. 준 일행도 얼근하게 취해서 제비를 뽑으러 갔다. 마리코는 '꽝'이 나오면 알아서 하라고 주정을 부렸다. 제비를 뽑으러 오지 않은 사람의 몫은 다음날 직접 각 집을 돌며 뽑게 한다고 했다.

집으로 돌아와 열어보니 전원이 당첨이었다. 린데가 가장 순서가 빠르고, 그 다음이 마리코. 하나와 교수는 중간보다 조금 뒤고, 가장 늦은 것은 95번을 뽑은 준이었다.

내일 밤 자정에, '춤추는 구미호 주막'이 영업을 끝낸 다음 그곳에서 하기로 결정된 모양이었다. 이런 일처리는 참으로 신속한 사람들이었다.

준은 방으로 돌아와 제비 번호를 응시했다.

괴담이라. 어나더 힐에서 '햐쿠모노가타리'를 한다는 것 자체가 어쩐지 심히 그로테스크하게 느껴진다.

멍하니 창밖을 내다보고 있으려니, 초등학교 때 방과후 교실에서 '큐피드 씨'를 하던 생각이 났다.

창문을 열고 긴장해서 의자에 앉는다. 책상 위에는 서툰 글씨로 오십음도와 숫자, '네' '아니오'를 쓴 종이가 있다.

'분신사바'는 무섭지만 '큐피드 씨'는 괜찮다.

아이들 사이에서는 그렇게 이야기되었다. 한동안 방과후에 학교에 남아 '큐피드 씨'를 하는 것이 유행이었다.

그건 대체 어떤 원리였을까. 몇 번 경험한 적 있지만, 정말로 어느 쪽도 힘을 주지 않는데도 동전이 엄청난 기세로 글자 위를 움직였다. 옛날부터 전 세계에서 해왔다는 이야기는 수많은 사람들이 그와 똑같은 체험을 했다는 뜻이다. 힘으로 끌어당기는 것 같지는 않았다. 그 에너지는 대체 어디서 오는 걸까. 우주에서? 아니면 의식을 하지 못할 뿐, 몸 안에서? 아니면 동전을 누르고 있는 두 사람 사이에서?

창밖의 하늘이 머나먼 어린 시절 초등학교의 방과후 하늘과 이어져 있는 것만 같았다.

그 이튿날.

'손님'이 오지 않는 히간이 이어졌다.

그것은 대단히 심각한 사태요, 히간의 존속에 관련되는 중대 문제였다.

그러나 주민들은 그 문제를 일단 유보했다.

삼직도 아무 말이 없었다. 사태를 알아차렸을 텐데도 대책을 협의하는지 주민들 앞에 모습을 드러내지 않았다.

표면상으로는 히간이 순조롭게 진행되는 것처럼 보였다. 주민들은 밤에 열릴 헌드레드 테일스에 정신이 팔려 있었으므로, 일시적인 평화가 어나더 힐을 뒤덮고 있었다.

교수의 집에서도 다들 진지하게 메모를 하고 생각에 잠겨 있었다.

모두 이야기를 해야 하므로 오늘밤에 앞서 각자 시나리오를 짜는 것 같다.

이런 일에 진지하게, 열심히 임하는 부분이 이 나라 사람들이 대단한 점이다.

그러는 준도 무슨 이야기를 할지 궁리하며 몇 가지 후보를 메모하고 있었다.

"준은 좋겠다. 일본 괴담을 이야기하면 되잖아."

식당 테이블에서 준 옆에 앉아 초고를 쓰던 하나가 한숨을 쉬었다.

"마리코는 현직 교사니까 학교 괴담을 하면 되고, 린데는 영화관 괴담, 교수님은 워낙 박식하니까 괜찮고. 나만 아무것도 없으니까 난감해 죽겠어."

연필을 집어던지고 크게 하품하는 그녀 옆에서 두 고양이도 하품했다. 인간의 하품은 고양이에게도 전염되는 모양이다.

"이쪽 사람들은 어떤 이야기를 좋아하지? 그로테스크한 게 좋을까, 가슴 아픈 게 좋을까, 아니면 블랙유머 같은 게 좋을까."

준은 원래 「귀 없는 호이치」를 염두에 두고 있었지만, 청중의 취향도 있을 것이라 생각해서 먼저 조사해보기로 했다.

"그러게. 웃기면서 오싹한 게 가장 인기가 있으려나."

하나가 고개를 갸웃했다.

"국민성을 생각해도 그럴 것 같네."

준은 고개를 끄덕이며 메모해둔 목록을 보았다. 「귀 없는 호이치」는 웃기는 부분은 없는데. 바꾸는 게 좋을까.

"하지만 준은 이국정서를 강조하면 될 것 같은데. 사람들도 준한테는 그런 걸 원할 테고. 일본 고전이 좋지 않을까?"

"그렇겠지?"

역시 「귀 없는 호이치」가 강렬할 것 같다.

"하나는 어떤 이야기를 할 거지?"

준은 메모지를 내려놓고 물었다.

"그러게. 나 그런 거 워낙 젬병이라서. UFO도 본 적 없고."

"그건 나도 그래."

"하지만 준은 '손님'을 많이 만났잖아."

하나가 또다시 불만스러운 얼굴을 했으므로 준은 황급히 그녀의 주의를 다른 데로 돌리려 했다. 어쩐지 친숙한 느낌이다. 소노코 때문에 이런 상황에 익숙해서인가.

"어렸을 때 이야기라든지 친구 이야기는 어때?"

"아니, 그냥 대학에 도는 소문 이야기를 해볼까 해."

하나는 그 이상 뭐라 하지 않고 준의 유도에 넘어가주었다.

"대학에 도는 소문? 빅토리아 대학?"

"소위 도시전설 같은 거야. 반년 전부터 누가 도서관에 살고 있다는 소문이 있거든."

"부랑자?"

"그럼 괴담이 아니잖아. 반년 전부터 장서가 도난당하는 일이 계속되는데, 책이 없어진 다음날에는 꼭 도서관 바닥에 피가 묻어 있다는 거야."

"피가 왜?"

"그건 몰라. 그런데 조사해보니까 사람 피가 아니라 무슨 동물 피라잖아."

"그건 좀 오싹하네. 소문이 아니라 사실이야?"

"응, 이건 사실이야. 신문에도 실렸고."

괜히 목소리가 낮아졌다.

"이상한 이야기군. 동물이 책을 훔친다는 건가?"

"그렇게 되겠지?"

"누가 동물을 이용하는 걸까? 낮에 찍어놓은 책에 그 동물이 좋아하는 냄새를 묻혀놓고, 밤중에 그 책을 갖고 오게 시키는 거야."

"그런가. 그럼 괴담이라기보다 범죄네."

범죄.

그 말을 들은 순간, 번쩍 떠오르는 것이 있었다.

"범죄. 그거 혹시,"

준은 저도 모르게 큰 소리로 말했다. 하나가 쉿 하고 나무랐으므로 허둥지둥 목소리를 낮추었다.

"왜 그래?"

"저기, 도둑맞은 책은 어떤 내용이었지?"

"글쎄? 거기까지는 모르겠는데. 문학 쪽이라는 이야기는 들었지만."

"시집 아냐?"

"시집?"

"'피투성이 잭' 말이야. 피해자들이 한 이야기 기억나?"

하나의 얼굴에 놀란 표정이 떠올랐다.

"수제 특장본. 범인은 빅토리아 대학 도서관의 책을 훔쳐낼 때, 동물 가죽을 가져와서 그걸로 장정을 했던 게 아닐까."

"으음, 그건 무리야. 가죽을 책 표지로 쓰려면 무두질도 하고 건조도 시켜야 한다고. 피 묻은 가죽은 못 쓸걸."

"그런가?"

자신의 아이디어에 열중해 있던 준은 풀이 죽었다.

그러나 이번에는 하나가 눈을 빛내기 시작했다.

"하지만 재미있는데. 아닌 게 아니라 범인들은 오래된 시집을 '미끼'로 썼었잖아. 완성품은 몇 권만 있으면 되지. 어차피 진짜로 팔 생각은 없으니까. 꼬리가 잡히지 않게 훔친 책을 사용했다는 건 말이 돼."

"어쩌면 개를 데리고 가서 망보게 했는지도 몰라. 경우에 따라서는 경비원을 쫓아내는 데 쓸 생각이었는지도 모르고. 사나운 개라면 얌전하게 하려고 책을 훔치는 동안 먹이를 줬을 수도 있잖아. 바닥에 묻어 있던 게 그 먹이의 피였다면?"

"그거 꽤 그럴듯한데?"

둘이 마주 보고 고개를 끄덕였다.

"그럼 범인은 역시 빅토리아 대학 학생이라는 이야기네?"

하나가 그렇게 중얼거렸다. 두 사람은 동시에 입을 다물었다.

머릿속에는 여전히 행방불명인 지미의 얼굴이 떠올라 있었다.

"꼭 그렇다는 보장은 없지. 도서관에는 졸업생이나 연구자도 들어갈 수 있잖아?"

"응. 하지만 지리적 이점이 없으면 안 숨어들 것 같은데. 나라면 평소에 잘 아는 데 들어가겠어."

준이 시도한 반론은 하나의 지당한 의견에 의해 여지없이 분쇄되었다. 사실은 준도 하나와 같은 생각이었지만, 지미의 이름을 거론하기 무서워서 저도 모르게 반대 의견을 말한 것이었다.

"지금 대체 어디에 있을까?"

준은 이미 여러 번 떠올렸던 의문을 입 밖에 내보았다.

"모르지. 어쩌면 벌써 여길 떠났는지도."

하나는 맥없이 희망적 관측을 이야기했다.

"부모님께는 연락 안 드려도 되나?"

"지금 영국에 가 계신다며? 연락하기 쉽지 않을걸."

진상이 무엇인지는 모르지만, 남은 한 아들까지 행방불명됐다는 소식을 귀국하자마자 듣게 될 부모가 측은했다.

"미스터리를 좋아하긴 하지만 추리해야 할 일이 너무 많아서 머리가 뒤죽박죽이야. 아아, 그보다 괴담을 생각해야 하는데. 이 이야기는 못 써먹겠다."

하나는 한숨을 내쉬었다.

준은 숲속에서 몸을 웅크리고 어나더 힐의 건물을 뚫어지게 응시하는 지미를 떠올려보았다. 그 손에는 시퍼렇게 날 선 칼이 쥐어져 있다.

어이구, 이거야말로 도시전설이고 괴담이 아닌가.

준은 머리를 흔들고 그 장면을 필사적으로 지웠다.

또다시 저물녘이 다가왔을 무렵, 교수와 린데, 마리코가 만족스러운 얼굴로 식당에 나타났다.

　세 사람 모두 오늘밤 선보일 이야기에 자신 있는 것 같았다.

　"어째 다들 자신만만한 얼굴이네?"

　마지막까지 무슨 이야기를 할지 망설였던 하나가 시샘하듯 말했다.

　"후후후. 오늘밤은 비장의 이야기를 선보일 테니 어디 두고 보라고."

　교수가 기분 좋아서 코를 쓰다듬었다.

　"난 어떻고요? 영화관은 유령의 보고寶庫인걸요."

　린데가 코웃음 쳤다.

　"어머, 괴담 하면 학교죠."

　마리코도 여유 있는 표정으로 교수를 은근히 곁눈질했다.

　이 경쟁의식은 대체 어디서 나오는 걸까. 준은 그들의 왕성한 생명력에 감탄했다.

　"자, 오늘밤 이벤트에 앞서 혀에 기름을 치러 가야지."

　교수가 펍으로 가자고 나섰다.

　"너무 많이 마셨다간 자기 차례가 되기 전에 잠들어버려요."

　"그러게 말이야."

　"마시고 한잠 자두는 건 어때?"

　이야기를 주고받으며 밖으로 나오자, 다른 주민들도 역시 오늘밤에 할 괴담 이야기로 떠들썩했다. 무서운 이야기는 만국 공통으로 사람들을 열중하게 하는 것 같다.

　"눈이 번쩍 뜨일 만큼 무서운 이야기면 좋겠다."

　마리코는 태연하게 그런 말을 했지만, 무서운 것을 좋아하지 않는 준은 내심 평온한 시간이 되기를 기도하고 있었다.

이윽고 열한시가 지나고, 모든 펍이 일찍 문을 닫을 차비를 시작했다. 여느 때 같으면 마지막까지 버티는 손님들도 오늘밤만은 순순하게 따랐다.

'춤추는 구미호 주막'에서는 젊은 사람들이 테이블을 치우는 소리가 들려왔다.

"오오, 시작됐다."

"가슴이 막 두근거려."

마주 보고 고개를 끄덕이며 일단 집으로 돌아가던 길에 준은 언젠가 큰 소동을 불러일으킨 소년을 보았다.

마티아스라고 했던가? 주근깨투성이의 장난꾸러기 악동. 목장갑을 주머니에 집어넣은 일로 소년을 탓하는 마음은 전혀 없었다.

소년은 헐렁한 웃옷을 입고 있었다. 아버지나 형제의 옷인가보다.

주머니에는 뭔가 묵직한 것이 들어 있었다. 병뚜껑 같은 것이 얼핏 보였다.

오늘은 또 뭘 넣었나?

준은 무심히 그런 생각을 했다.

갓치 때와는 종류가 다른 흥분이 밤을 뒤덮었다.

갓치는 이를테면 강제된 상황이고 공포였으나, 오늘은 즐거운 일이라는 분위기가 감돌았다. '민간 차원'의 행사이기 때문에 삼직도 관여하지 않는 모양이다.

연극이나 영화를 보러 갈 때처럼 들뜬 공기. 이런 공기는 어나더 힐에서 처음 체험하는 것이었다.

그렇구나. 똑같은 공포지만, 괴담은 동시에 오락이기도 하다.

준은 그런 생각을 하며 비탈길을 내려갔다.

홍분에 찬 웅성거림이 '춤추는 구미호 주막'을 둘러싸고 있었다.

안은 여느 때보다 조명을 어둡게 해두었다. 물론 헌드레드 테일스가 시작되면 불을 모두 끄고 초 백 개에 그 역할을 넘길 것이다.

테이블은 모두 밖으로 내가고 어둠침침한 실내에 의자를 원형으로 늘어놓았다. 다른 펍에서도 의자를 빌려온 듯, 모양이며 크기가 제각각인 것이 묘하게 사실적이었다.

중앙에 빠끔하게 난 둥근 공간이 왠지 모르게 보는 이를 불안하게 했다.

가게 밖에는 제비뽑기에서 탈락한 많은 사람들이 앉아 있었다. 그 표정은 유감스러워하는 것 같기도 하고, 안도하는 것 같기도 했다. 그들은 가장 마음 편한 관객이다.

방구석을 보니 정말 공기가 엎어져 있었다.

자리 순서는 정해져 있지 않았으므로, 빈 자리 중에서 아무 데나 앉았다.

어느새 방 안에 긴장감이 감돌기 시작했다. 조금 전까지 소리 내어 웃던 사람들도 이제는 목소리를 낮추고 나지막이 소곤거리고 있었다.

"어머나."

훌쩍 들어와 자리에 앉은 그레이 박사를 보고 하나가 손을 흔들었다. 박사도 웃음으로 답했다. 그도 당첨 제비를 뽑았나보다.

박사는 사교적으로 주위 사람들에게 인사를 했다. 이곳에서는 다른 사람들도 그에게 이야기를 걸지 않았다.

그리고, 탈락자들이 앉은 바깥 자리 한구석에 어느새 라인맨이 와 앉아 있었다.

준이 고개를 꾸벅 숙이자, 그도 희미하게 웃음으로 답례했다.

배우는 모두 모였다. 그런 말이 머리에 떠올랐다.

"여러분, 불을 끌 테니 가져오신 초에 불을 붙여주십시오."

돌담 위에서 이 이벤트를 제안했던 노인이 일어나 말했다.

그도 제비뽑기에 당첨된 듯, 둥그렇게 놓인 의자의 맨 바깥쪽에 앉아 있었다. 그는 대체 어떤 이야기를 할까. 준은 흥미를 느꼈다.

사람들이 흥분한 얼굴로 초를 꺼내고는 라이터를 돌려가며 불을 붙였다.

순식간에 흔들리는 불빛이 방 안 공기를 뒤바꾸고 신비한 리듬을 자아냈다.

불에는 사람을 매료시키는 힘이 있다. 불꽃이 흔들리는 것만으로 세계가 충만해진다.

어느새 조명이 꺼졌다.

"여러분, 이제 곧 오전 영시입니다. 일번은 어느 분이십니까?"

어둠 속에서 노인의 목소리가 들렸다.

누가 손을 드는 기척이 느껴졌다.

"잘 들리게 이야기해주시길 부탁드립니다."

노인의 목소리가 사라지자, 넓은 실내는 쥐죽은 듯 조용해졌다.

정적은 점점 짙어지고 무거워져, 헛기침하는 소리, 숨쉬는 소리조차 조심스러웠다. 정적이 깊어지면 되레 방 안에 큰 소리가 가득한 느낌이다. 정적이 시끄러워진다. 그런 말이 생각났다.

"그럼 시작하겠습니다. 본에 나란히 서신 폐하께 영광 있으라. 맨 첫 분, 준비되는 대로 시작해주십시오."

노인의 목소리가 들리고, 그에 이어 헛기침과 한숨 소리가 들렸다.

정적이 잠시 깨졌다가 이윽고 도로 조용해졌다.

아까보다도 더욱 짙은 정적이 찾아든다.

훨씬 깊고 훨씬 흉포한 소리로 가득한 거대한 정적이.

그리고 맨 처음 사람이 긴장한 목소리로 입을 열었다.

"에, 이게 괴담인지 아닌지는 모르겠습니다만, 그냥 들어주십시오."

그런 말로 이야기를 시작한 사람은 중년 남자 같았다.

긴장은 했어도 침착한 어조라서 듣고 있으려니 어쩐지 마음이 놓였다. 일번 타자로서는 꽤 느낌이 괜찮다.

"에, 제가 고등학생 때, 친구하고 소풍을 갔었습니다. 친척이 마운트 후지에 괜찮은 야영장이 있다고 해서요."

사람들이 공감하며 희미하게 고개를 끄덕이는 것이 느껴졌다. 여기저기서 공기가 움직여 불꽃이 흔들렸다.

마운트 후지. V.파의 후지 산. 기회가 있으면 가보고 싶다. 누구였더라, 마운트 후지에서도 어나더 힐의 불빛이 보인다고 한 사람은.

"분명히 평일 낮이었습니다. 그런데 지금 생각해보면 그날은 아침부터 이상했습니다. 야영장으로 보이는 곳에 도착했을 때, 주위에 개미 새끼 한 마리 없는 겁니다."

모두들 조용히 귀 기울여 듣고 있었으므로, 남자의 목소리는 낮았지만 잘 들렸다.

"처음에는 이상하다는 생각을 안 했습니다. 아무도 없으니 운이 좋다고만 생각했죠."

남자가 코를 긁적이는 것을 알 수 있었다. 제법 사람이 좋은 것 같다.

"하지만 점점 이상해져서 말이죠. 그도 그럴 게, 잘 관리된 목장이 펼쳐져 있는데 정말 아무도 없는 겁니다. 어쩐지 기분이 나빠졌지만,

친구나 저나 그런 말을 하면 그게 사실이 될 것 같아서 아무 말 못 했습니다. 둘 다 '얼른 여기를 떠나자'는 말이 목구멍까지 치밀었는데도, 뭐, 그 나이 때의 허영이라고 할까요, 결국 아무 말 못 하고 계속해서 올라갔습니다."

남자가 한숨을 돌렸다.

모두가 그의 이야기에 푹 빠져 있었다.

아아, 이 느낌이다. 준은 불현듯 그리움에 사로잡혔다.

누구의 입으로 이야기를 듣는 것. 다른 사람의 입으로 픽션을 듣는 것. 이런 체험, 오랫동안 하지 못했다. 문화인류학이라는 연구 분야에 속한 입장에서 과거의 이야기를 들을 때는 있지만, 이렇게 많은 사람들과 더불어 무심히 누군가의 이야기를 듣는 것, 그것도 무슨 도움이 된다거나 일을 위해서가 아니라, 그저 즐거움만을 위해 이야기를 듣는 것은 상당히 오랜만이다.

준은 자신이 흥분한 것을 깨달았다. 공포를 닮은 쾌락에 가볍게 소름이 돋았다.

아마도 이것이 시작일 것이다. 옛날에는 모든 이야기를 구전으로 전했다. 그 원형이 이 헌드레드 테일스에 깃들어 있다. 그렇기 때문에 사람들은 지금도 이 형식에 매료되는 것이다.

"주위에는 여전히 아무도 없었습니다. 퇴락한 목장이라면 또 몰라도, 아무리 봐도 잡초도 없고 고급주택지의 정원처럼 잘 손질되어 있었습니다."

킬킬 웃는 소리가 들렸다. '고급주택지의 정원처럼'이라는 말에 공감한 모양이다. 정원을 좋아하는 것은 영국의 영향일까.

"즉, 사람이 있는 것 같기는 하거든요. 정성스럽게 손질하는 사람,

넓은 목초지를 잘 관리하는 사람. 하지만 아무도 없는 겁니다."

'길 잃은 집'이다.

야나기타 구니오의 『도노 이야기』에도 나온다. 그가 이곳에 왔다면 공통점을 발견하고 흥분했을 것이다.

길 잃은 집. 산 속에 들어간 사람이 길을 잃고 헤매다가 아무도 없는 저택을 발견한다. 훌륭한 가재도구에서 유복함이 엿보이는 집. 그러나 바로 몇 분 전까지 누가 있었던 것처럼 보이는데도, 어디를 봐도 사람이 없다. 겁이 나서 도망쳐나오면 산을 내려가는 길을 발견한다. 그러나 나중에 집이 있었다고 생각되는 곳에 다시 와봐도 집은 두 번 다시 찾지 못한다. 길 잃은 집에서 그릇이나 젓가락 등을 들고 돌아오면 부자가 된다는 전설도 있다.

남자는 V.파판 '길 잃은 집'을 이야기하는 것이었다.

"그러다가 점점 머리가 멍해져서 저와 친구는 그냥 하염없이 올라갔습니다. 그랬더니 갑자기 인기척이 느껴지는 겁니다. 그 왜, 있잖습니까, 경기장이라든지 체육관처럼, 근처에 사람이 많이 있는 느낌."

다들 고개를 끄덕였다. 불꽃이 일제히 깜박거리며 흔들렸다.

"저희는 인기척이 나는 방향으로 갔습니다. 어디에 사람들이 모여서 무슨 행사라도 하고 있다면 아무도 없었던 이유가 설명되죠. 저나 친구나 그렇게 납득하고 싶어서 점점 걸음이 빨라졌습니다. 그리고 탁 트인 곳으로 나왔습니다."

남자는 숨을 후 내쉬었다.

청중은 마른침을 삼키고 이야기가 이어지기를 기다리고 있었다.

"언덕 꼭대기 같은 곳이었습니다. 주위에서 보면 대지臺地처럼 보이는데, 그 위는 테이블처럼 평평했습니다. 그리고 그곳에,"

남자는 주위에 들릴 만큼 큰 소리로 침을 꿀꺽 삼켰다.
"있었습니다, 그들이."
불꽃이 흔들렸다.
"인간이 아니었습니다. 그곳에 있던 것은 말, 소, 양이었습니다. 인간은 하나도 없었어요. 그저 엄청나게 많은 말, 소, 양이 언덕 꼭대기에 모여 꼼짝 않고 있었습니다. 그게 딱, 지금 저희가 앉아 있는 것처럼 머리를 원의 중심 쪽으로 향하고 있는 겁니다. 누가 그렇게 세워놓은 것처럼 말이죠. 마치 중앙에 물 마시는 곳이 있고, 차례를 기다리는 것 같았습니다. 하지만 물 같은 건 없었고, 왜 머리를 그쪽으로 향하고 있는지도 알 수 없었습니다. 섬뜩했습니다. 다들 꼼짝도 안 하고, 박제된 동물처럼 한데 모여 있는 겁니다. 저와 친구는 입을 딱 벌리고 멀리서 그 광경을 보고 있었습니다."

남자가 소리 없는 한숨을 내쉬었다.

"얼마나 그러고 있었을까요. 일 분이었는지, 십 분이었는지. 갑자기 하늘이 번쩍했습니다. 벼락이라 하기엔 이상했습니다. 그날은 하늘이 구름 한 점 없이 맑았거든요. 하지만 번쩍한 건 틀림없습니다. 아주 잠깐이었죠. 그랬더니,"

짧은 침묵.

"갑자기 동물들이 움직였습니다. 그야말로 구령이라도 떨어진 것처럼 일제히, 한꺼번에 하늘을 올려다봤어요. 정말입니다. 말도, 소도, 양도 일제히 하늘을 봤어요."

남자의 목소리가 떨렸다.

"아이고, 그 순간 뭔가가 빵 터졌습니다. 그때까지는 어딘가 정신적으로 마비돼 있었던 것 같은데, 그걸 본 순간 어딘가에서 단숨에 뭔가가 뿜어져나왔어요. 둘 중에 누가 먼저 비명을 질렀는지, 혹은 동시였는지 그건 모르겠습니다만, 저와 친구는 그곳에서 죽어라 도망쳤습니다. 그렇게 빨리, 그렇게 오래 뛴 건 그전에도 그후로도 없었습니다. 좌우지간 뛰고, 뛰고, 또 뛰어서, 국도로 나올 때까지 비명을 지르면서 계속 뛰었습니다."

긴장이 어렴풋이 풀렸다. 이야기의 절정이 지난 것을 깨달았기 때문이다.

"나중에 친구와 그때 일을 여러 번 이야기했습니다. 우리가 본 게 뭐였을까 하고요. 그리고 몇 달 지나서 다시 한번 둘이 그곳을 찾아봤죠. 하지만 끝내 발견할 수 없었습니다. 그렇게 넓은 곳이었는데도 말입니다. 제 이야기는 이걸로 끝입니다."

촛불을 불어 끄는 소리가 났다. 이것으로 첫번째 이야기가 끝나고 불꽃이 하나 꺼졌다.

사람들이 한숨을 내쉬었다. 방 안 공기가 움직여 작은 기류를 만들었다.

전혀 졸리지 않았다.

준은 더할 나위 없는 기회라는 생각이 들었다. 뜻하지 않게 V.파의 전승 표본을 수집할 수 있게 되었다. 지금 이야기도 일본 민간전승과의 유사점과 더불어 V.파의 독자적인 특징이 느껴진다. 여기에 모인 사람들은 연령도 다양하니 폭넓은 이야기를 들을 수 있지 않을까.

준은 주머니에서 살그머니 수첩을 꺼내 이야기 내용 중에서 신경 쓰였던 부분을 적었다. 길 잃은 집. 사람이 아무도 없는 관리된 목초지.

정적이 돌아왔다.

자그마한 헛기침. 나이 많은 여자 같았다.

"다음은 제 차례군요."

품위 있고 높은 목소리가 침묵을 깨뜨렸다.

"저도 이걸 괴담이라고 할 수 있을지 모르겠네요. 아까 분의 이야기도 그랬습니다만, 굳이 말하자면 기이한 이야기의 범주에 들어가지 않을까요."

조용하지만 지성이 느껴지는 목소리였다.

"저는 양녀예요. 저희 가족은 대대로 호텔을 경영해왔는데, 부모님은 아들을 셋 낳으셨지만 딸이 갖고 싶어서 저를 입양하셨다고 들었어요. 저도 어렸을 때부터 들어 알고 있었고, 부모님은 저를 예뻐하셨습니다. 그렇기 때문에 부모님은 지금부터 제가 할 이야기와는 관계없으세요."

또 한 번, 작게 헛기침했다.

"여러분은 이런 상상 한 적 없으신가요? 자기가 또 한 사람 있어서 모든 일을 다 해준다면, 성가신 일은 그 분신에게 맡기고 자기는 좋아하는 일만 할 수 있다면, 하는 거요. 저는 꽤 내성적인 아이였기 때문에 다른 사람들과 이야기하는 게 고역이었습니다. 그럴 때 또 한 사람의 내가 있으면 좋겠다고 종종 생각하곤 했어요. 다른 사람과 이야기할 때만 그애가 와서 재치 있게 대화를 이어나가준다면, 하고요."

사람들이 공감하며 고개를 끄덕였다.

묘하게도 점점 다들 고개를 끄덕이는 타이밍이 맞아들어 촛불이 일제히 흔들렸다.

둥글게 앉은 청중 가운데 일체감 있는 '공간'이 생겨나 있었다.

"그런데 성장하면서 정말로 또 한 사람의 제가 나타난 거예요. 월요일에 학교에 가면 친구가 너 어제 어디어디 있었지? 라고 해요. 저번에 어디 갔었지? 하고, 저는 전혀 모르는 곳에서 저를 목격했다고 하는 거예요. 거리를 걷고 있으면 모르는 사람이 친근하게 말을 걸어오고요. 저는 기분이 나빠졌습니다. 무슨 몽유병 같은 병에 걸린 건지, 아니면 정말로 도플갱어가 존재하는 건지 몹시 고민했었답니다. 제가 한동안 워낙 우울해하니까 부모님도 걱정 많이 하셨어요. 하지만 사실대로 말씀드리기 어려웠습니다. 내가 어떻게 된 게 아닐까 생각했으니까요. 하지만 어느 날 용기를 내서 말씀드렸더니, 부모님은 어딘가에 전화를 걸고 조사해보셨어요. 그 결과, 저에게 쌍둥이 언니가 있다는 사실이 밝혀진 거예요."

노부인의 목소리는 담담하게 이어졌다.

"어른이 돼서 언니를 처음 만난 날은 지금도 잊혀지지 않습니다. 정말 거울을 보는 것 같더군요. 쓰는 화장품도, 충치가 생긴 위치도, 처음 산 레코드도, 애용하는 부티크도, 죄다 미리 말을 맞춘 것처럼 똑같았어요. 얼굴과 체격이 똑같은데다 같은 부티크에서 같은 옷을 사고 같은 화장품을 쓰니, 제 친구나 언니 친구나 저희 둘을 분간할 수 있을 리가 없었죠. 서로를 보고 오랜 세월 품고 있던 의문이 풀렸습니다. 듣자 하니 언니도 저와 마찬가지로 자기가 기억상실이 아닐까 고민했다더군요. 물론 저희는 서로가 어디에 있는지 몰랐고, 그전까지 서로의 존재 자체를 몰랐으니 취향 같은 것도 알 리가 없었어요. 그런데 처음 만났을 때, 그때 저희는 이미 결혼한 다음이었습니다만, 글쎄 결혼한 연월일과 남편의 직업, 남편의 눈과 머리 색깔, 체격까지 같은 거예요. 그걸 알았을 때는 되레 무섭더군요. 자기가 선택한 줄 알았던 인생이 유전자에 의해 결정된 것이었음을 알았을 때는 말이죠."

사람들이 탄성을 지르는 것이 느껴졌다.

일란성 쌍둥이에게는 그런 일이 곧잘 있다고 들었지만, 이렇게까지 일치하면 아닌 게 아니라 기분 나쁘다. 인생까지 일란성이라니.

"그리고 비슷한 시기에 딸을 낳고, 아이를 키우느라 바빠진 저희는 때마다 카드를 주고받고 일 년에 한 번 정도 만나는 사이가 됐습니다. 그런 인생이 여러 해 이어졌어요. 그리고 작년에 있었던 일입니다."

모두가 하나의 귀가 되었다.

모두가 같은 기분으로 그녀의 이야기를 듣고 있었다.

"연말이 닥친 어느 날, 저는 국도에서 사고를 당했습니다. 쇼핑몰에서 나오다가 빗길에 미끄러진 소형 트럭에 치인 거예요. 저는 왼쪽 다리에 큰 부상을 입고 석 달 동안 입원해 있었습니다. 그리고 가까스로 퇴원했을 때, 갑자기 부고가 날아들었습니다."

그녀는 잠깐 입을 다물었다.

"언니의 부고였습니다."

청중의 목소리에 긴장과 동정이 섞였다.

그러나 노부인의 목소리는 여전히 담담했다.

"언니도 저와 같은 날, 몇백 킬로미터 떨어진 곳에서 교통사고를 당했던 거예요. 언니도 저와 마찬가지로 왼쪽 다리에 부상을 입었는데, 상처에 균이 들어가서 심한 폐렴에 걸려 결국 죽고 말았어요. 태어났을 때부터 거의 똑같은 길을 걸어온 저희의 인생이 드디어 여기서 갈리고 말았던 거예요. 어쩐지 기분이 묘하더군요. 원래는 저도 같이 죽었을지 모른다는 생각이 들었습니다. 어쩌면 언니는 저를 대신해서 죽은 걸지도 모른다고요. 아니, 그 반대일지도 모르죠. 어쩌면 제가 언니를 대신해서 살아 있는 걸지도 몰라요. 그런 생각을 하면서 하루하루를 살고 있답니다. 여담이지만, 히간에서는 아직 언니를 못 만났어요.

언니는 제가 아직 살아 있으니까 상관없다고 생각하는 걸까요? 하지만 할 수만 있다면 언니를 한 번 더 만나서 이야기를 나누고 싶어요. 그러니까, 이번에 여러 가지로 시끄러운 일이 일어나고 있는 것 같지만, 히간만큼은 꼭 할 수 있게 되길 빌고 있답니다. 제 이야기는 이걸로 끝입니다."

하아, 하고 감탄인지 경탄인지 알 수 없는 한숨이 청중으로부터 흘러나왔다.

기이한 이야기라고 준은 생각했다. 그리고 좋은 이야기라고도 생각했다.

히간은 좋은 행사구나. 준은 솔직히 그렇게 생각했다. 저번에 '피투성이 잭'의 피해자들을 봤을 때도 생각했지만, 이렇게 산 자와 죽은 자가 함께 이야기할 수 있는 기회가 약속되어 있다는 것은 정말 크나큰 위안이 된다.

훅, 하고 조용한 숨소리가 났다. 촛불이 하나 더 꺼진 것이었다.

그건 그렇고, 엄청난 밀도다. 이런 밀도로, 이런 집중력을 유지하며 백번째까지 이야기가 이어지면 녹초가 될 것 같다. 이제 겨우 두 개 끝났는데도 이 정도니.

한편으로는 충족감도 느껴졌다. 다들 제법 이야기 솜씨가 있다. 나도 저렇게 잘 이야기할 수 있을까. 내용도 재미있었다.

잠시 뒤, 탐색하는 듯한 침묵이 흘렀다.

다음으로 이야기할 사람을 재촉하는 침묵이다.

모두들 주위를 흘끔흘끔 둘러보는 탓에, 그때까지 같은 색으로 타고 있던 촛불이 흔들리고 비틀리면서 색이 달라졌다.

원칙적으로 일단 시작되면 도중에 다른 사람이 발언할 수 없다고 한다.

세번째는 누구지?

당황한 것 같기도 하고 짜증난 것 같기도 한 침묵이 흘렀다.

참지 못하고 다음 사람을 찾는 작은 목소리가 곳곳에서 들려왔다.

기껏 분위기 좋았는데. 흐름을 끊어버린 세번째 사람을 비난하는 분위기가 감돌았다.

"저기,"

갑자기 새된 어린아이 목소리가 청중을 현실로 되돌렸다.

목소리가 들린 쪽을 보니, 마티아스라는 아이가 일어서 있었다.

"저, 다음은 전데요. 저 무서운 이야기 모르거든요."

주근깨투성이 얼굴에 당혹의 빛이 떠올라 있었다.

이런 어린아이까지 제비를 뽑았다. 아니, 저 아이쯤 되면 호기심에 제가 나서서 억지로 뽑았을 것이 틀림없다.

어린아이는 봐주지? 이 녀석은 건너뛰자고. 탈락한 사람 중에서 한 명 대신 시키는 게 어때? 주위 어른들이 수군거렸다.

마티아스는 괴담을 준비하지 못해 풀이 죽기는 했어도, 다른 사람에게 자기 차례를 양보한다는 것에는 반감을 느낀 것 같았다. 울컥한 얼굴을 하더니 갑자기 헐렁한 웃옷 주머니에서 뭔가를 꺼냈다.

"그럼 이거요."

그는 손에 든 것을 높이 치켜들었다.

사람들의 시선이 그것에 쏠렸다.

"이거면 되죠? 오늘 발견한 거예요."

마티아스는 의기양양한 목소리로 선언했다.

유리병?

준은 자세히 살펴보았다. 피클 등을 넣는 보존용 유리병 같은데, 촛불 불빛이 깜박깜박 반사되어 안에 든 것이 잘 보이지 않았다.

뭔지 몰라도 하얗고 둥근 것이 들어 있다는 것만 가까스로 알 수 있는 정도였다.

뭐지? 메추리알 같은 건가?

유리병을 주목하던 사람들은, 이윽고 동시에 자신들이 보고 있는 것이 뭔지 깨달았다.

얼어붙은 듯한 침묵.

아무리. 설마 그럴 리가. 저건 혹시.

누가 무시무시한 비명을 질렀다. 비명은 하나가 아니었다. 복수의 비명이 서로 겹치듯 터져나오고, 사람들이 덜컹덜컹 의자를 밀고 일어섰다.

"거짓말. 말도 안 돼."

준은 떨리는 목소리로 중얼거렸다.

주근깨투성이 소년이 태연하게 쳐든 유리병.

그 안에서 출렁거리고 있는 것은 녹색과 갈색 홍채를 지닌 하얀 안구 두 개였다.

12장

지하로 내려가는 여행, 지하에서 올라오는 여행

비가 내리고 있었다.

바람이 없어서 그런지 소리는 조용하지만, 비다운 비.

그러고 보니 여기서 비 내리는 아침을 맞는 것은 처음이다. 어나더힐 팔 일째에 처음 내리는 본격적인 비. 하늘은 늘 흐렸지만 제대로 비가 내린 적은 없었다.

비가 내리면 마음이 차분해진다. 평온한 기분이 든다. 자칫하면 평온하다 못해 침울해질 정도로……

창밖을 내다보며 멍하니 그런 생각을 하던 준은 퍼뜩 정신을 차리고 식당을 슬그머니 둘러보았다.

꿈결 같은 기분이 순식간에 사라져버렸다.

무슨 아침이 이런지.

평온한 기분은커녕 음침하고 희망이 없는 기분이다.

모두들 가운이나 담요를 두르고 식당에 모여 있었다. 라인맨을 빼고 모두가 이곳에서 밤을 꼬박 새웠다.

이렇게까지 대화가 없는 시간은 처음이었다. 모두들 입을 다물고 아무 말도 하지 않았다.

준은 다른 사람들의 눈에서 공포를 느꼈다.

전염되면서 증폭되는 공포를 느꼈다.

지금까지는 무슨 일이 벌어져도 이런 눈을 보인 적은 없었다. 갓치를 해도, 살인사건이 벌어져도, 그것마저도 어나더 힐의 허용 범위 내라는 느낌이었다. 여기서는 무슨 일이 일어나도 이상할 것 없다는 달관적인 자세가 있었다.

그러나 어제 사람들이 본 것은.

의자를 밀치고 일어나는 소리와 비명이 아직도 머릿속에 맴돌았다.

촛불이 비춘 그것. 소년의 손에 들려 있던 병. 그 속에 떠 있던 두 개의 하얀 구체. 그리고 벌떡 일어나 사람들을 밀쳐내고 창문으로 달려와 그 병을 응시하던 라인맨의 새하얀 얼굴……

준은 얼굴을 쓱쓱 비볐다.

식당에 라인맨은 없었다. 그 대혼란이 있고 나서 아직 돌아오지 않았다.

그 순간부터 필사적으로 지우려 애쓰던 생각이 또다시 머릿속에 떠오르려 해서 준은 씁쓸한 기분이 들었다.

그 안구가 라인맨의 누나 것이라면.

가슴 한구석이 옥죄이는 것 같았다.

그럴 리 없다. 그럴 리는.

준은 혼자 고개를 내저었다. 그러나 바로 얼마 전에 라인맨에게 이야기를 듣지 않았나. 그의 일족은 모두 좌우의 눈 색깔이 다르다고. 좌우가 뒤바뀌기는 했어도 누나도 마찬가지라고. 켄트와 같은 날에 행방불명됐다고.

라인맨의 누나는 살해당했나?

엽기적인 범죄에 희생되어 눈을 잃었나?

저도 모르게 온몸이 부르르 떨렸다.

아아, 설마.

준은 남몰래 한숨을 내쉬었다.

그러나 준이 아니라도, 그 안구의 색을 보면 누구나 라인맨의 친족 것이 아닐까 생각했을 것이다. 그렇기 때문에 모두들 그렇게 공포에 사로잡힌 것이다. 라인맨조차도 피해자가 될 정도라면……

준은 높이 쳐든 유리병의 영상을 머릿속에서 지우려 필사적으로 노력했다. 안구가 어떻게 해서 유리병에 들어가게 됐는지, 상상만 해도 등골이 오싹하고 살갗이 떨렸다.

무서운 일이다.

저도 모르게 두 팔로 몸을 부둥켜안았다.

처음으로 도망치고 싶어졌다. 비가, 석조 주택이, 어나더 힐의 모든 것이 악의에 찬 것처럼 느껴졌다. 인습이, 토속이 무서웠다.

주위에서 졸고 있는 사람들이 모르는 사람처럼, 인형처럼 보였다.

숨이 막혔다. 천장이, 벽이 부쩍부쩍 다가드는 것만 같았다.

대혼란에 빠져 부득이 중단된 헌드레드 테일스.

누가 사태를 수습했는지도 모르겠다. 몇몇 여자가 기절하고, 의자가 쓰러지고, 누가 넘어지고, 모두가 소리를 질렀다. 헌드레드 테일스를 제안한 노인을 비롯해 몇 명이 소년을 붙들어 데리고 가는 모습은 보았지만, 그리고 나서는 누구나 공포 어린 표정으로 뒤끝 나쁘게 흩어졌다. 섬뜩한 기분에 이번에도 다함께 식당에 모여들었다. 모두들 문이 없는 각자의 방으로 돌아가기를 꺼린 탓이다.

준은 가만히 있을 수 없어 일어났다.

주전자를 들고 물 끓일 준비를 했다. 따뜻한 것을 마시자. 이대로 앉아 있다가는 돌덩어리가 될 것 같았다.

창밖은 침침하다. 비 때문인지 마치 중세의 세계에 있는 것 같다.

준은 부르르 몸을 떨었다.

그건 그렇고, 왜 그런 것이 보존되어 있었을까.

손을 놀리자 간신히 이성적으로 사고할 여유가 생겼다. 준은 주전자 앞에서 팔짱을 끼었다.

전리품? 하지만 그것은 '피투성이 잭'과는 별개다. 그것이 만약 라인맨의 누나라면, 십 년 전에 살해당했을 터였다. 얼핏 보기에도 오래된 것 같은 병이었으니, 이번 연쇄살인사건과는 무관할 것이다.

십 년 전의 살인. 그렇다면 켄트는 어떻게 됐나?

빗줄기가 유리창을 때린다.

그도 살해당했나?

준은 고개를 갸웃했다. 어쩐지 석연치 않았다.

아니면 켄트가 라인맨의 누나를 죽였나?

그런 생각이 들어 움찔했다.

그래서 미국으로 도망쳤다. 그렇다면 아직까지 본국에 모습을 드러내지 않는 것이 설명된다.

그러나 만약 그렇다면, 어째서 켄트가 라인맨의 누나를 죽여야 했나?

어느 쪽이든 무서운 상상이었다. 준은 또다시 몸을 떨었다.

어떤 얼굴로 라인맨을 봐야 하나. 면목 없는, 견딜 수 없는 기분이 들어 위가 묵직해졌다.
"……나도 좀 줘."
중얼거리는 목소리가 들려와 준은 놀라 뒤를 돌아보았다.
테이블에 엎드려 자던 마리코가 멍한 표정으로 이쪽을 보고 있다.
"제가 깨웠나요? 죄송합니다."
"아냐, 그냥 저절로 눈이 떠졌어. 시험 답안지 채점하는 꿈을 꿨지 뭐야."
"마리코 씨는 팔짱을 끼고 주무시는군요. 팔 안 아프신가요? 전 이마를 책상에 대고 자는데요."
"그거 힘들 것 같은데? 머리에 피 안 쏠려?"
"익숙하니까 괜찮아요. 게다가 부자연스러운 포즈니까 내처 잘 수도 없고요. 단시간에 잠이 깨죠."
"그건 팔도 마찬가지야. 팔이 저리니까 잠이 깨거든."
낮은 목소리로 대화를 주고받았다.
마리코는 걸치고 있던 카디건을 고쳐입고 턱을 괸 자세로 창밖을 바라보았다.
"비가 오는구나."
"네. 우박은 내렸지만 이렇게 본격적으로 비가 내리는 건 처음이죠, 여기 온 이래로."
"라인맨은 아직 안 돌아왔어?"
마리코는 식당을 둘러보았다.
"네, 아마."
거북한 침묵이 흘렀다.

"그거 그 사람 친족이지? 어제 본 거."

"그럴 것 같습니다. 마리코 씨도 눈치 채셨습니까?"

"그야 물론이지. 그 사람 얼굴이 새파랗던걸. 누구 건지 짐작이 가는 것 같았어."

역시 날카롭다. 물론 라인맨의 그 표정을 보면 명백했겠지만.

"히간이 없어져도 어쩔 수 없을지 몰라."

마리코가 체념 어린 목소리로 중얼거렸다.

"네? 왜죠?"

준은 놀랐다. 마리코의 입에서 그런 말이 나올 줄은 몰랐다.

"'손님'이야 어쨌든 간에, 여기가 미신의 온상인 건 확실해. 다들 뒤에서 무슨 짓을 하는지 알 길도 없고. 유혈이 낭자하고, 차마 다른 데 가서는 말할 수 없는, 우리도 모르는 그런 저주받은 역사가 있을지도 몰라. 그런 걸 히간으로 은폐하고 가족 행사라는 명목으로 처리해버리려 하는 걸지도."

그녀의 냉정한 어조에 준은 까닭 없이 초조함을 느꼈다.

"그럴 리가요. 히간은 V.파의 자랑이지 않습니까?"

마리코는 한쪽 눈썹을 치올리고 준을 보았다.

"어머. 준은 히간을 옹호하는 거야?"

"그야 물론이죠."

"그렇게 여러 가지로 심한 꼴을 당하고도?"

"하지만 히간은 히간입니다. 귀중한 거예요. 세계 어디를 찾아봐도 이런 데는 여기밖에 없습니다. 자랑스럽게 생각하는 게 당연하죠."

왠지 흥분하고 말았다.

"준, 물 끓었어."

마리코가 턱짓으로 가리켰으므로 준은 허둥지둥 불을 껐다.

"뭐 드시겠습니까?"

"네가 갖고 온 일본차 마시자."

따뜻한 김이 피어오르고 녹차 향기가 방 안을 가득 채우자, 꼼짝도 하지 않고 자던 다른 사람들도 코를 벌름거리며 눈을 떴다. 하품하는 소리, 기지개 켜는 소리와 함께 이제야 겨우 하루가 시작되는 분위기가 되었다. 그즈음에는 어젯밤의 공포도 엷어져 있었다.

준은 모두에게 일본차를 돌렸다. 서니와 사이드가 일어나 나와 그의 발치에 엉겨붙었다.

"이제 어떻게 될까."

린데가 지친 얼굴로 중얼거렸다.

"어떻게도 안 돼."

교수가 퉁명스럽게 대답했다.

"어떻게도 안 된다니요?"

"어떻게든 우리 손으로 사건을 해결해야지."

린데가 어처구니없는 얼굴이 되었다.

"아직도 그런 소리를 해요? 우리가 감당할 수 있는 일이라고 생각해요?"

"그야 물론이지."

교수는 완강하게 고개를 끄덕였다.

"해결해야 하는 일이 너무 많은데요."

하나가 차를 홀짝거리며 손가락을 꼽았다.

"'피투성이 잭'은 누군가? 어나더 힐의 연쇄살인사건도 그의 소행인가? 왜 어나더 힐에서 살인을 하는가? 지미와 테리는 동일인물인가? 지미는 지금 어디에 있나? 테리는 살아 있나? 지미는 테리에게 살해당했나? 흑부인은 지금 어디에 있는가? 호텔에 남아 있던 피는 누구 것인가? 밀실상태의 방에서 어디로 사라졌는가? 삼직은 사건에 관여하고 있는가? 히간은 어떻게 될 것인가? 왜 '손님'들이 접근할 수 없는가?"

하나가 숨을 후 내쉬었다.

"이 정도만 해도 엄청난걸요. 추리소설 세 권은 족히 쓸 분량이라고요. 그런데다 어젯밤 그거, 과거의 살인까지 등장했잖아요."

"라인맨은 그게 누구 건지 아는 게 아닐까."

교수가 방 안을 둘러보며 중얼거렸다. 다른 사람들 앞에서 그 말을 하는 것이 사뭇 당연하다는 듯이.

준은 움찔했다. 그러나 라인맨의 누나 것일지도 모른다는 말은 할 수 없었다. 그것은 라인맨을 배신하는 일이라는 생각이 들었다.

"라인맨은 충격 때문에 못 돌아오는 건지 몰라요. 그 표정 봤잖아요? 어쩌면 가족일지도 모른다고요. 그 사람 심경을 생각해봐요. 그런 장난꾸러기 녀석이 그렇게 보란 듯이 쳐들어 보였으니, 충격받지 않았겠어요?"

마리코가 나지막이 중얼거렸다. 교수는 반성하는 듯한, 부끄러워하는 듯한 표정이 되었다.

"그거 진짜였을까? 너무 작아서 잘 안 보였는데. 어쩌면 장난감일지도 몰라."

하나가 천장을 올려다보며 고개를 갸웃했다.

장난감이라면 얼마나 좋을까. 준은 하나의 생각에 덥석 매달리고 싶은 심정이었다.

갑자기 전화벨이 울렸다. 식당에 있던 사람 모두 몸을 움찔하고, 고양이들까지 방구석으로 도망쳤다.

모두가 전화를 주시했다.

교수가 천천히 수화기를 들고 "여보세요" 하고 전화를 받았다. "흠흠" "호오" 하며 이야기하는 것을 보면 힐의 누군가가 또 새로운 정보를 제공하는 모양이었다.

교수가 수화기를 내려놓을 무렵에는 모두가 흥미진진하게 교수를 지켜보고 있었다.

땡 소리와 함께 수화기를 내려놓고 교수가 모두를 둘러보았다.

"진짜 안구라는군."

소리 없는 한숨이 새어나왔다.

"다만 상당히 오래된 모양이야. 이십 년에서 삼십 년쯤."

"네?"

준은 저도 모르게 소리쳤다.

"왜 그래, 준?"

"정말입니까? 그렇게 오래된 겁니까?"

"진료소로 갖고 가서 조사해봤다고 하네. 정확히는 알 수 없지만 최근 게 아닌 건 확실해."

"즉, '피투성이 잭'이랑은 무관하다는 이야기네요."

하나가 끼어들었다.

그렇다면 라인맨의 누나 것이 아니다.

그렇게 생각하니 조금 안심이 되었다. 라인맨에게 이 사실을 알려야 하는데.

"그리고 그게 발견된 장소는 마티아스의 집 헛방이었다는군."

"헛방? 세상에. 취미도 참 고약하지. 피클이랑 나란히 놓여 있었단 말인가?"

린데가 얼굴을 찡그렸다.

"아니, 무슨 비밀 찬장 같은 데 들어 있었다고 해. 마티아스의 부모는 그런 찬장이 있는 줄도 몰랐다고 하고. 마티아스의 집은 공용이었을걸. 지금까지 여러 가족들이 사용했으니, 누가 갖다놨는지 밝히기 쉽지 않을 게야."

"흐음. 참 소란스러운 기념품도 다 있네요. 삼직은 어젯밤 이야기를 들었겠죠?"

"그래. 다른 두 사람도 안구를 조사하는 자리에 입회한 모양이야."

"부럽기도 하지. 그래서 무슨 진전은 있고요?"

"없지만, 외출 금지령이 내려졌네."

"뭐라고요?"

"뭐, 여느 때의 히간과 별로 다를 바 없지만 오늘 하루는 일몰의 종까지 밖에 나오지 말라는 지시가 내려진 모양이야."

"그 사이에 대체 뭘 하려고 그러죠?"

"글쎄. 다음 삼직을 선출할 선거 준비라도 하는 게 아닐까."

교수는 차갑게 코웃음을 쳤다.

안구가 라인맨의 누나 것이 아니라는 사실에 준은 안도했지만, 그렇다고 상황이 개선되었다고 하기는 어려웠다. 그런 진기한 특징을 가진 안구가 라인맨의 친족 것이 아닐 리 없는 이상, 그와 가까운 사람이 참변을 당했다는 사실에는 변함이 없었다.

전화 통화 뒤에 곧 집 밖으로 나가지 말라는 유선방송이 나왔다. 어차피 어젯밤 사건과 비 때문에 달리 외출하고 싶어하는 사람도 없었다.

음울한 아침식사를 마치고 모두들 지친 얼굴로 자기 방으로 돌아갔다. 비 때문에 어둡기는 해도 낮에는 혼자 있어도 괜찮을 것이라 생각했나보다. 그러나 모두 방으로 돌아가는 길에 현관문이 잠겨 있는지 슬그머니 곁눈질로 확인하는 것을 준은 놓치지 않았다.

라인맨과 이야기를 하고 싶었지만, 그가 사람들 앞에 모습을 드러내기를 피하고 있을 것이라 생각하니 찾으러 가기도 조심스러웠다.

다른 사람들이 어쩐지 자기를 서먹하게 대하는 느낌이 드는 것은 기분 탓일까. 마리코의 말처럼, 어나더 힐에서의 히간을 꺼림칙하게 여기고 부끄러워하는 걸까.

준은 우울한 기분으로 자기 방으로 돌아가 공책을 폈다. 어나더 힐에서의 일을 기록하려 해도 금세 펜이 멈췄다.

도쿄로 돌아가고 싶다.

갑자기 그런 생각이 들어 준은 놀랐다. 지금까지 무슨 일을 당해도 돌아가고 싶다는 생각은 한 적이 없었는데.

자신은 역시 타지 사람이었다. 아무리 조상이 같아도 이곳에 익숙해질 수는 없다. 책상 위로 손을 깍지 끼고 씁쓸한 기분을 곱씹었다.

"왜 그래? 기운이 없네?"

등뒤에서 들려온 말소리에 준은 숨을 훅 들이쉬었다.

어? 설마.

준은 머뭇머뭇 침대를 돌아보았다.

그 소녀, 서맨서가 앉아 있었다.

처음에 만난 날 밤과 똑같이 검은 티셔츠, 녹색 바지에 양갈래로 땋은 머리. 틀림없다. 그 소녀다.

"서맨서?"

준은 조심스럽게 불러보았다. 서두르거나 허둥대면 그녀가 즉각 사라져버릴 것만 같았다.

"내 이름 기억해줬구나, 준. 오늘은 꽃 없어?"

서맨서는 방 안을 두리번거렸다. 전에 머리에 꽃을 꽂아준 일을 기억하는 것이다.

"서맨서."

준은 의자에서 일어나 가만히 소녀 앞에 무릎을 꿇고 앉았다.

너무나도 갑작스러운 출현이었다.

머리는 사고 정지 상태였다. 묻고 싶은 것은 산더미 같은데 아무 말도 나오지 않았다. 진정해, 진정하라고. 붙잡아야 해. 물어봐야 해. 에, 어디서부터 시작해야 하지?

"괜찮아? 기운내."

"고마워, 서맨서."

준은 쓴웃음을 지었다. '손님'에게 위로를 받다니.

그렇게 생각한 순간, 중대한 의문이 떠올라 흠칫했다.

이애는 어째서 이곳에 올 수 있었지? 현재 어나더 힐에는 '손님'이 아무도 접근할 수 없다고 하지 않나?

"저기 말이지, 서맨서, 넌 어떻게 여기 올 수 있었지? 다른 사람들은 지금 아무도 안 와 있잖아?"

준은 적당한 말을 골라 천천히 물었다.

서맨서는 어리둥절해하더니 곧 무슨 말인지 깨달은 듯 아아, 하고 고개를 끄덕였다.

"그러네. 그러고 보니 진짜 아무도 없네. 다들 어떻게 된 거지? 저번에는 새를 아주 많이 봤는데, 오늘은 아무도 없었어."

그러고는 역시 주위를 두리번거렸다.

"넌 어디서 왔니?"

다소 바보 같은 질문이기는 했지만 묻지 않을 수 없었다.

"어디서라니…… 저기서."

소녀는 묘한 행동을 했다. 바닥을 가리킨 것이다.

준은 놀랐다. 저도 모르게 돌바닥을 내려다보았다.

뜻밖이었다. 니자에몬 때문에 '손님'은 하늘에서 날아온다는 인상을 갖고 있었기 때문이다.

준은 침을 꿀꺽 삼켰다. 질문이 차례차례 머릿속에 떠올랐다.

"애, 서맨서, 넌 원래 어디 살고 있었지?"

사라지지 말아줘. 제발 부탁이야. 준은 기도하는 심정이었다. 묻고 싶은 것은 아직 많았다.

"V.파? 아니면 영국? 그것도 아니면 미국?"

"물론 미국이야."

무슨 그런 당연한 이야기를 묻느냐는 듯이 서맨서가 대답했다.

미국. 역시 미국인가.

"미국 어디?"

"로스앤젤레스. 별 이상한 걸 다 묻네."

서부 연안인가. 다음에는 뭐지? 자, 생각해보자. 그녀의 신원을 알아낼 질문을.

"네가 여기 오기 전에 무슨 일 없었니? 마지막으로 어디에 있었는지 기억나?"

준은 신중하게 말을 골랐다. 만약 이 아이가 그 수경水鏡 속에서 본 것처럼 비명에 죽었다면 그 기억이 남아 있지 않을까. 그리고 아이를 그렇게 만든 범인도.

"글쎄…… 계속 깜깜한 데 있었어."

서맨서가 고개를 갸웃했다.

"깜깜한 데? 그게 어디지?"

"몰라."

서맨서는 고개를 흔들었다.

"깜깜하고 따뜻하고 조용한 데. 계속 흐리기만 한 넓은 언덕 같은 데 있었어. 계속 아빠를 찾고 있었는데 아빠가 없어서. 그러다가 준이 보인 거야."

"어디서?"

"언덕에서. 저쪽이야."

서맨서는 또다시 바닥을 가리켰다.

언덕. 흑부인과 서 있던 바람 부는 언덕의 이미지가 순간 뇌리에 되살아났다.

"저 말이야, 서맨서."

식은땀이 등을 타고 흘렀다. 선득한데 뺨은 화끈거렸다. 그러나 몸속은 이상하게 싸늘하다.

목이 바싹 말라붙었다. 하지만 이것만은 꼭 물어야 했다.

"너희 아버지 성함이 뭐지? 혹시 켄트 아니야?"

"아냐."

소녀는 서슴없이 부정했다. 준은 어깨에서 힘이 빠졌다.

아냐. 아니다. 켄트가 아니다. 온몸에서 땀이 솟았다.

소녀가 훌쩍 일어섰다.

"그만 갈게."

준의 눈을 보고 그렇게 선언했다. 준은 당황했다.

"어디로?"

"저기. 어쩐지 불길한 그림자가 다가와."

소녀는 바닥을 가리키고는 다시 한번 주위를 빙 둘러본 다음 주저 없이 복도로 뛰어나갔다.

"잠깐."

준은 허둥지둥 뒤를 쫓으려 했다.

그러자 소녀가 갑자기 멈춰 서서 준을 돌아보았다. 준은 흠칫했다.

"조너선이야."

"뭐?"

"우리 아빠는 조너선."

그런 말을 남기고 소녀는 뛰었다.

준도 조금 뒤처져 쫓아갔다.

그러나 소녀의 몸놀림은 가벼웠다. 눈 깜짝할 새에 복도를 지나 계단을 내려갔다. 준이 필사적으로 쫓아가자, 소녀가 일층 복도의 채광창을 통해 밖으로 나가는 것이 보였다. 준도 따라 나가려 했지만 물론 그의 몸으로는 창을 빠져나갈 수 없었다.

준은 현관으로 달려가 문을 열고 밖으로 나가서는 비가 오는 것도 개의치 않고 안마당으로 달려갔다. 텅 빈 안마당의 십자형 돌벽 사이사이를 살펴보았다.

아무도 없었다.

안마당은 텅 비어 있었다. 조금 전 소녀가 빠져나간 채광창을 뚫어지게 보았지만, 물론 그곳에 소녀의 흔적이 남아 있을 리 없었다.

준은 비를 맞으며 멍하니 안마당에 서 있었다.
그러나 비가 차갑다는 생각도 들지 않았다. 소녀의 말이 머릿속에 반복해 들려왔다.
저기서 왔어. 우리 아빠는 조녀선.
설마…… 설마.
준은 두 손으로 얼굴을 가렸다.

그날, 비는 쉴새없이 내렸다.
어나더 힐 전체가 고요하게 숨죽이고 있었다.
여느 때는 부드러운 빛으로 둘러싸여 있던 언덕이, 비에 젖어 무색의 세계에 가라앉아 있었다.
마치 언덕 전체가 상중인 것처럼.
지금까지 히간은 축제였다. 대부분이 기도의 시간이고 죽은 자의 세계라도, 이곳을 찾아오는 이들에게는 역시 축제였다.
죽음은 오락이고 평안이다.
사람들의 인식은 일치했다. 애도 또한 오락이고 축제였다. 산 자와 죽은 자를 구분하거나, 죽은 자를 필요 이상으로 두려워하는 것은 서로에게 불행한 일, 부자연스러운 일이다. 과거, 인간의 세계에서 죽음은 삶과 이어져 있었고 생활의 일부였다.
어떤 비일상도 이곳에서는 일상이다. 그 규칙만 이해하면 이곳에서의 생활은 일종의 게임이라고도 할 수 있다. 어떤 기이한 사건도 일단 익숙해지면 놀라울 것 없다. 그들은 그렇게 살아왔다. 다른 나라에서 뭐라 하든 이것이 그들의 일상이니까.
뒤집어 말하면, 인간은 변화를 두려워한다. 익숙한 것을 버리기를 두려워한다. 자기가 모르는 것, 모르는 일상을 두려워한다. V.파 사람들이 아무리 가십을 좋아하고 미스터리를 좋아하고 그로테스크한 것을 좋아한다 해도, 그것은 작은 해프닝일 뿐 그들이 조상 대대로 누려온 일상에서 일탈하는 것은 결코 아니었다. 어디까지나 그들의 일상을 장식하는 오락에 불과했던 것이다.

그러나 지금 뭔가가 변하려 하고 있었다.

사람들은 언덕 안팎에서 태동하는 변화의 징조를 민감하게 감지하고 있었다.

지금까지 느껴본 적 없는, 변화에 대한 두려움을 공유하고 있었다.

그 때문에 비가 더욱 차갑고 과묵하게 느껴졌다. 사람들의 불안이, 공포가 무거운 구름에서 내리는 빗줄기에 녹아들어 어니더 힐을 화석처럼 보이게 했다.

그러나 언덕 안에서는 역시 뭔가가 은밀하게 진행중이었다.

변용變容하는 세계. 변용하는 성지.

그 실체가 사람들 앞에 드러날 때가 조용히 다가오고 있었다.

일몰의 종이 곧 울릴 무렵.

여전히 비가 내리고 있어 집 안은 썰렁하고 식당은 휑뎅그렁했다. 고양이들도 하나와 같이 있는지 보이지 않았다.

그 안에서 준은 혼자 오도카니 서 있었다.

정말 세상에 자기 혼자뿐인 기분이었다. 손끝이, 몸이 얼음장처럼 차갑게 느껴졌다.

준은 자신이 새파랗게 질려 있음을 자각했다. 쓰러질 것만 같았다.

그러나 그는 마침내 식당 전화에 손을 뻗었다.

종이 울려 외출 금지령이 해제되었는데도 펍으로 가는 사람은 아무도 없었다. 밖에는 여전히 비가 내리고, 사람들의 기분도 여전히 울적했기 때문이다.

얼마 동안 다함께 늘어져 있다가, 쌀쌀하기도 하고 만들기도 간단해서 또다시 전골을 끓여 먹기로 했다.

"비 좀 그만 오면 좋겠다."

마리코가 담배를 피우며 중얼거렸다.

"전골 먹으면서는 피우지 말지? 전골이 맛없어지잖니."

린데가 마리코를 곁눈으로 보았다. 마리코는 쓴웃음을 지었다. 그녀는 오른손에 담배, 왼손에 포크를 들고 있었다.

"미안. 오늘은 진짜 자꾸 담배 생각이 나서 낮에 죽을 뻔했거든."

"초조해서 그러지? 그럴 만도 해."

하나가 동정하듯 중얼거렸다.

교수는 웬일로 말없이 맥주를 마시고 있었다.

준은 문득 생각나서 물었다.

"어젯밤에 헌드레드 테일스가 그대로 계속됐다면 어떤 이야기를 하실 생각이었습니까?"

사람들이 마주 보았다.

"뭐야, 준. 전골 먹으면서 괴담을 이야기하자고?"

마리코가 째려보았다.

"아뇨, 그런 건 아니고요."

준은 허둥지둥 고개를 흔들고는 슬쩍 덧붙였다.

"하지만 어젯밤에 보기로는 다들 이야기 내용에 자신 있으신 것 같던데, 어떤 이야기들이었는지 궁금해서요."

교수가 동작을 멈추고 천장을 올려다보았다.

"흠. 그것도 재미있을지 모르겠군. 어차피 기분도 침체돼 있으니 말이야. 내 추리도 침체돼 있고, 어나더 힐도 불운의 그림자로 뒤덮여 있어. 밖에는 비. 괴담 전골도 근사할지 모르겠는데."

교수는 흥미가 당겼는지 몸을 앞으로 내밀었다. 역시 이야기를 좋아하는 사람들이다. 얌전하게 있기 지겨워진 탓도 있을 것이다. 사람은 내내 어두운 기분으로 있으면 질리게 마련이다.

준은 내심 사람들이 마음이 동한 것을 보고 안심했다. 밤도 되었는데 분위기가 조금 더 화기애애해지기를 바랬기 때문이다. 헌드레드 테일스 이야기를 꺼냈을 때, 마음 한구석에 그런 의도가 있었던 것도 사실이다.

준은 슬그머니 시계를 보았.

아직 그가 오려면 더 있어야 할 테고.

"하나는 어때? 무슨 이야기를 할 생각이었지?"

교수가 말했다. 하나가 펄쩍 뛰어올랐다.

"에, 저부터예요? 저 제 차례까지 안 와서 다행이라고 안심하고 있었는데."

"그렇겠지. 그러니까 얼른 끝내버려."

"너무해요."

하나는 뾰로통해하다가 닭고기를 집적거리며 이야기를 시작했다.

"음."

눈알을 굴린다.

"처음엔 대학 괴담을 하려고 했는데, 학교 괴담은 분명히 마리코가 할 테고."

"그야 물론이지."

마리코가 힘차게 고개를 끄덕이고 천장을 향해 연기를 훅 내뿜었다. 하나는 어깨를 으쓱했다.

"그래서 다른 걸로 바꿨어요. 지금까지 한 적 없는 어렸을 때 이야기. 저번에 준이랑 '갈매기, 갈매기' 가사 이야기를 하다가 생각났거든요."

"그래?"

준은 하나를 보았다. 하나가 고개를 끄덕였다.

전골에서 피어오르는 김 저편에서 하나가 입을 열었다.

"어렸을 때, 꼭 '갈매기, 갈매기'를 할 때만 있는 여자애가 있었어요."

"아이 참, 그게 뭐야."

이야기의 방향을 예감했는지 마리코가 얼굴을 찌푸렸다. 하나는 아랑곳하지 않고 이야기를 계속했다.

"'갈매기, 갈매기'는 대개 아주 어렸을 때 하잖아요? 그러니까 거의 같은 동네에 사는 애들뿐이었어요. 그런데 딱 한 사람, 이름을 모르는 여자애가 있는 거예요. 다른 놀이를 같이 한 기억은 없어요. 생각해보면 '갈매기, 갈매기'를 할 때만 있거든요. 생글생글 웃고, 머리는 새까만, 일본 인형처럼 예쁜 애였죠. 아무 말도 안 하고 다른 애들이랑 원을 만들어요. 이름을 아는 애는 아마 아무도 없었을걸요. 딱 한 번, 저애 누구냐고 물은 적이 있었는데, 다들 이상하다는 얼굴을 했으니까요."

마리코의 안색이 달라졌다.

"에구머니나. 그런 애가 있는 줄 몰랐어. 네가 착각한 거 아냐?"

"그럼 좋겠지만, 이야기를 해본 적도 없고 다른 일을 같이 해본 적도 없고 어디 사는 누구인지도 모르는걸. 다른 애들은 다 집이랑 이름이랑 기억하는데."

"전학생 같은 거 아냐?"

"초등학교 들어가기 전인데?"

마리코는 기분 나쁜 얼굴이 되었다.

"원을 만들 때만 있어?"

"내 기억으로는."

"'갈매기, 갈매기'를 시작하는 시점에는 있고?"

"그걸 잘 모르겠어."

하나는 고개를 갸웃했다.

"내 기억으로는, 처음엔 없어. 다같이 빙글빙글 돌다보면 반대편에 있거나 옆에 있거나 그래. 돌기 시작했을 때는 분명히 다른 애랑 손 잡고 있었는데, 어느새 그애랑 손 잡고 있고."

"헉. 잠깐, 하나, 갑자기 무섭잖아."

마리코는 어깨를 움츠리고 술을 들이켰다. 어느새 위스키를 마시고 있다.

"웬일이야, 마리코, 이런 이야기를 다 무서워하고."

하나가 되레 의외라는 얼굴을 했다.

"뭔가 내 공포의 급소를 자극했지 뭐야. 아이 참, 나 오늘 네 방에서 잔다."

마리코는 생선살을 집적거렸다.

"그거, 자시키와라시네요."

준이 끼어들었다. 역시 헌드레드 테일스가 민속학 필드워크에 도움이 되리라는 생각은 옳았다. 이번에는 자시키와라시까지 등장했다.

"잣키왓시? 그게 뭐야?"

린데가 뼈에 붙은 닭고기를 뜯으며 말했다.

"일본 도호쿠 지방에 널리 분포돼 있는 전승입니다. 집의 수호신인데, 어린아이 모습을 하고 있다고 합니다. 아이가 놀고 있으면 어느새 한 명 늘어나 있다든지 줄어 있다든지 하죠. 그런 때 '와라시가 왔다'고 한다고 하거든요."

"저런."

"하나, 너 어디서 그 이야기를 들은 거 아냐?"

"아냐, 지금 처음 들었는걸. 내 기억 속에 있는 이야기고, 진짜인지 아닌지도 모르고."

하나가 기를 쓰고 주장했다.

"집의 수호신으로 말하자면, V.파에선 스푼을 문에 붙여두는 데가 있는데."

"일본에서도 밥주걱을 현관에 붙여두는 데가 있습니다."

"그거 재미있네."

"흠흠, 출발이 좋은데. 비 오는 밤의 헌드레드 테일스 전골. 제법 괜찮아. 이대로 돌아가면서 백 편을 이야기하고 나면 좋은 일이 생길지도 모르겠군."

교수가 흡족한 얼굴로 고개를 끄덕였다.

"그럴 이야깃거리가 다 어디서 나요?"

"농담이야, 농담."

"교수님이 말하면 농담으로 안 들린다고요."

아닌 게 아니라 전골냄비를 둘러싸고 괴담을 이야기하는 것도 기분이 묘하다. 그러나 다른 한편으로는 이상하게 이 상황에 어울리는 것 같기도 했다. 역시 이 나라는 구전이 어울린다. 다함께 테이블을 둘러싸고 옛날이야기를 하는 장면이 잘 들어맞는다.

"그럼 이번에는 마리코 네가 하나한테 앙갚음해주지?"

린데가 재미있어하는 얼굴로 마리코를 보았다. 마리코는 두 잔째 위스키를 꿀꺽 들이켰다.

"좋아."

"에엥, 나도 무서운 이야기 그렇게 안 좋아한다고."

하나가 비명을 질렀다.

"에이. 안 무서워. 안 무서워. 내 이야기도 너랑 비슷한 거야."

마리코는 입가를 슥 닦는 모습이 어엿한 술꾼이었다. 알고는 있었지만, 제법 그럴싸한 포즈에 준은 어쩐지 웃음이 났다.

"비슷한 거라니?"

"답안지가 늘어나는 이야기."

"직업병인가?"

"놀리지 말고."

준은 어쩐지 그리운 기분이 들었다. 어렸을 때 종종 듣던 '가족의 시간'이라는 말이 생각났다.

"나만 그런 게 아니야. 역대 선생님들이 체험했다고."

마리코는 냄비에서 국물을 떴다. 어쩐지 맛있어 보여서 준도 따라 떴다. 린데가 빵을 집어주었다.

"우리 학교에는 아주 오래전부터 E. B.라는 학생이 있는 모양이야."

"E. B.? 뭐의 약자야?"

"글쎄. 늘 이니셜만 씌어 있으니까 아무도 몰라. 엘리 버튼인지, 엘

렌 베리인지, 에미코 버틀러인지. 여학교니까 에드나 에디는 아니겠지만."

"답안지의 서명 말이구나?"

"그래."

마리코는 붉어진 눈가로 김 저편을 가만히 응시했다.

"그냥 장난일지도 모르지. 하지만 글씨체가 매번 똑같거든. 흉내를 낸 거라 해도 동일인물의 필적으로 보이는 건 틀림없어."

"그 답안지가 섞여 들어가 있다고?"

"응, 몇 년에 한 번씩. 시험 답안지를 거둬서 채점하다보면 E. B.라고 서명된 답안지가 있는 거야. 그애는 시를 좋아하나봐. 예이츠, 테니슨, 보들레르. 다양한 시의 한 구절이 답안지에 쓰여 있어."

"물론 한 장 많고 말이지?"

"응. 늘 세어보는데 역시 한 장 많아. 거기서부터 이상한 거야. 답안지는 인원수대로 세서 나눠주는걸. 도중에 한 장 늘어나다니, 장난치고는 너무 수고스럽지. 답안지를 미리 갖고 있는 건 부정행위한다고 광고하는 거나 다름없잖아? 누가 그런 바보 같은 짓을 하겠어?"

"영어시험 때만 그래?"

린데가 물었다. 다들 왕성한 식욕을 보이면서도 이야기는 열심히 듣고 있었다.

"아니."

마리코는 고개를 흔들었다.

"영어만이 아냐. 수학, 화학, 지리. 과목을 안 가려. 어느 선생님이든 몇 년에 한 번씩은 E. B.의 답안지를 발견해. 실은 교무실 한구석에 'E. B. 파일' 같은 게 있거든. 역대 교사가 발견한 E. B.의 답안지를 모아놓은 건데, 글씨체가 다 똑같아."

"세상에, 몇 장이나 되는데? 대체 몇 년 전부터?"

"서른 장쯤 되나? 언제부터 모아냈는지는 모르지만."

"그렇게 많아?"

"……그건 말이지."

말없이 듣고 있던 교수가 몸을 내밀었다.

"교사 중 한 사람이 범인이야."

"왜 그런 일을 하는데요?"

마리코는 불만스레 입을 삐죽 내밀었다.

"인생이 따분해서겠지. 우울한 일상 속의 작은 모험으로서, 굴절된 자기과시욕을 그런 형태로 표현하는 걸세."

"어떻게요?"

하나가 물었다. 교수는 의기양양한 얼굴로 대답했다.

"교사라면 교무실에 자유롭게 드나들 수 있지 않나. 채점중인 답안지 뭉치에 접근하기도 어렵지 않아. 볼일이 있는 척, 말을 시키는 척하면서 슬그머니 끼워넣으면 돼."

"그렇게 간단할까요? 그야 교무실에 교사가 있어도 이상할 건 없지만."

"그 학교에서 가장 오래 근무한 근엄하고 성실한 교사가 범인이야. 늘 모범을 보여야 하는 입장에서 바르게 살기가 지겨워진 걸세."

"그런 거라면 몰래 답안지 같은 걸 끼워넣는 대신 테니스를 치든가 로맨스 소설을 쓰든가 할 것 같은데요."

"그러니까, 그런 식으로 솔직하게 스트레스를 발산할 수 없는 인간이 그런 형태로 소리 없는 아우성을 치는 거야. 나 여기 있다, 날 찾아

12장 지하로 내려가는 여행, 지하에서 올라오는 여행

내봐라, 하는 비명이지. 쯧쯧, 딱한 사람 같으니. 몇 년 전부터 계속 그러고 있다니, 이대로 방치해두면 위험해."

교수가 진지하면서도 연극조의 말투로 말했으므로 여자들은 동시에 쓴웃음을 지었다.

쓴웃음을 짓는 얼굴이 역시 친척이구나 싶을 정도로 닮은 것을 보고 준은 괜히 웃음이 났다.

"으음, 어느 쪽이 더 무서울까. 학교에 사는 여학생 유령이랑, 정신적인 어둠을 안고 몇 년씩이나 이니셜을 쓴 시 답안지를 끼워넣는 여교사랑."

"난 여교사가 더 무서울 것 같아."

하나도 정색을 하고 중얼거렸다.

"그러게."

린데도 하나를 보며 말했다.

"어엿한 괴담이군그래."

교수도 고개를 끄덕였다. 마리코는 복잡한 표정이다.

"그럴까. 어째 이야기가 이상한 방향으로 흘러갔네. 호러를 사이코로 끌고 가는 거, 나 별로 안 좋아하는데."

툴툴거리며 전골에 든 닭고기를 뜨는 마리코를 무시하고 교수는 린데를 보았다.

"다음은?"

"무슨 일이 있어도 자기가 마지막을 장식하고 싶은가보죠?"

"특별한 이야기는 역시 맨 마지막이어야지."

"나 원 참. 뭐, 좋아요."

린데는 마리코의 술잔을 빼앗아 꿀꺽 들이켰다. 마리코가 어린아이처럼 분한 얼굴로 "앗!" 하고 소리쳤다. 술꾼은 쩨쩨한지 통이 큰지 잘 모르겠다.

"자, 여러분, 내 이야기는 국민적 영화 이야기입니다."

"헉, 설마?"

그렇게 소리친 사람은 마리코였다.

"〈언덕의 품에〉 말이야."

"우와, 내 앞에서 그 책 이야기는 하지 마."

"네가 학교에서 쓰는 건 소설이잖아. 내가 이야기하려는 건 새뮤얼 가네다의 영화라고."

"그게 그거잖아."

"전혀 달라."

"뭐 어때? 이야기해줘."

하나가 애가 타는 듯 재촉했다. 린데가 고개를 끄덕였다.

"새뮤얼 가네다는 해리 E. 제임스의 『언덕의 품에』를 영화로 제작했어. 처음에는 원작대로 만들려고 했지만 도중에 V.파의 풍속을 그리는 다큐멘터리 영화가 됐어. 그 때문에 영화가 어중간해지고 내용에 진위가 뒤섞인 게 돼버렸어. 그 어중간함이 화가 돼서 이후에 내용에 관한 논의를 불러일으켰어. 공개 당시에는 별로 재미를 못 봤지만 V.파에 관한 호기심 덕에 그 뒤로 전 세계에서 여러 번 상영됐고, 우리나라에서도 가끔씩 리바이벌 상영되곤 해."

"그런 건 다 아는 이야기야."

마리코가 야유했지만 린데는 끄덕도 하지 않았다.

"그래, 다들 알아. 하지만 사람들이 모르는 게 있다, 이 말이야. 실은 우리나라에서 상영되는 버전은 다른 나라에서 상영되는 거랑 다르거든."

"뭐?"

"진짜?"

다들 놀라는 것을 만족스러운 얼굴로 보며 린데는 고개를 끄덕였다.

"그래. 편집을 다시 했어."

"어디를? 전혀 몰랐네."

"준을 위해서 미리 말해두는데, 결국 그 영화는 픽션이었어. 당시 전 세계에서 화제가 됐지만 말이야. 꽤 다큐멘터리 풍으로 찍었고 실존 인물들이 출연한 건 사실이야. 하지만 죽은 사람이 아무 데서나 되살아나는 것처럼 그려져 있으니, 우리나라 사람이 보면 사실을 바탕으로 한 픽션이라는 건 한눈에 알 수 있거든. 문제는."

린데는 거기서 말을 끊고 입술을 핥았다.

"그중에 히간중의 어나더 힐을 촬영한 부분이 있다는 사실이야."

"아무리."

하나가 겁에 질린 목소리로 중얼거렸다.

"그런 일이 가능할 리 없어."

마리코가 화난 듯이 말했다.

"아니, 그때는 가능했어. 당시에는 아직 카메라에 대한 경계심 같은 게 전혀 없었고, 그게 상영되면 어떻게 될지 생각해본 사람이 아무도 없었으니까."

"그 이야기는 즉."

교수가 조용히 입을 열었다. 다른 사람들도 린데가 무슨 이야기를 하려는지 짐작된 듯, 누가 먼저랄 것 없이 마주 보았다.

린데는 중얼거리듯 말했다.

"찍혀 있는 거야."

"그럼."

준은 저도 모르게 입을 열었다. 린데는 무표정하게 고개를 끄덕였다.

"그래. '손님'이 찍혀 있어. 아는 사람이 보면 알아차릴 테니까, 국내에서 상영된 버전은 '손님'이 찍힌 부분이 삭제돼 있어. 구분하는 방법은 간단해. 우리나라 버전이 칠 분 짧아."

"그럼 다른 나라에서 상영될 때는."

"다들 '손님'을 보는 거지."

모두들 조용해졌다.

"괴담이라고 할지, 뭐라고 할지."

준은 머뭇거렸다.

"뭐, 사실이지, 이 경우는."

"전혀 몰랐네. 어렸을 때부터 그거 보면서 막 웃곤 했는데."

마리코가 당황한 듯 말했다.

"저기, 어젯밤에 진짜 그 이야기 할 생각이었어?"

"아니."

하나가 묻자 린데는 서슴없이 부정했다.

"아무리. 그런 데서 어떻게 이야기를 해?"

"그러게. 난리가 날 거야."

하나는 가슴을 쓸어내리는 시늉을 했다.

"상영기사들 사이에서는 유명한 이야기지만 일반적으로는 안 알려져 있어. 너희들이라 이야기한 거니까 될 수 있으면 다른 데 가서는 이야기하지 마. 준, 너도."

린데가 눈을 부라렸다. 준은 엉겁결에 "네" 하고 대답하고 고개를 떨어뜨리고 말았다.

"린데는 삭제되지 않은 버전을 본 적이 있나?"

교수가 부러운 표정으로 물었다. 린데는 순간 입을 다물었다가 "있어요" 하고 중얼거렸다.

"어떤 '손님'이었지?"

교수는 주의 깊게 물었다.

린데는 은근슬쩍 시선을 피했다.

"잘 기억 안 나는데요. 얼굴도 흐릿했고. 그냥 아이도 있고 노인도 있었다는 기억은 나네요."

린데의 대답은 냉담했다. 교수는 그 이상 추궁하기를 그만두었다. '대답하고 싶지 않다'는 린데의 기분이 느껴졌기 때문인지 모른다.

삭제된 칠 분간. 그곳에 무엇이 찍혀 있었나.

서맨서와 토머스, 꼬리를 흔들던 개. 준의 머릿속에 선명한 이미지가 떠올랐다. 그런 식으로, 당연한 존재로서 필름에 찍혀 있었나.

영사기 돌아가는 소리가 들린 것 같았다.

"이거야 원, 사실엔 못 당하겠군."

교수는 콧등을 긁적였다.

"좀더 괴담 같은 걸 원한다면 다른 것도 많이 있어요. 매년 기일에 같은 좌석에 앉아 있는 하얀 할머니라든지, 심령사진 아닌 심령필름이라든지."

린데가 가볍게 웃었다.

"그쪽도 싫을 것 같아."

마리코가 얼굴을 찡그렸다.

"준의 이야기는?"

하나에게 재촉을 받고 준은 어깨를 으쓱했다.

"원래 「귀 없는 호이치」라는 일본 괴담을 이야기하려고 했는데, 잘 생각해보니 꽤 스플래터라서 말이죠. 안 해도 된다면 그냥 넘어갈까 합니다."

"제목 한번 굉장하네. 스플래터라니, 제목 그대로라는 뜻이야?"

"아, 예, 뭐 그렇죠."

"줄거리만 요약해보면?"

"일본 중세시대에 앞이 안 보이는 비파 연주자가 있었어요. 비파는 만돌린 비슷하게 생긴, 일본에 아주 오래전부터 있어온 악기인데요. 그런데 밤마다 부탁을 받고 연주하러 갔던 저택 사람들이 귀신이라는 걸 알고 높은 스님한테 귀신을 막아달라고 합니다. 그래서 스님이 온몸에 불경을 써놨는데 깜박 잊고 귀만 빼놨더랍니다. 그래서 귀신이 귀를 뜯어냈다는 이야기예요."

"아프겠다. 나도 스플래터는 싫어."

하나가 몸을 부르르 떨었다. 마리코가 진지한 얼굴로 물었다.

"그래서 교훈은?"

준은 고개를 갸웃했다.

"글쎄요, 뭐였더라? 실은 이 이야기의 결말이 생각 안 나서요."

"그런데 이야기할 생각이었어?"

"응. 그만두길 잘했는지도."

준은 쓴웃음을 지었다.

"자, 드디어 내 차례군."

교수가 기뻐하며 두 손을 비볐다. 어지간히 자신 있나보다.

교수의 이야기라면 나름대로 재미는 있겠지만 길어질 것 같다.

준은 기대 반, 피로 반으로 내심 쓴웃음을 지었다. 여자들은 듣기도 전부터 넌더리난 표정을 감추려 하지 않았다.

"어디, 내 비장의 이야기를 들려줄까. 예전에 내가 아직 홍안의 순진무구한 대학생이던 시절의 이야기야. 대학에 입학한 해 여름이었네……"

교수가 갑자기 이야기를 중단했다.

다른 사람들도 동작을 멈췄다.

다들 영문을 몰라 혼란스러운 표정을 지었다.

빗소리가 커진 것 같았다.

무의식중에 모두가 현관을 돌아보았다.

그곳에 누가 있었다.

조심스러운 노크 소리가 났다.

"누구지?"

린데가 소리쳤다.

슥 일어나서 현관으로 간 교수가 "저런, 저런, 그런 데 버티고 서 있지 말고 어서 들어오게"라며 맥 빠진 목소리로 말했다.

"지금 마침 내 이야기를 시작하려던 참일세. 아니, 어젯밤 헌드레드 테일스를 우리끼리 재현해볼까 해서 말이야. 제법 재미있는 이야기들이 나왔는데, 놓쳐서 유감이군."

그레이 박사가 들어오는 것을 보고 여자들도 "어머, 어서 오세요" 하며 웃는 얼굴로 인사했다.

그러나 박사의 표정은 딱딱했다. 여느 때처럼 자신감과 여유가 느껴지는 표정이 아니다.

박사는 한 사람만을 보고 있었다.

테이블을 둘러싼 사람들 중에 단 한 사람. 준만을 뚫어지게 응시하고 있었다.

준 역시 박사를 보고 있었다.

다른 사람들도 그것을 알아차리고 박사와 준을 번갈아 보았다.

기묘한 침묵이 흘렀다.

"왜 그래, 준?"

하나가 의아스레 물었다.

준은 대답을 하지 않고 일어나 빈 의자를 빼 박사에게 권했다.

"같이 전골 안 드시겠습니까? 켄트 아저씨."

"뭐?"

교수가 얼빠진 목소리로 말했다.

"너 지금 뭐랬어, 준?"

마리코가 심상치 않은 분위기로 물었다.

"내가 잘못 들은 건 아니겠지?"

그렇게 덧붙여 말하고는 그레이 박사에게 천천히 시선을 돌렸다.

"같이 전골 드시자고요."

준은 중얼거리듯 대답했다.

"그 다음 말이야."

마리코가 말을 이었다.

"켄트 아저씨? 진짜?"

준 대신 하나가 부르짖었다.

빤히 박사를 응시하던 사람들의 표정에 이윽고 경악의 빛이 떠오르고, 하나가 한 말을 확신한 것을 알 수 있었다.

박사는 말없이 들고 있던 메모지를 내밀었다. 모두가 뭐라고 썼어 있는지 보려고 몸을 내밀었다. 메모지에는 이렇게 씌어 있었다.

켄트 아저씨께

따님 일로 드릴 말씀이 있습니다. 오늘밤에 이쪽으로 와주십시오. 기다리고 있겠습니다.

준이치로

"언제 알았지?"
박사, 아니 켄트는 꼼짝도 않고 물었다.
모두들 준을 돌아보았다. 준은 눈을 내리깔고 대답했다.
"오늘 아침입니다."
"맙소사, 이렇게 분할 수가. 일인이역은 추리소설에서 기본 중의 기본 아닌가. 이 내가 젊은이에게 밀리다니 방심했군."
교수가 두 손으로 얼굴을 가리고 천장을 향해 과장되게 한탄했다.
준은 당황해서 손을 내저었다.
"아뇨, 그런 게 아닙니다. 추리했거나 간파한 게 아니라요."
"그럼 어떻게?"
켄트는 여전히 준에게서 시선을 떼려 하지 않았다.
"오늘 아침에 서맨서가 제 앞에 나타났습니다."
"서맨서가? 오늘 아침?"
켄트의 안색이 달라졌다. 반사적으로 준에게 다가섰다.
"어떻게 그애가 자네에게 올 수 있었지?"

"그건 모르겠습니다. 제가 받은 인상으로는 서맨서는 다른 '손님'하고는 좀 다른 것 같더군요. 니자에몬 씨 등은 밤에 구름을 타고 나타났었죠? 하지만 서맨서는 어디서 왔느냐고 물었더니 '저기'라면서 땅을 가리켰거든요."

준은 소녀가 했던 것처럼 바닥을 가리켰다.

모두들 바닥을 내려다보았다.

"무슨 뜻이지?"

하나와 마리코가 마주 보았다.

"준, 오늘 아침이라고 했네만, 자네는 그때 이층 자네 방에 있지 않았나?"

교수가 턱을 쓰다듬으며 끼어들었다.

"네."

"그럼 땅이 아니라 일층이었는지도 모르지 않나? 아니면 자네 아랫방이라든지."

"물론 그럴 가능성도 없지는 않습니다. 하지만 제가 허둥지둥 쫓아갔더니, 서맨서는 안마당으로 뛰어들어 그곳에서 사라져버렸습니다. 켄트 아저씨하고 마찬가지로 그 안마당에서요."

준은 켄트를 보았다.

"그래서?"

켄트는 뒷말을 재촉했다.

"전에 갓치를 했을 때 전 수경에서 도망치는 소녀를 봤습니다. 서맨서였어요. 서맨서는 캄캄한 곳을 달리다가 어디론가 떨어졌습니다. 그리고 바로 이어서 제가 보였습니다. 아니, 저하고 비슷하게 생긴 남자였습니다. 자연히 켄트 아저씨가 생각나더군요. 전 만난 적이 없지만 다들 닮았다고 했으니까요. 서맨서는 전에 저를 찾아왔을 때, 자기 아버지가 저하고 비슷하게 생겼다고 했었습니다. 그렇기 때문에 그애 아버지가 켄트 아저씨일지 모른다고 생각한 겁니다."

"딸아이가 전에도 자네를 찾아왔다는 말인가?"

켄트는 말문이 막힌 것 같았다. 아닌 게 아니라 그레이 박사에게 '손님'을 만났다는 이야기는 했지만 서맨서라는 소녀였다는 이야기는 하지 않았다.

"똑같은 애가 또 왔다는 거야?"

하나가 울컥해서 말하는 바람에 준은 가슴이 철렁했다. 그녀는 또 준에게만 온갖 일이 일어난다고 기분이 상한 모양이었다.

어쩔 수 없지 않느냐고 속으로 변명하며 준은 말을 이었다.

"응, 또 왔어, 오늘 아침에. 그래서 아빠 성함이 켄트냐고 물었더니 자기 아빠는 조녀선이라고 대답했습니다. 그래서 켄트 아저씨하고 조녀선 그레이 박사가 동일인물이라는 걸 깨달은 겁니다."

준이 켄트를 보자 그는 겨우 이해가 됐다는 표정으로 가볍게 한숨을 쉬었다.

주위가 쥐죽은 듯 조용해졌다.

얼마 동안 허공을 응시하던 켄트는 이윽고 어깨를 축 늘어뜨렸다.

"왜 나에겐 나타나지 않나. 내내 기다리고 있었는데."

목소리에 드디어 감정 같은 것이 드러났다. 그것을 깨닫고 다른 사람들도 안도한 표정이 되었다.

"앉아, 켄트. 전골이라도 먹자고."

린데가 다시금 의자를 권했으므로, 켄트도 고개를 끄덕이고 자리에 앉았다. 엉거주춤 일어나 있던 다른 사람들도 도로 자리에 앉았다.

전골에서 피어오르는 김이 테이블 위를 따뜻하게 데우고 있었다.
"켄트란 말이지. 진짜구나."
린데가 유심히 얼굴을 살펴보았다.
"하지만 연기력 한번 굉장한데. 그런 말을 듣고도 아직 약간 자신이 없을 정도야."
린데가 비아냥거렸다. 켄트가 가볍게 웃었다.
"머리도 염색했고, 여러 가지 일을 겪으면서 얼굴이 많이 변했으니까. 되도록 다른 사람이 되려고 미국에서 노력하기도 했고, 십 년 만에 여기 돌아와봤더니 기분은 거의 이방인이었어."
교수는 켄트에게 맥주를 권했다.
"으음, 십 년 만인가. 줄곧 가까이 있었는데. 같은 보트까지 탔는데. 허허, 이거야 원. 아아, 유감이야. 부끄럽군."
교수는 자신이 간파하지 못한 것이 몹시 분한 모양이었다.
하나와 마리코는 눈만 둥그렇게 뜨고 조금 전까지 그레이 박사였던 남자를 쳐다보고 있었다.
"왜 이름을 바꿨지? 아니, 그전에 왜 그런 식으로 사라졌어? 일부러 이리로 돌아온 건 또 왜고?"
린데가 연속해서 지극히 당연한 질문을 던졌다.
켄트는 순간 난처한 얼굴을 했다.
"……저, 혹시"
준은 머뭇머뭇 물었다.
"라인맨의 누님과 연관된 게 아닙니까?"
켄트는 이번에야말로 커다랗게 한숨을 내쉬었다.
"역시 거기까지 눈치 챘나?"

다른 사람들의 시선이 교차했다.
"뭐? 라인맨의 누나? 무슨 이야기야?"
하나는 점점 더 기분이 나빠진 듯 준을 무서운 눈으로 노려보았다.
준은 움츠러들었다. 무슨 나쁜 일을 한 것도 아닌데.
"여기서부터는 저 친구도 같이 이야기하지."
켄트는 두 팔을 벌리고는 현관으로 가 문을 열었다.
쏴 하는 빗소리와 함께 어둠 속에서 검둥이가 뛰어들어왔다. 이어서 라인맨이 그림자처럼 슥 들어섰다. 싸늘한 바깥 공기까지 흘러들어 준은 눈이 번쩍 뜨이는 기분이었다.
"라인맨! 지금까지 어디 계셨습니까?"
준은 저도 모르게 엉거주춤 일어섰다. 그러나 라인맨은 우아한 동작으로 그것을 제지하고 식당 구석에 앉으려 했으므로, 켄트가 허둥지둥 그를 테이블로 끌고 왔다. 라인맨은 내키지 않는 듯싶었으나 손을 뿌리치려 하지는 않았다.
"어머, 뭐야, 처음부터 같이 들어오지 그랬어요?"
마리코가 투덜거렸다.
"그때는 아직 준이 어디까지 알아차렸는지 몰랐으니까 말이야."
켄트는 어깨를 으쓱하고는 라인맨을 의자에 앉히고 자기도 앉았다.
"뭐, 아주 단순한 이야기이긴 한데 좀 말하기 거북하군."
켄트는 콧등을 문지르고 눈을 내리깔았다.
라인맨이 어렴풋이 미소를 띠고 용기를 북돋워주듯 켄트를 보았다. 두 사람 사이에는 이미 무슨 이야기가 있었던 것 같다.
켄트는 잠시 주저한 끝에 입을 열었다.
"즉, 그해 난 여기서 그 사람을 만난 거야. 라인맨의 누나, 아스나를.

그해에도 무슨 트러블이 있어서 아스나가 라인맨으로서 여기 와 있었어. 그래서 뭐, 말하자면 사랑에 빠진 거지."

숲에서 봤던 그녀의 모습이 눈앞에 떠올랐다. 그 아름다운 여성과 켄트가……

그런 생각을 하니 준은 어쩐지 가슴이 두근거렸다. 자신과 비슷하게 생긴 남자가 그 여성과 맺어졌다 생각하니 영광인 것 같기도 하고 허전한 것 같기도 한 복잡한 심경이다.

어머머, 하고 놀라는 목소리가 터져나왔다.

"켄트 아저씨가? 그렇게 온갖 여자들이랑 염문을 뿌려놓고도 죄다 차버리고 전혀 본심을 안 보이던 아저씨가?"

"나이 먹어서 하는 첫사랑은 심오하네."

하나와 마리코가 각자 성격이 드러나는 코멘트를 했다.

켄트는 쑥스러운 듯 손을 내저었다.

"뭐, 그건 그냥 넘어가자고. 그런데 아스나에게는 여러 가지 굴레가 있었어. 이 땅에서 살고 있었고, 가족도 있었으니까. 우리 둘이 결혼하겠다고 하면 양가에서 맹렬하게 반대할 게 틀림없었어. 그래서……"

말하기 거북한 듯 어물어물했다.

"사랑의 도피행을 감행했다 이거군요."

하나가 서슴없이 결론을 내렸다.

"그것도 미국으로."

마리코가 덧붙였다.

켄트는 쓴웃음을 지으며 고개를 끄덕였다.

"그렇게 된 거야. V.파의 인습이 없는 데로 가고 싶었어. V.파에서 결혼하면, 그 뒤로 살면서 얼마나 고생할지, 무슨 말을 들을지 우리 둘다 잘 알고 있었으니까."

"세상에. 편지 정도는 써줘도 됐잖아요."

하나가 불평했다.

"……두 번 다시 못 돌아올 줄 알았어."

켄트의 목소리에서 억양이 사라졌다. 그 목소리를 듣고 다들 그를 보았다.

"난 가족을 버렸어."

켄트는 테이블의 한 지점을 응시하고 있었다.

"하지만 아스나가 잃어버린 건 훨씬 더 컸어. 일족도, 조상도, 고향도 버렸어. 모든 걸 버리고 나와 같이 와줬어. 이제 두 번 다시 돌이킬 수 없다고 생각했고, 절대 용서받지 못할 거라고 생각했어."

모두들 조용해졌다.

"그럼 그 병에 들어 있던 건……"

준이 라인맨을 보자, 라인맨도 그를 보았다.

"그건 아마 저희 할머니 것 같습니다. 할머니 때는 아직 동화 정책이 시행되던 때라, 우리 일족의 특징을 과학적으로 조사하기 위한 여러 조사에 협조했던 모양입니다. 눈 색깔이 다른 경우는 특히 드물었기 때문에, 할머니는 당신이 돌아가신 뒤에 시신을 기증한다는 데 동의하셨다고 들은 적이 있어요. 해부해서 눈을 표본으로 만들었겠죠."

라인맨은 담담히 대답했다.

아무리 동의했다 해도 그런 식으로 친족이 표본으로 만들어진다는 것은 대체 어떤 기분일까. 어젯밤, 펍에서 병을 봤을 때 라인맨의 심경을 상상하니 가슴에 무딘 아픔이 느껴져 준은 켄트에게로 시선을 돌렸다.

"미국에서 일자리를 얻고 난 미국 시민으로 살아갈 결심을 했어. 딸 아이도 태어났어. 그 아이가 서맨서라네."

켄트는 준을 보았다.

"서맨서는…… 부인은 어떻게 됐습니까?"

린데가 나무라는 시선으로 준을 보았다. 아마도 켄트가 처자식을 잃었다고 생각하는 모양이었다.

그러나 준은 아랑곳하지 않고 말을 이었다.

"어떻게 서맨서가 제가 있는 곳으로 올 수 있었나. 그건 서맨서가 '손님'이 아니기 때문입니다. 그애는 죽지 않았어요. 서맨서는 땅을 가리키고 '저기서 왔다'고 했습니다. 어디 있느냐고 했더니 '언덕에 있다'고 했어요."

켄트와 시선이 마주쳤다.

그 눈을 보고 확신했다. 그도 알고 있는 것이다.

"그 언덕이에요. 제가 흑부인하고 본 그 언덕. 죽은 이들의 '통로'라는, 하지만 죽은 자의 세계는 아니라는 그곳. 혹시 서맨서는 그곳에 있는 게 아닙니까?"

켄트는 머리를 빙글빙글 돌렸다.

"서맨서가 태어나고 몇 년 지나서, 아스나가 딱 한 번만 친정으로 돌아가고 싶다고 하더군."

라인맨은 꼼짝 않고 켄트를 보고 있었다. 그 눈은 어디까지나 고요하고 온화했다.

"난 반대했지만 아스나는 이미 아이도 태어나서 철도 들었으니 가족도 이제는 억지로 붙들려 하지 않을 거라며 고집을 꺾지 않았어. 확신이 있었겠지. 마지막에는 내가 물러났어. 난 돌아가지 않았어. 결국

아내와 아이 둘이서 어나더 힐로 갔어."

켄트는 테이블 위에 얹은 자신의 손바닥을 보고 있었다.

"보내는 게 아니었어. 적어도 나도 같이 갔어야 했어."

깊은 회한에 찬 목소리에 아무도 입을 열 수 없었다.

그러나 켄트는 기분을 다잡듯 고개를 들었다.

"실은 아스나가 친정으로 돌아가고 싶다고 한 데는 이유가 하나 더 있었어."

켄트는 라인맨을 보았다.

두 사람 사이에 암묵의 이해 같은 것이 오갔다.

"아내는 영감이랄지, 정신 감응 능력이 매우 강한 사람이었어. 미국에 있어도 늘 마음속에 고향의 상황이 보였던 모양이야. 아내는 돌아가기 몇 년 전부터 몹시 불안해했어. 고향에, 어나더 힐에 어떤 변화가 일어나고 있다고. 성지가 흔들리는 게 느껴진다고. 친정 나들이라기보다 그 변화를 어떻게든 해야겠다, 확인해야겠다는 마음이 오히려 강하지 않았을까 싶어. 자주 밤중에 자다 말고 벌떡 일어나서 '돌아오지 못하게 된다'고 소리치곤 했으니까."

"돌아오지 못하게 된다?"

준은 멍하니 되뇌었다.

바람 부는 언덕. 휑뎅그렁하고 살풍경한 그곳. 승복 밑으로 보이던 새 발.

까닭도 없이 소름이 끼쳐 준은 저도 모르게 몸을 부르르 떨었다.

"그리고 자기가 말한 대로 두 번 다시 돌아오지 못한 셈이야."

켄트는 혼잣말처럼 중얼거렸다.

"딸아이도 함께였어. 둘이 같이 사라져버렸어. 믿기지 않았어. 너무나도 갑작스러운 일이라 견딜 수 없었어."

그 눈은 먼 곳을 보고 있었다.

"꿈을 꿨어. 나에게도 조금은 힘이 있었나보지. 우리 조상 중에도 라인맨의 피가 조금은 섞여 있다는 것 같으니까. 지금도 격세유전처럼, 그래, 준의 경우처럼, 꿈을 꾸는 힘이 되살아나는 모양이야."

켄트는 준을 흘깃 보았다. 준은 움찔했으나 켄트는 그의 표정을 눈치 채지 못한 듯 말을 이었다.

"두 사람은 어두운 언덕에 있었어. 죽은 자들의 '통로'에서 방황하고 있었어. 그곳에서 나올 수가 없다고 아스나가 꿈속에서 말했어. 자기들은 어나더 힐 밑에 있다고. 난 그게 그냥 꿈인지 아닌지 알 수 없어서 고민하고 또 고민했어. 그냥 꿈이라면, 두 번 다시 돌아가지 않겠다고 결심했던 V.파에 간다는 건 너무나도 바보 같은 일이었어. 하지만 만약 진짜라면? 몇 달씩이나 똑같은 꿈을 꿨어. 꿈속에서 아내와 아이가 나를 불렀어. 그래서 마침내 V.파로 돌아와서 어나더 힐로 들어갈 결심을 했어."

듣고 있던 사람들 모두가 동시에 한숨을 내쉬었다.

"이마무라 서장이랑 삼직은 켄트 너랑 한편인가?"

린데가 물었다.

"아냐."

켄트는 단호하게 부정했다.

"어디까지나 미국인 대학교수로서 그 사람들과 접촉하고 어나더 힐에 들어갈 기회를 노렸어. 앞으로도 조너선 그레이로 살아갈 생각이었고, 아스나와 서맨서를 구출하면 셋이 조용히 미국으로 돌아갈 생각이었으니까."

"지금은요?"

하나가 불안스레 물었다.

"이렇게 들켜버렸는데도 미국으로 돌아갈 거예요?"

남아주면 좋겠다고 그 얼굴에 씌어 있었다. 켄트는 하나에게 동경하는 숙부인 모양이었다.

얼마 동안 대답하지 않던 켄트가 마지못해 입을 열었다.

"그건 두 사람을 구해내기 전에는 몰라."

모두들 또다시 조용해졌다.

구해낸다. 그 언덕으로부터. 어떻게?

준은 정체를 알 수 없는 불안을 느꼈다. 옷 밑으로 튀어나와 있던 새 발. 어쩐지 그곳은 매우 언짢은 느낌이 들었다. 원시적인, 태고의 공포가 공기에 가득했다.

문득 잊고 있었던 것이 생각났다.

"……저, 흑부인은요?"

준은 켄트를 보았다.

린데도 흠칫해서 이쪽을 보았다.

"호텔에서 일어났던 그 일은 뭐였습니까?"

그때, 켄트는 객실의 플레이트를 이용한 트릭이라고 설명했다. 흑부인이 스스로 모습을 감추었다고.

"아마 흑부인도 두 사람과 같은 데 있을 거야. 돌아오지 못하는 상태겠지."

"돌아오지 못하는……"

준은 호텔에서 전화할 때 그녀가 한 말을 떠올렸다.

뭔지 몰라도 기분 나쁜 게 침입하려 해요. 솔직히 무서워서 못 나가겠어요.

그러고 보니 그런 말을 했었다. 그때 방 안에서 대체 무슨 일이 벌어지고 있었나. 그 대량의 피는……

갑자기 불안이 밀려들고 발밑이 꺼지는 느낌이 들었다.

"자꾸 언덕, 언덕, 하는데, 대체 어떻게 하려고요?"

하나도 불안이 전염됐는지 머뭇머뭇 물었다.

"구해내다니 대체 어떻게?"

마리코도 준을 보았다.

기묘한 침묵이 흘렀다.

모두들 동시에 입을 다물고 서로의 표정만 살폈다. 밀고 당기는 듯한 시선이 순간 테이블 위로 오갔다.

"말 그대로야."

켄트가 체념한 듯 대답했다.

천천히 자세를 고쳐 앉고 준을 똑바로 보았으므로, 준은 무슨 의미인지 몰라 움찔했다.

"말 그대로라니?"

린데가 눈썹을 치올리고 물었다.

"그 언덕에 가서 데려오려고."

켄트는 테이블 위로 손을 깍지 끼었다.

전골이 끓고 있었으나 이제는 아무도 손대려는 사람이 없었다. 보글보글 끓는 명랑한 소리가 분위기에 어울리지 않았다.

"나와 준과 라인맨이. 다른 사람들 도움도 받아서. 우리에겐 그럴 힘이 있을 테니까. 그렇지?"

마지막 말이 자신을 향한 것이었음을 준은 순간 깨닫지 못했다.

나와 준과 라인맨이.

그 말이 머릿속에서 반복되고, 준은 간신히 그 '데리고 올' 멤버에 자신이 포함되어 있음을 깨달았다.

"예?"

준의 입에서 흘러나온 것은 그런 얼빠진 한마디뿐이었다.

켄트는 준을 보고 조용히 웃었다.

"이번엔 우리 쪽에서 가는 걸세. '저기'로."

그는 오늘 아침, 준이 본 소녀처럼 검지로 바닥을 살짝 가리켰다.

"하, 하지만 대체 어떻게."

준은 입 속으로 어물어물했다.

조녀선 그레이 박사가 켄트 아저씨라는 사실을 꿰뚫어본 것이 이런 결과를 불러올 줄이야.

"그거 위험하지 않아요?"

마리코가 창백한 얼굴로 물었다.

"그럴지도 모르지."

사람들의 불안을 씻어내려는 듯 켄트는 온화한 얼굴로 고개를 끄덕였으나, 이어서 얼굴을 들고 단호하게 말했다.

"하지만 그 때문에 여기 왔어. 이 이상 뒤로 미룰 수는 없어."

"언제 갈 생각인가?"

교수가 물었다.

"내일 아침에 상의하고 오후에 출발하려 합니다."

켄트는 확고한 어조로 대답했다. 결심은 이미 굳은 것 같았다.

"그런가. 뭐, 오늘밤은…… 아니, 오늘밤도 마시자고. 묻고 싶은 것도 많고. 우리는 같이 갈 수 없는 셈이니 말이야. 오늘은 느긋하게 따뜻한 전골을 즐겨줘."

교수가 어깨를 으쓱하고 켄트와 라인맨의 술잔을 끌어당겼다.

"난 아저씨가 어떻게 실종될 수 있었는지 그게 알고 싶어요. 당시 밀실상태였잖아요? 안마당도, 어나더 힐도."

하나가 빠른 말투로 말했다.

"그러고 보니 그러네. 어디 한번 들어볼까."

린데도 고개를 끄덕였다. 켄트는 쓴웃음을 지었다.

"밀실상태라지만, 그때 딱히 다들 날 감시하고 있었던 건 아니잖아. 결과적으로 밀실상태였을 뿐이고, 연기처럼 사라져버린 건 아니라고."

"하지만 안마당에서 나갈 수 있는 통로는 하나밖에 없단 말이에요. 거기를 지난 사람은 아무도 없었어요. 어떻게 안마당에서 나간 거예요?"

"잠깐. 애초에 왜 별안간 어나더 힐에서 모습을 감춰야 했던 거지? 그냥 그럼 난 이만 가보겠다고 혼자 훌쩍 떠났어도 됐을 텐데. 그런데 왜 그렇게 수수께끼처럼 사라졌어야 했는지, 그쪽 설명이 먼저야."

린데가 제지하듯 손을 들고 켄트를 노려보았다.

"그러고 보니 그러네. 아스나 씨랑 도망치는 거라도 그냥 평범하게 힐을 떠나면 됐을 텐데. 왜 그랬어요?"

마리코가 술잔을 만지작거리며 물었다.

"시간이 없었어."

켄트는 한숨 섞인 목소리로 나지막이 대답했다.

"아스나가 어나더 힐을 떠나야 할 때가 다가와 있었기 때문에, 그 사람을 데리고 나가려면 그 타이밍밖에 없었어."

"그 타이밍?"

"아스나의 태도가 이상하다는 건 가족들도 눈치 채고 있었으니 말이야. 줄곧 감시받고 있었어."

불현듯 준의 머리에 그 광경이 떠올랐다.

그들은 직감력이 뛰어난 일족이다. 그 아름다운 여성, 아스나는 당시 아직 젊은 여성이었다. 가족을 버리고 V.파 남자와 결혼한다는 건 대단히 용기가 필요한 행동이었을 것이 틀림없다. 아직 젊은 여성이 동요를 완전히 숨길 수 있었을 것 같지 않다. 그러니 가족이 어렴풋이 뭔가를 눈치 챘더라도 이상할 것 없다. 어나더 힐의 밤. 연인들이 숨을 죽이고 경사면의 나무들 사이에 숨어 짧은 밀회를 거듭하는 모습이 눈앞에 떠올랐다.

"그날, 이미 가족이 아스나를 데리러 가까운 데까지 와 있었어. 떠나려면 그때밖에 없었어. 아스나는 조각배를 준비하고 기다리고 있었어. 우리는 수문이 있는 수로로만 나갈 수 있지만, 아스나에게는 어나더 힐 바깥이 홈그라운드니 말이야. 밖으로 나가기만 하면 복잡한 습지대도 속속들이 알고 있으니 추격의 손길도 피할 수 있었어."

"으음."

교수가 신음했다.

"심리적인 밀실인가. 켄트가 혼자 실종됐다고 생각해버린 셈이군. 아닌 게 아니라 우리에게 어나더 힐 바깥은 별세계니, 선주민도 아닌 우리가 그쪽으로 나가려는 생각은 하지 않았겠지."

"그럼 안마당 밀실 쪽은요?"

하나가 이야기를 재촉했다.

"그건 밀실이 아니야. 우연히 그런 상황으로 보였을 뿐이지."

켄트는 고개를 천천히 흔들었다.

"무슨 뜻이에요?"

"난 그때 지금부터 안마당에서 기도와 명상을 하겠다고 하고 안마당으로 들어갔어. 식당에 있던 린데에게도 말을 시켜 주의를 끌고. 마침 그때 상황이 운이 좋았거든."

"운?"

"린데는 안마당으로 들어가는 내 뒷모습을 봤다고 생각했지. 난 그 짧은 틈을 타서 밖으로 나왔어. 다들 설마 내가 그렇게 말해놓고 금세 나갔으리라고는 생각 안 했기 때문에, 내가 줄곧 안에 있다고 생각한 거야. 게다가 나도 딱히 밀실 상황에서 인간 증발을 연출할 생각은 없었거든. 그저 오후 내내 안마당에 있다고 생각하게 해놓고 시간을 벌고 싶었을 뿐이었어. 누가 나를 만나러 와서, 내가 없어졌다는 사실이 금세 발각되는 걸 피하고 싶었던 거야."

"뭐야? 그렇게 바보 같은 트릭이었어? 하지만 안마당에서 너로 보이는 사람이 여러 번 목격됐는데? 기도하는 모습을 본 사람이 한둘이 아니라고."

린데가 성난 목소리로 투덜댔다.

켄트는 히죽 웃었다.

"어이, 어이, 무슨 소리야? 여기는 어나더 힐이라고. 혜안을 자랑하는 린데답지 않은걸."

"뭐?"

"앗, 설마!"

하나가 소리쳤다.

"알아차린 모양이군."

켄트가 하나에게 가볍게 윙크했다.

"'손님'이었단 말이에요?"

하나가 부르짖자, 켄트는 고개를 끄덕였다.

"그래. 지금에 와서는 누구였는지 모르지만, 난 '손님'이 온 걸 깨닫고 순간적으로 그걸 이용했어. 린데는 나와 체격이 흡사한 '손님'을 안마당에서 목격했기 때문에 내가 나가는 데는 전혀 주의를 기울이지 않은 거야. 거기까지 노린 건 아니었지만, 결과적으로 난 기이한 상황에서 사라져버린 친척 아저씨가 된 셈이야."

"으음."

교수가 또다시 신음했다.

"어나더 힐이기 때문에 성립되는 밀실 상황이었나! 이야, 그런 생각은 전혀 못 했는걸."

"어쩐지 너무 싱거운 트릭이라 환멸이 느껴져."

마리코는 김샌다는 표정으로 술을 들이켰다.

"하지만 멋지다. 그렇게 둘이 조각배를 타고 어나더 힐을 탈출한 거구나. 낭만적이야."

하나는 살짝 한숨을 쉬었다. 그녀의 눈에는 어슴푸레한 습원을 미끄러지듯 나아가는 조각배가, 그리고 그 배에 앉아 있는 연인들의 모습이 보이는 것이 틀림없었다. 역시 하나도 젊은 여자답게 그런 드라마 같은 시추에이션을 동경하는 모양이다.

"음, 뭐 현실은 그렇게 낭만적이지 않았지만. 하지만 당시엔 다른 생각은 머리에 들어오지도 않았고 그저 행복했어."

켄트는 다소 자조 어린 웃음을 띠었다.

"네 행복은 벌써 과거형인가?"

린데가 냉정한 목소리로 물었다. 켄트는 흠칫했다.

순간의 침묵 끝에 낮게 대답했다.
"그래. 두 사람을 되찾기 전까지는."

차가운 비가 계속 내렸다.
오랜만에 친척으로서 재회한 이들의 이야기는 끊일 줄 몰랐지만, 그래도 마침내 모두들 자기 방으로 돌아갔다.
너무 여러 가지 일이 한꺼번에 일어난다.
준은 눈앞이 핑핑 도는 기분이었다. 머리가 무거워 금세 잠이 올 것 같지 않았다.
그리고 내일은……
"잠깐 괜찮겠나?"
조심스러운 목소리가 들려와 준은 흠칫했다.
켄트가 입구에 서 있었다.
"네, 들어오세요."
켄트는 작은 방을 둘러보았다.
"여기에 서맨서가 나타났다 이거지?"
"네. 그 침대에 걸터앉아 있었습니다."
켄트는 살짝 침대에 걸터앉았다. 마치 그곳에 서맨서가 있어 아이 옆에 앉은 것처럼.
"처음 자네를 봤을 때부터 이상한 인연이 느껴졌었어."
켄트는 혼잣말처럼 중얼거렸다.
"얼굴도 닮은 게 꼭 옛날의 나를 보는 것 같더군. 내 정체를 꿰뚫어볼 사람이 있다면 자네일 거라고 생각했다네."
준은 켄트의 옆얼굴을 잠자코 지켜보았다. 전에는 냉정하고 유능한 미국 학자라는 인상이었는데, 지금은 그의 얼굴에 새겨진 기구한 세월에 가슴이 미어지는 것 같았다.

"하나 여쭤봐도 되겠습니까?"

"뭐지?"

준은 줄곧 마음에 걸렸던 것을 묻기로 했다.

"전에 저한테 필름 이야기를 하셨죠? 저하고 비슷하게 생긴 남자가 미국으로 갖고 온, 어나더 힐을 찍은 필름 말입니다."

"아아, 그거."

"왜 저한테 그 이야기를 하셨죠?"

켄트는 순간 입을 다물었다.

"글쎄, 어쩌면 감상 때문일지 모르겠군."

"감상?"

"두 번 다시 올 일이 없을 거라고 생각했던 어나더 힐에 돌아온 심경이 꽤 복잡해서 말이야. V.파, 그리고 어나더 힐에 대한 애증이 뒤섞여 있었어. 이상한 일이지만, 린데나 다른 사람들을 속이는 데 성공했다는 쾌감과, 아무도 내 정체를 몰라준다는 쓸쓸함이 늘 갈등을 일으키고 있었네. 오자마자 영문을 알 수 없는 사건 수사에 협조하는 신세가 되질 않나, 예상도 못한 사건이 차례차례 일어나질 않나. 나라는 존재가 갈가리 찢기는 것만 같았어. 미국인 학자를 연기하는 데 큰 스트레스를 느끼고 있었던 거야."

켄트는 담배를 꺼냈다.

"피워도 될까?"

"네."

빗소리를 들으며 담배 냄새가 방 안에 피어오르는 것을 느꼈다.

웅변적인, 밀도가 높은 침묵.

"난 자네에게 도움을 청하고 있었던 걸지 몰라. 날 발견해달라고. 동시에 자네가 얼마만큼 진상에 접근했는지 떠본 것도 있어. 말하자면 유도한 거지. 자네는 속임수를 쓸 수 있는 사람이 아니니까, 아직 아무것도 모른다는 건 금세 알았네."

"네. 그때는 의심도 못 했습니다. 조너선 그레이 박사가 켄트 아저씨일 줄은 꿈에도 몰랐어요. 그럼 필름 이야기는 꾸며낸 이야기입니까?"

켄트는 이번에는 눈에 띄게 조용해졌다.

"아니."

"어, 진짜 있단 말씀입니까?"

"실은 팔 밀리미터 필름이 아니야. 아까 얼핏 들었네만, 린데가 짧은 영화 버전 이야기를 했잖아?"

"아아."

그들만의 헌드레드 테일스. 켄트는 틀림없이 그 언저리부터 이미 이야기를 듣고 있었을 것이다.

"아마 그 삭제된 필름일 거야. 우연한 계기에 내 손에 문제의 부분이 들어온 거지."

준은 신음했다. 문제의 부분. 진짜 '손님'이 찍혀 있는 필름.

"난 그걸 미국으로 들고 갔어. 그것도 감상 때문이었을지 몰라. V.파의 모든 걸 버렸다고 생각했는데, 필름은 버릴 수 없었네. 어나더 힐과 관계가 있다는 증거를 남기고 싶었는지 모르지."

"그 필름은 지금 어디 있습니까?"

"미국에 놓고 왔네. 혹시 나에게 무슨 일이 생겨서 유품 중에서 누가 그걸 발견하더라도, V.파 사람이 아닌 사람 눈에는 그저 이도 저도 아닌 필름에 불과할 거야."

"그건 그렇겠군요."

"자네에게 고맙다는 말을 하고 싶어. 자네가 이번 히간의 핵심인물이야."

켄트는 준에게 손을 내밀었다.

준은 그 손을 잡았지만 가슴속에서는 막연한 불안이 점점 커져갔다.

그렇게 말하니, 마치 살아서 두 번 다시 못 만날 사람 같지 않나.

"내일은 얼마나 위험할까요?"

준은 머뭇머뭇 물었다.

켄트는 어깨를 으쓱했다.

"글쎄. 아스나나 메리가 돌아오지 못할 정도니까 말이야. 무슨 일이 일어날지 상상도 안 돼. 하지만 내 약속하네. 자네 도움을 받긴 해도 자네가 위험한 일을 당하게 하진 않겠어. 그 점은 라인맨과도 의논했네. 자네는 무슨 일이 있어도 도쿄에 있는 애인에게 돌려보낼 거야."

갑자기 소노코 생각이 나서 준은 당황했다.

그녀의 존재를 까맣게 잊고 있었다. 자기혐오와 당혹감에 빠진 그의 표정을 보고 켄트가 희미하게 웃었다.

"무리도 아니지. 젊은 사람이니까. 하지만 도쿄로 돌아가면 여기서 있었던 일도 꿈결처럼 느껴질 거야. 애인을 만나면 현실로 돌아갈 거야."

켄트는 담담히 말했다.

준은 부정할 수 없었다.

꿈과 현실. 도쿄로 돌아가면 순식간에 어나더 힐을 잊어버린다.

도쿄에서 바빠 일상의 잡일에 쫓기는 자기 모습이 눈앞에 떠올랐다.

인간은 쉽게 잊는 동물이다. 지금 이렇게 이곳에 있으면 어나더 힐이 세상의 전부 같고, 귀여운 애인은 별세계의 낯선 동물처럼 느껴진다. 하지만 여기를 떠나면 또 새로운 눈앞의 현실이 기다리고 있다. 잔혹한 일이지만 그것이 사실이다.

"하지만 전 여기 올 수 있어서 다행이었다고 생각합니다."

"그렇게 말해주니 마음이 놓이는군."

켄트는 부드럽게 미소 지었다.

준은 어물어물했다.

"그런데 내일은 대체 어떻게 그곳으로 가는 거죠? 제가 아주 잠깐 동안 그 언덕에 갈 수 있었던 것도…… 아니, 간 게 아니죠, 볼 수 있었던 것도 우연이었는데요. 다시 한번 거기 가라고 해도 어떻게 하면 갈 수 있는지 모릅니다."

"방법은 생각해놨어."

켄트는 짤막하게 말했다.

"자네 도움이 필요해. 이 다음은 내일 이야기하지."

이 다음. 어제의 다음은 오늘이고, 오늘의 다음은 내일이다.

오늘은 연속되어 있나. 내일은 어디로 이어지는가.

차가운 빗줄기가 숲을 때리고, 지붕을 때린다.

준은 무거운 꿈에 짓눌려 있었다.

켄트가 간 뒤로도 좀처럼 잠이 오지 않아, 내일은 큰일이 기다리고 있으니 얼른 자야 한다고 조바심치는 새에 꿈과 현실의 경계선이 녹아내리고 말았다. 꿈속과 지금 살고 있는 석조 주택이 이어져 있는 것처

12장 지하로 내려가는 여행, 지하에서 올라오는 여행

럼 느껴지고, 자신이 정말 자고 있는지, 아니면 녹초가 되어 몸만 자고 있는지 알 수 없게 되었다.

구체적인 것은 아무것도 등장하지 않았다. 암갈색 어둠이 몸에 엉겨 붙어 아무리 애써도 떨쳐낼 수 없었다. 발이 푹푹 땅 밑으로 꺼지고, 가슴에 누름돌이 얹혀 있는 것처럼 숨을 쉴 수가 없었다.

왜 이렇게 공기가 차갑고 몸이 무겁지.

준은 숨을 헐떡였다. 도와줘. 무거워. 나에게는 너무 무거워. 그런 임무는 나에게는 너무 벅차. 그런 중요한 일은 도저히.

준은 눈을 떴다. 떴다고 생각했다.

어둡다. 유난스럽게 어둡다. 그렇게 생각하고 눈을 비볐다.

누군가와 눈이 마주쳤다.

눈이 마주쳐?

온몸이 순간 경직되었다.

두 개의 얼굴이 침대 위에서 그를 내려다보고 있었다.

그림자가 져서 잘 보이지 않았으나, 아는 얼굴이었다.

어디서 본 얼굴. 두 개의 똑같이 생긴 얼굴.

"서, 설마……"

준의 입에서 쉰 목소리가 새어나왔다.

"후후후."

"하하하."

두 개의 얼굴이 어깨를 떨며 웃었다.

준은 머릿속이 새하얗게 변했다. 온몸이 후끈 달아올랐다가 차갑게 식었다.

"한 사람이라고 생각했어?"

"일인이역이라고?"

"미스터리 마니아 행세도 작작 좀 하시지? 당신들 떠들어대는 거 지겨워 죽겠어."

"우리는 둘이야. 이렇게 사이가 좋은데. 잘도 그런 엉뚱한 소리를 끝도 없이 늘어놓네."

테리. 지미. 몸이 움직이지 않았다.

공포가 느껴졌다. 왜 이런 곳에. 왜 지금.

"어디 한번 잡아봐. 성공하면 우리 시집을 증정하지."

"머리맡에서 읊어줄까."

어떻게 된 일인가. 꿈이 틀림없다. 여기 온 이래로 이상한 꿈을 수도 없이 꾸었고, 잠에서 깨어나 꿈이었음을 확인한 것도 한두 번이 아니지 않나.

그러나 이 식은땀, 이 쿵쿵 뛰는 심장은 꿈이 아니었다. 지금 나는 어나더 힐의 침대에 누워 있고, 누워 있는 나를 테리와 지미가 내려다보고 있다.

두 얼굴이 슥 사라지고 별안간 시야가 환해졌다.

저도 모르게 심호흡했다.

"하하하."

"후후."

머리 쪽에서 웃음소리가 났다. 준은 반사적으로 벌떡 일어났다.

목에 따끔하게 아픔이 느껴져 얼굴을 찡그렸다. 목에 손을 대어보니 손이 젖었다.

손가락에 피가 묻어 있어 오싹했다. 목에 작은 상처가 있었다.

뒤를 돌아보니 방 입구에 두 사람이 서 있었다. 똑같이 생긴 얼굴.

어둠침침한 방. 싸늘한 아침의 방.

"어디 한번 잡아봐."

"아니면 죽여버린다."

두 사람 모두 안경을 쓰고 있지 않았다. 똑같은 셔츠를 입고 있어 전혀 분간이 되지 않았다. 노래하는 듯한 어조도 똑같았다.

"우리 둘 다 눈이 좋을 가능성은 생각 못 했어? 지미가 수줍음을 타서 도수 없는 안경을 쓰고 있었을 가능성을."

준은 아직 꿈인지 현실인지 분간이 되지 않았다. 목에 배어나온 피를 느끼면서도. 관자놀이와 겨드랑이에 흐르는 땀을 분명하게 느끼면서도.

"갓치도, '정령'도 말이야."

"우리가 그런 걸 무서워할 거라고 생각해? 어디 한번 갈가리 찢어보라고 해. 그럼 이쪽은,"

두 청년은 마주 보고 킬킬 웃었다.

"칼로 똑같이 해줄 테니까."

손에서 뭔가가 번뜩했다.

준은 그들의 손을 물끄러미 바라보았다.

가죽 장갑을 낀 손. 그 손에는 날 선 가느다란 칼이 쥐어져 있었다.

"준, 잠에서 깼을 때 죽어 있지 않아서 다행이네."

"아하하, 바보, 죽었으면 어떻게 잠에서 깨냐?"

"그러고 보니 그렇네."

"목숨 건졌네. 앞으로 잠에서 깰 때마다 우리한테 죽임을 당하지 않은 행운에 감사하며 살겠지."

"자, 가자. 할 일이 더 있으니까."

"그러게."

두 사람은 웃으며 모습을 감추었다. 웃음소리가 멀어지는 것을 준은 부들부들 떨며 듣고 있었다.

떨리는 손으로 다시 한번 목을 만져보았다. 피는 이미 그쳤지만, 그 두 사람이 그 칼로 낸 상처가 틀림없었다.

두 사람이 자고 있는 자기 목에 히죽거리며 칼을 들이대는 모습을 상상하고 새삼 온몸에 소름이 돋았다.

죽임을 당할 뻔했다.

떨림이 멎지 않았다.

겨우 다리가 움직여 침대 위에 일어나 앉았다. 몸을 움직이면 어딘가가 칼에 베일 것 같은 착각이 들었다.

쿵쿵 뛰는 심장을 필사적으로 진정시켰다.

허둥지둥 옷을 갈아입고 살짝 복도를 내다보았다.

쥐죽은 듯 조용한 복도. 비는 그쳤지만 해는 비치지 않고 여전히 찌뿌드드했다.

왜 이렇게 조용하지? 다들 깊이 잠들었나?

불길한 느낌이 들었다. 죽음의 정적이라는 말이 떠올라 얼른 지워버렸다. 왜 그런 말을 떠올렸을까.

문득 시선이 바닥에 멎었다.

검게 변색되기 시작한 얼룩. 준은 자신의 눈을 의심했다.

핏자국이다. 핏자국이 점점이 이어져 있었다.

준은 침을 꿀꺽 삼키고 느릿느릿 걷기 시작했다. 바닥에 떨어져 있는 핏자국을 따라 복도를 걸어갔다.

핏자국은 아래층으로 이어져 있었다. 불길한 예감은 더욱 강해졌다.

이 정적은 뭐지? 설마.

머릿속에서 가죽 장갑을 낀 손에 쥐어져 있는 칼이 번뜩였다.

부탁이야. 아니라고 해줘.

가슴이 두근거렸다.

일층도 조용했다. 인기척이 전혀 없다.

핏자국이 커졌다. 핏자국 정도가 아니다. 복도 여기저기에 피가 웅덩이를 이루고 있었다. 시커먼 점액 덩어리로 변해가고 있었다.

대체 누구 피지?

준은 비명을 지르고 싶은 것을 참으며 식당으로 다가갔다.

식당은 어두웠다. 불은 켜 있지 않고 아무도 없었다.

준은 숨을 혹 들이쉬었다.

문이 반쯤 열려 있고, 문손잡이와 아래쪽에 끈끈하게 피가 묻어 있었다.

발이 얼어붙고 말았다.

저 안에. 저 안에 뭔가 무서운 것이 있다.

준은 조금씩 다가가 문을 살그머니 밀었다.

끼이익 소리와 함께 문이 천천히 열렸다.

침침한 식당. 순간, 어둠에 익지 않은 눈을 깜박거렸다.

바닥에 뭐가 있다.

준은 주뼛주뼛 안으로 들어갔다. 테이블 뒤에 묵직한 것이.

시큼한 냄새가 코를 찔렀다.

준은 눈을 크게 떴다. 자신이 보고 있는 것이 무엇인지 깨달았다.

포개져 있는 피투성이 시체. 벌써 썩기 시작했다.

준은 이번에야말로 비명을 지르고 복도로 뛰쳐나갔다.

그러자 검은 그림자가 그를 덮쳤다. 공포에 질려 눈앞이 캄캄해졌다. 준은 또다시 비명을 질렀다.

"준, 진정해요!"

날카로운 목소리를 듣고 흠칫했다.

따뜻한 털의 감촉과 미지근한 숨결.

검은 개의 얼굴이 눈앞에 있었다.

준은 복도에 주저앉아 있고, 라인맨의 개가 앞에서 꼬리를 흔들고 있었다.

현관으로 라인맨이 들어섰다.

"이, 이건…… 저 시체는."

준은 떨리는 손가락으로 식당을 가리키고 문에 들러붙은 끈끈한 피를 기분 나쁜 듯 바라보았다.

"생각했던 것보다 변용이 빠르군요. 여기는 이미 어제까지 우리가 있던 어나더 힐이 아닙니다."

라인맨은 심각한 눈초리로 주위를 둘러보았다.

"다, 다른 사람들은 대체 어디에."

"아마 근처에 있을 겁니다. 그 시체는 그 사람들이 아니라 이 세계에서 죽임을 당한 자들입니다."

"이 세계라고요?"

"이쪽으로 와보시죠."

라인맨은 눈짓으로 신호를 보냈다.

준은 휘청휘청 일어나 라인맨을 따라 밖으로 나갔다.

공기는 축축하고 어딘지 모르게 곰팡내가 났다. 이 냄새. 역시 꿈이 아니었다.

익숙해진 풍경이 보였다. 그러나 역시 인기척은 없었다.

이 세계…… 이 세계라니?

라인맨은 어딘가를 꼼짝 않고 응시하고 있었다. 준은 무심코 라인맨의 시선이 향한 곳을 보고 오싹했다.

분명히 어제까지 보던 어나더 힐의 풍경이었다. 건물도 있고, 숲도 있고, '기도의 성'도 있다. 그러나.

준은 눈을 크게 떴다.

'기도의 성' 저편에 뭔가가 우뚝 솟아 있었다.

날씨가 나빠 안개가 자욱하기 때문에 잘 보이지는 않았으나, 거무스름한 건물이다.

어디서 본 적이 있는 것 같았다. 어디였을까?

"본 적이 있죠?"

라인맨이 낮은 목소리로 중얼거렸다.

머릿속에서 뭔가가 번쩍했다.

새 발. 흑부인.

"저건 그…… 죽은 이들이 지나가는 언덕."

"그런 것 같습니다. 저도 보는 건 처음입니다만."

"그럼 여기는."

준은 주위를 둘러보았다. 아무것도 달라지지 않은 것 같은데.

"과거의 어나더 힐?"

"아니면 이질적인 어나더 힐이거나."

"저희가 시간을 건너뛰었단 말입니까? 혹은 어나더 힐이?"

"그게 아닙니다."

라인맨은 고개를 흔들었다.

"어나더 힐에는 과거와 현재, 이질적인 세계의 시간이 동시에 존재하는 겁니다. 지금 우리는 여기 이렇게 있지만, 동시에 교수와 린데, 마리코가 우리와 똑같은 장소에서 이야기를 주고받고 있을지 모르는 거죠. 평행 우주처럼 복수의 세계가 겹쳐져 있고, 그 사이를 오갈 수 있는 사람이 있습니다."

라인맨은 적당한 말을 찾았다.

"그래요, 색깔이 다른 셀로판지가 여러 장 겹쳐져서 탁한 색으로 보이는 것과 같은 겁니다. 어나더 힐은 멀리서 보면 회색인데 그건 몇 가지 색깔의 세계가 겹쳐져 있기 때문입니다. 당신들이 말하는 '손님'은 그중에서 빨강과 노랑 셀로판지만 오갈 수 있고, 우리는 그 밖에 녹색 셀로판지에도 갈 수 있습니다. 하지만 여기엔 그 외에도 다른 색깔 셀로판지가 몇 장 더 겹쳐져 있거든요."

"그럼 서맨서는 이곳에 있습니까?"

"아마도."

"켄트는 어디 있죠?"

준은 두리번거렸다.

"배를 찾으러 갔습니다."

"배?"

"과거에 아스나와 함께 이곳에서 도망쳤을 때처럼 조각배를 타고 가보고 싶은 데가 있다고 하더군요."

그 어조에서 어렴풋이 빈정거림을 느낀 것은 기분 탓이었을까?

그는 켄트를 용서하지 않은 것이 아닐까. 얼핏 그런 생각이 들었다.

"그보다, 아까 그 두 사람을 봤습니다. 지미하고 테리요. 역시 두 사람이었어요. 목에 칼을 들이댔습니다. 그 둘도 역시 이곳에 있어요."

"저도 봤습니다."

라인맨은 짤막하게 대답했다.

"그건…… 그 두 사람도 변용한 겁니다. 그건 더욱 무서운……"

그는 중얼거리듯 말하고는 그 이상 말을 잇지 않았다.

더욱 무서운?

준은 라인맨이 삼킨 뒷말을 상상해보았으나, 막연히 불안만 느껴질 뿐이었다.

무서운 것으로 말하자면 여기는 어쩌면 이렇게 무서울까. 자고 있는 사이에 왜 이렇게 됐을까.

준은 살벌한 분위기에 몸을 부르르 떨었다.

같은 곳인데도 다함께 전골을 먹던 집 같지 않았다. 그곳에서 죽임을 당한 사람들은 누구일까.

혹시 테리와 지미가?

가죽 장갑. 번뜩이는 칼.

그 말. 역시 그 두 사람이 '피투성이 잭'이었나. 특장본 시집을 팔러 다니며 무차별 살인을 거듭한 것은 쌍둥이 청년들이었나.

그런 두 사람과 같은 세계에 있다니.

준은 새삼 오싹했다. 그들은 이 세계에서도 아무렇지도 않은 것 같았다.

"집 안에서 기다리죠. 또 어떤 위험한 녀석이 있을지 모르니까요. 모습을 드러내놓고 있으면 위험합니다."

"이런 데서, 아스나 씨하고 서맨서는 무사할까요."

준은 저도 모르게 그런 말을 했다.

라인맨이 무표정해진 것을 보고 준은 자신의 실언을 깨달았다.

"죄송합니다. 무신경한 말을 했습니다."

"괜찮습니다. 아스나는 평범한 여자가 아니니까요."

라인맨은 자신을 설득하듯 말했다.

그래. 그녀도 라인맨이다. 준은 그렇게 속으로 중얼거렸다. 서맨서도 건강해 보이지 않았나. 별달리 무서운 일을 당하고 있는 것 같지는 않았다.

그럼 아스나는? 아스나는 왜 나타나지 않을까.

준은 경악했다. 그 정도로 강한 힘이 있다면 서맨서보다 자주 나타날 법도 하건만.

또다시 불길한 예감이 치밀었으나 이번에는 잠자코 있었다.

라인맨은 안마당으로 들어갔다. 그곳에서 켄트가 돌아오기를 기다릴 생각인가보다.

준도 주뼛주뼛 그를 따라갔다.

현관을 흘깃 보았다.

그 포개져 있던 시체들. 식당에 들어가고 싶지는 않았지만 따뜻한 것을 마시고 싶었다.

커피. 홍차. 그런 것은 이 세계의 이 집에는 없을 것 같다. 그러나 물을 끓일 수는 있을 것이다.

"준?"

"물 좀 끓여오겠습니다."

"조심해요."

라인맨의 목소리를 들으며 준은 살짝 집 안으로 들어갔다.

여전히 어두웠다. 복도에 괸 피를 보지 않으려 애쓰며 식당으로 들어갔다.

"준!"

갑자기 누가 이름을 불러 눈을 껌벅였다.

눈앞에 노란 스웨터를 입은 하나가 서 있었다.

환한 식당. 어제까지와 똑같다.

"하나!"

준도 저도 모르게 소리쳤다.

"준, 어디 갔었던 거야? 라인맨이랑 켄트 아저씨도 없어졌어! 다들 아침부터 난리가 났었다고! 다들 밖으로 찾으러 나갔어."

"하나, 언제부터 여기 있었어?"

"언제부터라니? 아침부터 계속 있었어."

준은 식당을 둘러보았다. 아까 있던 시체는 그림자도 없었다.

"준, 어쩐지 이상해."

하나가 묘한 표정으로 준을 보았다.

"지금 어디로 왔어? 복도 창문을 내내 보고 있었는데 아무도 없었단 말이야. 방금 준은 별안간 나타났어. 꼭…… 꼭 '손님'처럼."

하나는 낮은 목소리로 중얼거렸다.

"하나, 우리는 지금 다른 세계에 있어. 아마도 이질적인 어나더 힐에 이제부터 셋이서 아스나 씨하고 서맨서를 찾으러 갈 거야. 다른 사람들한테도 그렇게 전해줘."

"세상에, 대체 어느새. 대체 어떻게 된 거야?"

"나도 몰라. 아침에 눈을 떠봤더니 이쪽에 와 있었어."

"이상해."

하나는 두 손을 맞잡았다.

"우리도 아침에 눈을 떠봤더니 이상하더라고. '기도의 성' 저편에 시커먼 탑이 서 있지 뭐야."

"뭐?"

준은 놀랐다.

"처음 보는 탑이야. 지금 그 안에 들어가볼지 말지, 그것 갖고 난리가 났어. 왜 갑자기 그런 게 출현했는지 모르지만."

"탑. 탑이라고 했지? 높이는 어느 정도야? 어떻게 생겼고? 위는 네모난가?"

준은 조금 전에 본 언덕 위의 건물을 떠올렸다.

하나는 고개를 흔들었다.

"아니, 높다란 탑이야. 고딕 양식처럼 첨탑이 솟아 있어."

"그래?"

시대가 다른 모양이다. 아무래도 여기저기서 '셀로판지'가 찢어져 다양한 시대의 '어나더 힐'이 뒤섞인 듯했다. 그러나 준이 본 탑과 하나가 본 탑은 시대의 차는 있을지언정 같은 것 같았다.

"하나, 뭐 따뜻한 마실 것 좀 주겠어? 보온병이 있으면 거기 담아줘. 나중에 먹을 것도."

"홍차랑 비스킷이면 될까?"

"응, 서둘러줘."

하나는 아직 혼란스러운 표정이었으나 신속한 동작으로 스테인리스 보온병을 찾아와서는 뜨거운 홍차를 담고 비스킷 몇 개를 종이봉지에 넣어주었다.

"준, 돌아올 거지? 라인맨이랑 켄트 아저씨는 무사해?"

하나는 불안 어린 눈으로 준을 보았다.

준은 반사적으로 힘차게 고개를 끄덕였다.

"응, 괜찮아, 꼭 돌아올게. 이번에는 아스나 씨하고 서맨서도 같이 올 거야."

"그렇지? 괜찮을 거야, 그렇지?"

하나는 어색하게 몇 번이고 고개를 끄덕였다.

테리와 지미 이야기를 할 뻔했으나 꾹 참았다. 다들 걱정할 것이 분명하기 때문이다.

그보다, 라인맨이 있는 곳으로 돌아갈 수 없으면 어떻게 하나?

"그럼."

준은 갑자기 그것이 걱정되어 초조하게 복도로 나왔다.

싸늘한 공기와 피냄새가 코를 찔러 저도 모르게 윽 하고 얼굴을 찡그렸다.

"아!"

뒤를 돌아보았을 때, 식당은 또다시 어두워져 있었다.

하나의 모습은 보이지 않고, 문에는 아까 본 피가 응고되어가고 있었다.

저도 모르게 한숨을 쉬었으나, 그 한숨에 담긴 것이 안도인지 절망인지 잘 알 수 없었다.

이번에는 다른 사람들이 있는 곳으로 돌아갈 수 있을지가 불안해졌다. 그 따뜻하고 기분 좋은 식당으로 돌아가 다른 사람들과 함께 전골을 먹을 수 있을까?

미련을 남기면서 준은 맥없이 안마당으로 나갔다.

라인맨과 그의 개가 돌아보았다.

"하나를 만났습니다. 식당에서."

"하나를?"

"역시 여기는 겹쳐져 있나봅니다. 게다가 그쪽에서도 '기도의 성' 저편에 높은 탑이 출현했다고 합니다."

"저쪽에서도?"

라인맨은 생각에 잠겼다.

"장소는 지금 우리가 보고 있는 데와 같은 모양이던데요. 시대는 다른 것 같았지만요."

"이렇게 되다니."

라인맨의 눈에 초조함이 떠올랐다.

"홍차하고 비스킷입니다. 하나가 줬습니다."

"잘됐군요."

두 사람은 안마당에 앉아 묵묵히 홍차와 비스킷을 먹고 마셨다. 따뜻하고 맛있었다.

그러는 중에 켄트가 들어왔다.

준은 그의 수척한 얼굴을 보고 놀랐다. 수척해진데다가 긴장한 탓에 어쩐지 측은해 보였다. 처자식을 되찾으러 간다는 사명감에 가득 차 있을 것이다.

"배를 준비했네."

그는 그렇게 말하고는 두 사람 옆에 앉았다.

"홍차 드시죠."

"고마워."

켄트는 별로 말을 많이 하지 않았다. 현재 상황은 이미 라인맨에게 들었을 것이다.

"그 언덕에는 어떻게 가죠? 배를 타고 어디를 가는 겁니까?"

"일단 힐에서 나갈 거야."

켄트가 딱 잘라 말하자, 라인맨이 얼핏 부정적인 시선을 던지는 듯 보였다. 준은 긴장했다.

"힐에서 나간다고요? 어떻게요?"

"과거에 내가 지났던 길이 있어. 지금 힐에는 위험한 인간들밖에 없으니 안을 지나는 건 위험해. 바깥 수로를 통해 언덕 뒤쪽으로 돌아갈 거야."

켄트의 의지는 굳었다. 그의 머릿속에는 이미 경로가 정해져 있을 것이다.

"출발하지."

켄트가 일어섰다.

준과 라인맨도 따라 일어섰다.

"뭐 필요한 게 있습니까? ……무기라든지."

준은 낮은 목소리로 묻고 마지막에 그 말을 덧붙였다.

무기. 이제부터 누구와, 무엇과 싸우게 될 것인가.

"별로 필요 없을 걸세."

켄트는 천천히 고개를 흔들었다.

세 사람은 조용히 안마당을 나섰다.

섬뜩한 고요가 주위를 뒤덮고 있었다.

"조심해. 되도록 눈에 안 띄게 가지."

"배는 어디 있죠?"

"성스러운 숲 안쪽이야."

세 사람은 으슥한 곳을 골라가며 발소리마저 죽이고 걸었다. 어디에 누가 숨어 있을지 모른다. 테리와 지미도 바로 지금 이 순간 칼을 들고 이쪽을 살피고 있을지 모른다. 오늘 아침에는 그들의 변덕 때문에 목숨을 건지기는 했지만, 어쩌면 지금쯤 침대에 피투성이가 되어 있었을지 모르는 노릇이었다.

그렇게 생각하니 으슥한 곳이 기분 나쁘게 느껴져 저도 모르게 주위를 두리번거렸다.

곳곳에 뭔가를 태운 흔적이 있었다.

타다 남은 뼈 같은 것도 보였다.

무엇을 태운 걸까. 동물인가, 인간인가. 준은 되도록 생각하지 않으려 했지만, 이따금 비릿한 냄새가 나 기분이 우울해졌다. 어느 시대인지는 모르지만 좌우지간 한시라도 빨리 벗어나고 싶은 살벌한 세계였다.

돌연히 까마귀가 푸드덕푸드덕 날아올라 세 사람은 몸을 움츠렸다.

검은 까마귀 떼가 하늘을 날아갔다.

날개 치는 소리가 더할 나위 없이 고된 미래를 예감케 했다.

겨우 물가에 당도해 울창한 숲속으로 들어갔다.

밤중에 이 숲에 왔을 때의 일이 먼 옛날처럼 느껴졌다.

세 사람은 말없이 숲속을 나아갔다. 개도 얌전히 따라온다.

낮인지 밤인지 모르겠다. 지금 내가 있는 곳은 어느 숲인가. 언젯적 숲인가. 꿈인가, 현실인가.

"저기야."

켄트가 낮은 목소리로 중얼거렸다.

안쪽에 어렴풋이 밝은 곳이 있었다.

작은 하얀색 배가 보였다.

숲속에 강의 근원이 보였다. 샘물이라도 솟는지 배가 흔들거리고 있었다.

폭은 겨우 이삼 미터밖에 되지 않지만, 맑은 강물이 굽이치며 숲속으로 흘러가고 있었다.

"자, 타지."

켄트가 두 사람을 돌아보았다.

라인맨은 말없이 배 뒤쪽에 앉았다. 개가 뛰어올라타 옆에 웅크리고 앉았다.

자연히 준은 가운데 앉게 되었다. 켄트가 선두에서 삿대를 잡았다.

"간다."

켄트는 두 사람에게 겨우 들릴 정도로 작은 목소리로 말했다.

준도, 라인맨도 대답하지 않았다. 긴장한 표정으로 숲속으로 사라져 가는 작은 강물을 응시할 뿐이었다.

13장
날 밝는 밤에

한 번 크게 흔들렸다가 움직이기 시작해 일정한 리듬으로 나아가는 배에 타고 있으려니 어나더 힐에서 지금까지 보낸 시간이 꿈만 같았다. 겨우 일주일 사이에 믿기 어려운, 가치관을 송두리째 뒤흔들어놓는 체험을 했다.

조용한 숲속에 충만한, 숨막힐 듯한 오존 냄새를 맡던 준은 마치 아직 어나더 힐에 도착하기 전이고 이제부터 가는 듯한 생각이 들었다. 지금까지 일어난 일은 예지몽처럼 머릿속으로 본 것이다. 사실은 아직 체험하지 않은 일, 앞으로 체험할 일이다.

다들 말없이 좁은 배 안에 꼼짝 않고 있었다. 켄트가 묵묵히 배를 저었다. 숲이 울창하고 어둡기 때문에 아직 오전중일 텐데도 햇살이 전혀 느껴지지 않았다.

멀리서 호우, 호우, 하고 부엉이 같은 울음소리가 들렸지만, 부엉이인지 아닌지는 알 수 없었다. 들리자마자 숲에 흡수되는 탓에 자신이 정말 무슨 소리를 들은 건지 자신할 수 없었기 때문이다.

"조심해. 머리 숙이고. 이 주변은 나무가 무성해서 수로가 잘 안 보이네."

켄트가 두 사람에게 소곤거리듯 말했다.

아닌 게 아니라 숲이 우거져 있어, 가지를 낮게 드리운 나무들이 자꾸만 앞을 가로막았다. 정말 수로가 이어져 있는지 불안해질 정도였으나, 켄트는 몸을 굽혔다 손으로 나뭇가지를 붙들었다 하며 솜씨 좋게 삿대를 다루어 배를 저어 나아갔다.

준과 라인맨도 함께 몸을 굽혔다 머리를 숙였다 하며 몸을 웅크리고 나무들을 피했다. 검둥이는 여느 때처럼 참을성 있게 주인 곁에 붙어 엎드려 있었다.

그러나 켄트의 기억은 정확했다. 도중에 갈림길이 몇 번 있었는데, 언뜻 보기에 수로 따위는 없을 것 같은 곳으로 길이 계속 이어지고 게다가 조금씩 폭이 넓어졌다.

처음에는 배가 수로 양쪽에 닿을 것처럼 좁았는데, 이제는 배 두 척이 엇갈려 지나갈 수 있을 만큼 넓어졌다. 켄트는 흔들림 없는 손놀림으로 삿대를 다루었다.

이 숲이 이렇게나 넓었구나. 준은 새삼 놀랐다.

수로가 숲속에서 구불구불 뻗어 있기는 했지만, 아무리 헤치고 들어가도 숲은 끝날 줄 몰랐다. 아직 어나더 힐 바깥에 나가지 못했다. 성채는 가까워진 기색도 없었다.

어둠의 심장부라는 말이 떠올랐다. 콘래드의 소설. 정글 속으로, 속으로. 강 상류로. 그곳에는 무엇이 있지?

영원히 숲 밖으로 나가지 못하는 것이 아닐까 싶어 숨이 막혔다.

어슴푸레한 숲속을, 이렇게 영원히 배를 저으며 헤매는 것이 아닐까.
침을 삼켜보았다. 묘한 소리가 나서 준은 저도 모르게 입을 가렸다.
그때, 바로 뒤에서 부스럭부스럭 나뭇가지가 흔들리는 소리가 나는 바람에 놀라 뒤를 돌아보았다.
갑자기 까마귀가 날아와 머리 위를 스치고 지나갔다.
"으악!"
"조심해. 이 주변에 둥지가 있는 모양이야. 까마귀는 사람을 공격하네."
켄트가 작게 부르짖었다.
준은 머리를 싸안고 몸을 낮추었다.
깍, 깍, 우짖는 소리가 서로 겹치며 멀어지자 겨우 마음이 놓였다.
"이제 곧 어나더 힐 밖으로 나갈 거야. 좁은 터널로 들어가니까 머리 조심하고."
안도한 것도 잠깐뿐, 한층 더 울창한 숲으로 들어갔다. 습한 공기가 얼굴에 닿고 썩는 냄새가 코를 찔렀다.
어둡다. 조금 전까지 어슴푸레하던 것이 그리울 정도다.
순식간에 모든 사물의 윤곽이 흐려졌다. 검둥이의 형체가 어둠에 녹아들었다.
해묵은 숲이다. 나무들의 존재감이 짙고, 묵직한 가지 끝에 붙은 나뭇잎이 질량감 있게 닥쳐든다.
철썩, 철썩 삿대를 다루는 소리가 들려오고, 이따금 수면이 얼핏 보이는 것 외에는 아무것도 보이지 않았다. 언제 터널에 들어갈까.
"머리 숙여."
생각지도 못하게 가까운 곳에서 목소리가 들렸으므로 깜짝 놀라 몸을 낮추었다.

터널로 들어간 것을 분명히 알 수 있었다. 벽과 천장에 부딪혀 돌아오는 공기가 단단하다.

상당히 오래된, 고대에 만들어진 것으로 보이는 터널이었다. 천장이 낮아 수면과의 거리가 성인 남성의 앉은키 정도다.

숲속과는 또다른 곰팡내가 나서, 숨을 쉬면 허파 속에 곰팡내가 배어들 것 같아 저도 모르게 숨을 멈추었다.

철썩, 철썩 하는 물소리가 흐릿하게 천장에 부딪혀 멀리까지 전달되는 것이 느껴졌다. 상당히 긴 터널 같았다.

바깥쪽에서 터널의 모양과 위치를 확인하고 싶다는 충동이 들었다. 그것은 곧, 낮은 천장의 압박에서 달아나고 싶다는 공포였다. 머리 위를 짓누르는 듯한 질량에 서서히 가중되는 압박감을 준은 필사적으로 견뎠다.

시간이 대체 얼마만큼 지났을까. 얼마만큼 되는 거리를 이동했을까. 아무것도 느껴지지 않게 되었을 무렵, 시야가 어슴푸레 밝아졌다.

정면에 하얀 반달형 공간이 보였다. 출구다. 반달은 조금씩 커져 드디어 암거暗渠의 실체가 드러났다. 커다랗고 낡은 아치형 구조는 대단히 치밀하게 만들어져 있어 오랜 세월이 지난 지금도 견고해 보였다.

조금씩 바깥 공기가 흘러드는 것이 느껴져 겨우 호흡이 편해졌다.

햇살은 여전히 보이지 않았지만, 지금까지에 비하면 훨씬 밝게 느껴졌다.

"밖으로 나가니까 조용히."

오랜만에 듣는 켄트의 목소리에 준은 무심코 "네" 하고 대답했다. 자기 목소리를 듣는 것도 상당히 오랜만이었다.

갑자기 공간이 열렸다.

어처구니없을 정도로 큰 해방감이 느껴졌다.

수로 양쪽으로 숲이 이어져 있고, 가지 저편으로 찌뿌드드한 하늘이 보였다. 터널로 들어서기 전에 봤던 것과는 나무의 종류가 명백히 달랐다.

저도 모르게 심호흡을 했다. 어쩐지 공기도 어나더 힐과는 다른 묘한 달콤함이 느껴졌다.

물 색깔도 다르다. 물 밑에서 온갖 종류의 물풀이 흔들리고 있었다.

구불구불 뻗어나간 수로가 마침내 숲을 빠져나왔다.

"와!"

준은 반사적으로 소리쳤다.

어나더 힐의 바깥.

폐쇄된 공간인 힐에서 얼마 동안 생활해오다보니, 그 해방감은 거의 공포나 다름없었다.

그야 올 때도 이런 습원을 지나왔지만, 말하자면 본선本線 같은 강을 지나왔기 때문에 습원이라는 실감이 별로 없었다.

묘하게 그리운, 어렸을 때 읽은 이야기 같은 풍경이었다.

하늘과 미묘하게 색이 다른 지평선. 무수한 내가 그물망처럼 뻗어나가는 습원. 앉은뱅이 나무들이 곳곳에서 자라고, 이따금 완만한 언덕이나 바위산이 컵을 뒤집어놓은 듯 그림자를 드리우고 있었다. 햇살이 없는 탓도 있겠지만, 전체적으로 흐릿한 회색이었다. 윤곽이 선명하지 않고 모든 것이 흐리멍덩하며, 여기저기서 새들이 낮게 선회하고 있었다.

눈앞에 펼쳐진 풍경 속에 살아 있는 사람은 자기들 셋밖에 없는 것처럼 보였다.

바람은 불지 않고, 천천히 흐르는 습한 공기가 느껴질 뿐이었다.

"라인맨의 동족들은 어디쯤 있습니까?"

준은 무심코 물었다.

"더 가야 합니다. 한참 가면 습원이 끝나고 커다란 구릉지대가 나오는데, 그곳에 있는 오래된 목초지에서 유목하고 있죠."

"그렇군요. 이렇게 보면 세상에 습원밖에 없는 것처럼 보이는데요."

"우리에게는 이 습원이 세상입니다."

어조로는 농담인지 진담인지 분간이 되지 않았지만, 어떤 의미에서 그 말은 진실일 것이다. 그들은 먼 옛날부터 그 특수한 기질과 전통을 지키며 이곳에서 살아왔다.

그리고 아스나는 이곳을 버렸다. 이곳에 있는 모든 것을 버리고 켄트와 신천지로 건너갔다. 그러나 지금은 이 언덕 안에 붙들려 있었다.

뒤를 돌아보자 이질적인 언덕이 우뚝 솟아 있었다.

어나더 힐은 역력히 주위와 겉돌았다. 이형異形의 것. 누가 봐도 특수한 공간이라고 생각할 것이다. 그 검은 덩어리는 천연 요새 같기도 하고, 누가 사악한 계략을 실현시키기 위해 이 세계에 보낸 마물 같기도 했다.

"교대할까요?"

문득 꽤 오랜 시간 켄트가 배를 젓고 있다는 사실을 깨닫고 준은 말했다. 어나더 힐 밖으로 나오니 시계도 좋고 물도 잔잔했으므로, 방향만 지시해주면 자신도 저을 수 있을 것 같았다.

"아니, 아직 괜찮네. 여기는 물풀이 많기 때문에 보기보다 배 젓기가 쉽지 않거든."

켄트는 고개를 흔들었다. 그러자 라인맨이 슥 일어섰다.

"그럼 저와 교대하시죠. 어나더 힐에서 나오느라 꽤 힘을 썼을 테니까요. 조금 쉬십시오. 이제부터가 힘들 겁니다."

켄트는 라인맨의 제안을 거절하지 않았다. 이곳은 라인맨의 영역이니 그가 수로를 잘 아는 것은 당연했다. 하는 수 없는 일이기는 했지만 준은 미안한 마음이 들었다. 자기가 가장 젊은데도 힘쓰는 일조차 도울 수 없다니.

"괜찮네. 저쪽에 닿으면 자네가 활약해줘야 해."

준의 기분을 꿰뚫어본 듯, 켄트는 자리에 앉으며 미소를 지었다.

"자네는 '그림자'에 대한 면역이 있어. 봤거든, '기도의 성'에서."

준은 놀라서 켄트를 쳐다보았다.

'그림자'. '기도의 성'. 붉은 도리이.

그에게도 보였나.

"자네는 우리 비장의 카드야."

켄트는 조용히 중얼거렸다.

준은 보온병에서 홍차를 따라 켄트에게 권했다.

너른 습원, 드문드문 서 있는 숲은 절호의 은폐물이 되어주었다. 터널 출구도 교묘하게 가려져 있어, 언뜻 보면 그런 곳에 출입구가 있는 줄도 모를 것이다. 인기척도 없는데 준은 저도 모르게 목소리를 낮추었다.

"그건 그렇고, 어나더 힐은 지금 어떤 상태인 걸까요?"

"으음, 지금까지 없던 변모기라는 생각이 드는군. 세상이 자꾸자꾸 변하고 있으니 말이야. 미국에 있으면 인류가 지금까지 체험하지 못한 시대를 살고 있다는 걸 실감하거든."

"우주시대라는 말씀입니까?"

준이 묻자, 켄트는 희미하게 웃었다.

"그런 게 아니라, 모든 걸 어둠 속에서 끌어내는 시대라고 할까. 지금까지는 '내내 그렇게 해왔으니까 그런 거다'라든지 '다들 이렇게 해왔다'는 설명만으로 충분했던 게 점점 충분하지 않게 되고, 몰라도 됐던 것까지 알아야 하는 시대가 되고 말았어. 준은 그게 행복이라고 생각하나?"

"미신이나 비합리적인 건 배제해야 한다고 생각합니다만."

준은 적당한 말을 골라 대답했다.

"음, 그렇지. 그 때문에 고통받은 사람들도 많았고."

켄트는 서슴없이 고개를 끄덕였다.

"그럼 히간은? 어나더 힐은 어떤가?"

그런 질문을 받고 준은 말문이 막혔다.

"히간은 미신이 아닙니다. 실체가 있고, 모두들 믿고 있고……"

그렇게 입을 열기는 했지만 뒷말이 나오지 않았다.

"실체가 있다."

켄트는 혼잣말처럼 되뇌었다.

"그래, 우리는 그걸 알고 있어. 하지만 다른 사람들 눈에는 비합리적인 미신으로 비칠 테고, 실제로 그렇게 여겨지고 있다는 건 자네도 도쿄에서 왔으니 잘 알 텐데. 본국인 영국에서 보자면 이단, 사교나 다름없고. 실제로 국교회에서는 히간을 공격하는 세력이 해마다 강해지고 있어. 히간도 없어져야 할 것의 필두에 올라 있다고."

"여기 V.파에서도 말입니까?"

준은 켄트의 냉정한 어조에 어쩐지 반론하고 싶어졌다.

켄트는 가볍게 고개를 끄덕였다.

"그래, V.파에서도. 오히려 V.파 사람들이 히간을 점점 경원하고 있어. 굳이 이런 불편한 데까지 와서 조상의 영혼을 기다리는 건 번거롭고 낡은 인습이다, 그만두고 싶다고 하는 젊은 세대가 아주 많아. 현실적인 문제로 시간도 많이 들고 비용도 드니까. 한 세대만 더 지나면 히간에 참가하는 사람들이 확실히 격감할걸. V.파에서도 핵가족화가 시작됐으니, 아무리 우대제도가 있다곤 해도, 젊은 맞벌이 부부가 히간에 참가하기는 물리적으로 큰 부담이 될 거야. 지금으로선 어렸을 때부터 익숙했던 행사니까 중지하는 데는 아직 저항감이 있겠지만, 멀지 않은 미래에 죽은 사람 생각은 되도록 안 하고 싶다는 식으로 생각이 바뀔 테지."

켄트가 담담히 밝히는 의견을 들으며 준은 배를 젓는 라인맨을 흘깃 보았다. 그 뒷모습은 흔들림이 없이 익숙한 손놀림으로 배를 젓고 있었다.

그에게도 이 이야기가 들릴 터였다. 그는 켄트의 의견을 어떻게 생각할까.

우리에게는 이 습원이 세상입니다.

아까 그가 한 말이 머리를 스쳤다.

"죽은 자는 세상에서 사라지고, 앞으로는 산 사람만의 세상이 될 거야."

켄트는 습원을 바라보며 그렇게 덧붙여 말했다.

준은 그 옆얼굴을 응시했다. 긴긴 세월 속에 친척들도 알아볼 수 없을 만큼 변한 남자. 예전과 같은 청개구리 띠 독신 귀족의 모습은 이제 없었다.

"켄트 아저씨는 그런 세상이 되기를 바라십니까?"

준은 조용히 물었다.

켄트는 의표를 찔린 듯 돌아보았다.

"역시…… 아스나 씨 일도 있고, 인습으로 가득 찬 어나더 힐 같은 세계를 미워하시나요?"

"미워한다."

켄트는 또다시 혼잣말처럼 되뇌었다.

"그럴지도 모르지. 의식하지는 못했지만. 난 한 번은 어나더 힐을 버리고 V.파에서 도망쳤던 사람이니까. 미워하는 마음이 아예 없다면 거짓말일 거야."

"전 V.파에 와보고 꽤 부러웠습니다."

준은 망설이며 이야기하기 시작했다.

"소중한 사람과 갑작스럽게 이별하는 것만큼 잔혹한 일은 없습니다. 마지막으로 한마디라도 하고 싶다, 무슨 수를 써도 좋으니 한 번만 더 만나고 싶다고 생각하는 사람은 전 세계에 수도 없이 많아요. 그런데 어나더 힐에선 그게 가능하거든요. 도쿄에선 죽은 이가 점점 보이지 않는 존재가 되어가고 있습니다. 사람들이 병원에서 죽기 시작하면서, 죽은 이를 아이들로부터, 또 동네로부터 감추게 됐어요. 하지만 어나더 힐에선 죽은 이를 특별 취급하지 않죠. 죽음을 은폐하지도 않습니다. 마리코 씨도 그러더군요. 죽음은 이벤트고, 일상과 이어져 있다고, 죽은 이와 함께 즐길 수밖에 없다고요. 처음에는 건전치 못한 자세고 악취미라고 생각했는데, 지금 보면 그 편이 훨씬 건전하다는 생각이 듭니다. 전 히간이 앞으로도 계속됐으면 좋겠습니다. 무서운 일도 많이 당했지만요."

검둥이의 등을 쓰다듬자 '응?' 하듯 검둥이가 준을 슬쩍 보았다.

"저야 어차피 관광객이고, 실제로 이걸 이어나갈 사람들은 여간 큰일이 아니겠다 싶기는 하지만, 제 뿌리는 역시 여기 있다는 걸 실감했고 지금도 실감하는 중입니다."

준이 그렇게 말하자 켄트는 살짝 웃었다.

"그렇지. 자네에게는 V.파의 피가 흐르고 있어."

켄트의 눈은 부드러웠다.

"나 역시 이 땅을 사랑하는 마음은 틀림없네. 지금 자네 이야기를 듣고 그런 생각이 들었어. 하지만 세상이 변하고 있는 건 사실이거든. 내가 이번 변용에 관해 무슨 생각을 하는지 가르쳐줄까?"

"네."

켄트는 순간 주저하다가 입을 열었다.

"난 사람들의 신앙이 흔들리는 탓이 아닐까 싶어."

"신앙이 흔들린다고요?"

준은 무슨 뜻인지 이해되지 않아 되물었다.

"물론 다들 믿고야 있지. 매년 이곳으로 와서 '손님'들과 날마다 대면하니까. 이 국민성은 달라지지 않아. 하지만 바깥 세계에서 정보와 타지 사람들이 자꾸자꾸 유입되면서 다양한 사고방식이 침투하거든. 다들 히간의 존재에 대해 이대로 괜찮은 건가, 이게 당연한 건가, 하고 의심하는 마음이 차츰 자라나고 있는 거야. 입 밖에 내어 말하지는 않지만, 사람들의 집단 무의식 속에 히간과 '손님'에 대한 의심이 발생했어. 그 영향이 크지 않을까 생각하네."

켄트가 연구자라는 것을 준은 새삼 실감했다. 그는 모국을 떠나서도 모국을 분석하고 있었던 것이다.

"그래서요?"

"자네도 플라세보 효과는 알겠지? 사실은 약효가 전혀 없는 가짜 약인데도, 환자가 잘 듣는 약이라고 믿기만 하면 다대한 효과를 발휘해. 하지만 약효에 의심을 품으면 전혀 효과가 없거든. 마법이 풀리고, 약이 안 듣게 돼."

"켄트 아저씨는 전에도 그런 말씀을 하셨죠? 그레이 박사이셨을 때. 히간과 '손님'은 어차피 공동 환상이라고요. 그건 정체를 숨기기 위해 일부러 피력하신 주장입니까, 아니면 켄트 아저씨 본인의 의견입니까?"

처음으로 '손님'이 우박을 내렸던 날 밤이 생각났다. 켄트는 공동 환상에 의한 집단 히스테리라는 입장을 일관되게 고수했다. 그것은 본인의 의견인가, 연기인가.

켄트는 고개를 갸웃하며 쓴웃음을 지었다.

"실은 나도 잘 모르겠어. 오랫동안 미국에서 살다가 이곳에 돌아와 보니 더더욱 모르겠더군. 히간은 신기해서 말이야, 떨어져 있으면 모든 게 꿈만 같아. 자네도 도쿄로 돌아가면 내가 하는 말이 무슨 뜻인지 알 수 있을 테지만, 그런 일이 있었을 리 없다는 생각이 들거든. 특히 모든 게 개방되어 있고 원색이고 그림자가 없는 미국에서 연구자 노릇을 하다보면 V.파에서의 나날이 점점 거짓말처럼 느껴져. 내가 그 필름을 들고 간 건 역시 보험이었는지 모르네. 미국에서 살면 히간을 믿지 않게 될 거라는 예감이 어느 한구석에 있어서, 나 자신에게 증거를 보여주기 위해서 그 필름을 들고 갔는지도 몰라. 하지만 히간에 돌아오면 이게 일상이라는 걸 몸이 기억해내니, 인간은 순응성이 높다고 할지, 엉터리라고 할지."

켄트는 자조 어린 목소리로 말을 끊었다.

그럴지도 모르겠다고 준은 생각했다.

지금도 어나더 힐에서의 나날이 꿈만 같은데, 찰나적이고 속도가 빠른 도쿄로 돌아가면 점점 더 꿈처럼 생각될 것이다.

사람이 말하는 '합리성'이라는 말 자체가 애매하고 유동적이다. 어차피 한 사람의 내면에서 사물을 볼 수밖에 없으니 말이다.

마치 이 경치처럼.

애매한 풍경. 준은 그런 말을 떠올렸다.

회색으로 녹아들어 모든 경계선과 윤곽이 흐릿한 이 습원. 그 위로 배가 천천히, 그러나 미끄러지듯 나아간다. 라인맨은 배를 젓고, 물은 물보라를 튀기고, 배는 확실하게 나아간다.

"믿지 않으면 효과가 없다. 그럼 언젠가 모든 사람이 히간을 믿지 않게 됐을 때, '손님'은 안 나타나게 될까요?"

"이번이 바로 그렇지 않았나."

켄트는 말했다.

"모두들 불안해져서 이러다 히간이 없어지는 게 아닐까 하는 피해망상에 빠진다. 아무도 찾아오지 않는다. 이 사태가 신앙의 위기가 아니고 뭐겠나?"

"그럼 저것도 사람들의 무의식이 낳았다고 생각하시는군요?"

"그 편이 설명하기 쉽다는 것뿐이야."

켄트는 단언을 회피하고 싶은 것 같았다.

"이제 슬슬 배를 댈까 하는데, 경로는 어떻게 하겠습니까?"

라인맨이 조용히 말했다.

두 사람과 검둥이가 동시에 얼굴을 들었다. 자신들이 지금 위험한 길을 가는 중임을 까맣게 잊고 있었다는 것을 깨닫고 준은 쓴웃음을 지었다.

나도 꽤 느긋하군. 무슨 일이 기다리고 있을지 모르는데, 이걸 꿈이나 환상이라고 생각하는 걸까.

저도 모르게 목을 쓰다듬었다. 피는 이미 멎었지만, 칼에 벤 상처가 만져졌다.

"탑은 보이나?"

켄트는 무릎으로 서서 목을 길게 뺐다.

"저쪽입니다."

라인맨이 먼 곳을 가리켰다.

어느새 어나더 힐 주위를 한 바퀴 빙 돈 위치에 와 있었다.

다소 거리를 두기는 했어도 힐 외곽을 따라 한 바퀴 돈 셈이다.

이형의 언덕은 여전히 불길한 냄새를 풍기며 우뚝 솟아 있었다.

'기도의 성'이 있을 위치에 검고 높다란 그림자가 보였다.

"음? 아까와 형태가 달라진 것 같군."

켄트의 눈이 가느스름해졌다. 준도 배 밖으로 몸을 내밀고 그것을 응시했다.

"어떻게 된 거지?"

기묘한 건물이었다.

준이 오늘 아침 본 네모난 검은 탑 옆에, 첨탑처럼 높다란 고딕 양식 탑이 서 있었다.

"설마."

준은 중얼거렸다.

"그새 설마 진짜 모든 게 뒤섞여버린 걸까요?"

식당에서 하나와 마주쳤을 때의 일이 생각났다.

방금 준은 별안간 나타났어. 꼭…… 꼭 '손님'처럼. 아침에 눈을 떠 봤더니 이상하더라고. '기도의 성' 저편에 시커먼 탑이 서 있지 뭐야. 고딕 양식처럼 첨탑이 솟아 있어.

"하나하고 다른 사람들이 본 게 저 탑입니다."

"그렇군. 융합이 시작됐나."

라인맨이 중얼거렸다.

융합? 그 말이 마음에 걸렸지만, 배가 조금씩 다시 힐의 벽에 접근하기 시작하고 모두가 움직이기 시작했으므로, 마음에 걸렸다는 사실 자체를 금세 잊어버렸다.

넓어졌던 수로가 다시 조금씩 좁아졌다. 라인맨은 삿대에 물풀이 엉키지 않게 주의하며 수로를 천천히 나아갔다.

나지막한 수목들 사이로 수로가 이어졌다. 어디에서도 출입구가 보이지 않는 곳에 배를 댈 수 있게 되어 있나보다.

누구도 입 밖에 내지는 않았지만 긴장감이 점차 고조되었다.

'기도의 성'은 어나더 힐에서 가장 높은 곳에 있기 때문에, 어나더 힐에 상륙하는 지점에서 볼 때와는 달리 이쪽에서 보면 거의 절벽처럼 느껴졌다. 그렇지 않아도 꼭대기가 높은데 눈앞에 다가드는 탑은 더욱 높은 곳에 있으니, 그야말로 바벨탑처럼 구름 속에 가려진 것만 같았다.

"엄청난 광경이군그래. 안은 어떻게 돼 있을까."

켄트도 무심결에 중얼거렸다.

"이쪽에도 터널이 있습니까?"

"아니, 이쪽엔 돌계단이 있을 거야."

"그렇군요. 켄트 아저씨는 이쪽 통로는 모르시겠군요."

"아스나가 '기도의 성' 뒤에 바깥으로 내려가는 계단이 있다고 했네만."

"있습니다."

라인맨이 짤막하게 대답하고는 천천히 배를 선회시켜 눈에 띄지 않는 곳에 댔다.

그곳도 숲에 둘러싸여 보이지는 않았으나, 배를 댈 수 있게 돌이 깔려 있고 잘 다져진 좁은 길이 나 있는 것을 보면 먼 옛날부터 은밀히 사용되어온 것을 알 수 있었다.

오랜만에 육지에 서니 몸이 휘청거리고, 지면의 감촉이 반가웠다. 라인맨이 물가의 나무 덤불 밑에 배를 감추었다.

"길은 아나?"

"아마 저쪽일 겁니다."

나지막이 소곤거리며 짐승들이 다니는 좁다란 길을 나아갔다.

주위는 여전히 침침하고 고요한 것이 시간감각이 느껴지지 않았다. 첨탑 상공에 까마귀 떼가 나는 것이 보일 뿐, 세상에 자기들 세 사람과 한 마리뿐인 것 같았다.

멀리서 봤을 때는 아무것도 없는 절벽 같았으나, 라인맨을 따라가자 겨우 한 사람 지날 만큼 좁은 길이 나무들 사이로 은밀히 나 있었다.

이윽고 돌벽으로 둘러싸인 돌계단이 보였다.

"저거군."

"벽이 높은데요. 멀리서 보면 계단이 있는 줄 모르겠습니다."

켄트와 준은 마주 보고 고개를 끄덕였다.

라인맨은 검둥이를 데리고 발걸음도 가볍게 계단을 올라갔다. 준과 켄트가 서두르지 않으면 뒤처질 만큼 걸음이 빨랐다.

"어이구야. 몸 단련을 다시 해야겠군."

켄트는 한숨을 쉬며 계단을 올라갔다. 준도 동감이었다. 애초에 유목민과 도시민의 체력을 비교한다는 것부터가 잘못이라는 생각이 들었다.

"이 계단은 어디로 이어지는 걸까요?"

"'기도의 성' 정원 어딘가가 아닐까 싶은데."

숨을 헉헉 몰아쉬며 소곤소곤 말을 주고받았다.

돌계단은 끝없이 이어졌다. 얼마나 올라왔는지 모르겠다. 무릎이 부들부들 떨리는 것으로 보아 꽤 올라왔으리라고 짐작할 뿐이다.

숨이 차고 온몸이 열덩어리가 되었다. 문득 밑을 내려다보니 수로가 까마득히 멀어 저도 모르게 눈앞이 아찔했다.

이만큼 올라오니 바람이 불기 시작했다.

불길하고 축축한 바람. 이 앞에 무엇이 기다리고 있나. 하나와 다른 사람들은 어떻게 됐나. 다들 무엇을 하고 있나. 세계는 어떻게 된 건가.

온갖 의문과 불안이 머릿속을 맴돌았으나, 지금은 그저 하염없이 올라갈 뿐이었다.

조금씩 구름이 선명해지기 시작했다.

"이제 얼마 안 남았으니 조용히."

라인맨의 냉정한 목소리를 들으면 늘 흠칫한다.

똑같은 인간이라도 그들이 훨씬 품위 있고 아름답다는 생각이 든다. 그렇다면 낡은 인습과 전통을 지주 삼아 옛 생활을 완강하게 지키는 그들은 '비합리적'인가. 오히려 그들이 훨씬 '합리적'이라는 생각이 드는데.

아니지, 아니야. 이런 생각을 하고 있을 때가 아니다. 무엇이 기다리고 있을지 모르는 위험한 곳에 뛰어들려는 마당에.

준은 필사적으로 마음을 다잡고 호흡을 가다듬으며 발걸음을 늦추었다.

라인맨의 걸음도 조심스러워졌다. 자연히 모두 몸을 낮추고 있었다.

또다시 좁은 터널이 앞쪽에 입을 벌리고 있었다. 한 사람이 지날 수 있는 넓이였다.

터널 안으로 들어가자, 이번에는 건조한 바람이 부는 것이 느껴졌다. 여기저기 빛이 깜박거리는 것은 벽에 총안처럼 작고 네모난 채광창이 뚫려 있기 때문이었다.

이곳 터널도 구불구불해서 순식간에 방향감각을 잃었다. 하지만 외길이라 어차피 앞으로 나아갈 수밖에 없었다. 이따금 내리막길이 되었다가 불안해질 때쯤 또다시 오르막길이 되곤 했다.

어쩐지 앞쪽이 밝아진 것 같았다.

라인맨의 등이 뚜렷이 보이기 시작했다. 조금 더 가니 나무상자와 빈 와인병 등 인간의 존재를 시사하는 물건이 바닥에 뒹굴고 있었다. 주거지에 가까워졌다는 것이 여실히 느껴졌다.

"최근에 여기를 지난 사람이 있는 것 같군."

켄트가 중얼거렸다.

"담배 냄새가 남아 있어."

그 냄새가 준의 기억 어딘가를 문득 스쳤으나, 그것도 걷다보니 어디론가 흩어져버렸다.

통로가 점점 더 밝아졌다. 이제는 다른 사람들의 모습이 뚜렷하게 보이고, 검둥이의 코도 분간할 수 있었다.

사람 냄새라는 말이 떠올랐다. 어쩐지 이 부근에서는 사람 냄새가 난다. 어나더 힐 안으로 돌아왔다는 실감이 솟았다.

갑자기 터널이 두 갈래로 나뉘었다.

한쪽은 막다른 길이고, 벽에 사다리가 붙어 있었다. 멀리서 보기에도 사다리 위쪽이 출입구임을 알 수 있었다. 당연히 모두 그쪽 터널로 나아가려는 것을 라인맨이 제지했다.

"거기 계십시오. 위험이 없는지 보고 올 테니까."

준과 켄트가 멈춰 서자, 검둥이가 주인과 두 사람 사이에 대기했다. 그들의 연대 플레이에 새삼 감탄했다.

사다리를 민첩하게 올라간 라인맨은 얼마 동안 주위를 살피더니 뚜껑 문을 살짝 밀어올린 것 같았다. 상반신이 시야에서 사라지고, 발이 멈추었다.

마른침을 삼키고 지켜보고 있으려니 이윽고 발까지 사라졌다.

긴장과 정적.

그러나 라인맨이 머리를 들이밀고 "괜찮습니다, 올라오십시오"라며 손을 흔들었으므로 안심했다.

검둥이를 안아들어 라인맨에게 건네준 다음, 준과 켄트가 사다리를 올라갔다.

아무도 없는 작은 공간으로 나온 준은 눈을 껌벅였다.

"어라, 여기는?"

본 적이 있는 곳이다. 검은 수반. 타원형 천장.

"'기도의 성' 예배당이잖아."

구멍에서 빠져나와 바닥에 선 준은 조그맣게 중얼거렸다.

잊으려야 잊을 수 없는, 갓치를 했던 곳이다. 비옷 파편이 허공에 떠다니는 듯한 착각까지 들었다.
 라인맨과 켄트는 여기저기 돌아다니며 바깥을 살폈다.
 뚜껑 문은 갓치 때 삼직이 서 있던 제단 뒤쪽 바닥에 있었다. 삼직이 바깥으로 나가는 통로를 몰랐을 리 없었다.
 뚜껑 문은 예배당 안쪽에서 빗장을 걸 수 있게 되어 있었으나, 아까 라인맨의 모습을 보건대 쉽사리 열린 것 같았다. 즉, 빗장은 걸려 있지 않았다. 역시 누가 드나들었던 걸까.
 "유난히 조용하군."
 "융합했다면 다른 사람들도 여기 있을 텐데요."
 켄트와 라인맨은 중얼거리며 잠겨 있던 예배당 문을 조심스럽게 열고 밖으로 나갔다.
 준과 검둥이도 나갔다.
 풍경이 완전히 달라져 있었다.
 "엄청난 광경이군."
 세 사람과 한 마리는 멍하니 하늘을 올려다보았다.
 융합. 아닌 게 아니라 융합이라는 말밖에 할 수 없었다.
 세 개의 성, 혹은 탑이 유기물처럼 합체되어 일본의 전투 로봇 뺨치게 그로테스크하고 기기묘묘한 건축물이 출현해 있었다.
 크다. 너무 커서 한눈에 다 들어오지 않는다. 뭐라 표현하면 좋을지 모르겠다.
 유럽의 고성 중에는 이교도의 옛 건축물 위에 그대로 자기들 종교 양식을 따른 건물을 얹거나 이어붙이거나 증축해서 세운 것이 적지 않은데, 이 역시 그런 상태다. 시대가 다른 세 가지 건축 양식이 키메라처럼 뒤섞여 있었다.

'기도의 성' 정원에 고딕 첨탑이 삐죽 솟아 있고, 그 밑에 고대의 소박한 사각 탑이 서 있고, '기도의 성'과 고딕 건축의 예배당 벽이 아플리케처럼 지그재그로 뒤섞여 있었다.

"악몽이라도 꾸는 기분이군."

"안은 대체 어떻게 돼 있을까."

"그전에 어나더 힐을 잠깐 돌아보지 않으시겠습니까? 너무 조용해요. 하나하고 다른 사람들이 보는 것과 저희가 보는 것이 합체돼 있다면, 다른 사람들도 이 세계에 있지 않을까요?"

"그것도 그렇군."

"그럼 흩어지지 않게 따라오시죠."

또다시 라인맨과 검둥이가 선두에 섰다.

기분 나쁜 고요 속에 다함께 비탈을 내려가기 시작했다.

마을 안은 생각보다 달라진 데가 없었다. 탑의 변모가 워낙 강렬했던 탓에 어지간한 차이에는 놀라지 않게 된 것인지 모른다.

하긴 고대의 언덕에는 그 검은 건물 외에 아무것도 보이지 않았으니 변화가 없는 것도 당연하다.

그러나 예의 기이한 불탄 자국과 뼈 같은 것은 곳곳에 보였다.

탄 냄새도 남아 있어서 기분이 나빴다. 뭔가를 태운 자국.

그러고 보니 그 시체는 어떻게 됐지?

준은 식당에 포개져 있던 시체가 생각나 오싹했다. 그런 것까지 함께 출현했다가는 하나와 다른 사람들이 기겁할 것이 틀림없었다.

"아무도 없군요."

"안을 들여다볼까?"

사방이 너무나도 조용하고 마주치는 사람도 없었으므로 발소리가 서서히 커졌다. 처음에는 숨죽이고 이야기하던 목소리도 점점 거리낌이 없어졌다.

"어이."

"아무도 없습니까?"

마침내 큰 소리로 불러보았다.

반응을 기다려보았지만 전혀 대답이 없었다.

"설마 숨어 있는 건 아니겠지? 실례합니다. 아무도 안 계십니까?"

켄트가 그렇게 중얼거리더니 이 집 저 집 문을 노크하고 안으로 들어가보았다. 하지만 그때마다 고개를 흔들며 도로 나왔다.

"아무도 없는데. 딱히 무슨 일이 있었던 것 같지도 않고."

"그럴 수가. 그럼 다들 어디 간 거죠?"

각각 분담해서 가까운 집들에 들어가보았다.

그러나 역시 아무도 없었다. 집 안에 별 이상은 없고, 평범한 생활의 흔적이 남아 있을 뿐이었다.

세 사람은 끝내, 그들이 오늘 아침 나섰던 교수의 집까지 돌아오고 말았다.

설마. 설마 하나와 다른 사람들도? 교수와 린데도?

불안은 한 발짝 내디딜 때마다 커져만 갔다.

준은 창백한 얼굴로 집 안으로 뛰어들었다.

"하나! 교수님! 다들 어디 계세요?"

현관으로 뛰어들자마자 소리쳐 불렀지만, 집 안은 쥐죽은 듯 고요했다.

정신을 차려보니 발치에 검둥이가 딱 붙어 있었다. 준을 지키려는 모양이었다.

조심조심 식당 안을 들여다보았다.

복도 창문으로 본 식당 안은 여느 때와 다름없었다. 오늘 아침 본 시체 더미가 없는 대신, 다른 사람들 모습도 없었다.

테이블 위에는 씻은 컵이 쟁반 위에 늘어 놓여 있고 그 위에 행주가 덮여 있었다. 역시 다른 집과 마찬가지다. 무슨 이변이 있었던 기색도 없고, 모든 것이 여느 때와 다름없었다. 다들 어디로 갔나?

식당에 망연히 서 있으려니 다른 방을 둘러본 라인맨과 켄트가 돌아왔다.

얼굴을 마주 보고 고개를 흔들었다. 집 안에는 아무도 없었다.

"대체 다들 어디 간 거죠?"

준은 겁에 질린 눈으로 두 사람을 보았다.

"꼭 증발해버린 것처럼, 어나더 힐 전체가, 다들 시공의 저편으로 사라져버린 걸까요."

저도 모르게 황당무계한 말을 하고 말았지만, 켄트도 라인맨도 웃지 않았다.

준은 조금 전 켄트가 한 말을 반추해보았다.

모두가 믿지 않게 되면 존재하지 않게 된다.

모두가 히간에 대해 회의를 품고 자기들의 습관을 믿지 않게 된 결과, 그 존재까지 사라져버린 것이 아닐까. 어나더 힐이 갖는 '장소'의 힘이 그런 방향으로 움직였다면.

엉뚱한 발상이라고 생각하면서도 준은 이미 반쯤 믿고 있었다.

다들 사라지고 말았다. 히간의 습관과 더불어. '손님'과 더불어. 어나더 힐은 사람들에게 복수했다. 성지의 힘을 믿지 않게 된 사람들을 '믿지 않게' 된 것이다.

"역시 아까 그 탑이겠군."

켄트가 중얼거렸다.

"아무리요. 다들 거기에 모여 있다는 말씀입니까?"

준은 절망에 빠져 부르짖었다.

"다들, 다들 사라져버렸어요. '손님'도 안 오게 됐고, 히간 참가자도 같이 사라져버린 겁니다."

"그렇지 않아. 뭣보다도 우리는 존재하잖나."

켄트가 반박했다.

"저희는 어나더 힐 바깥으로 나갔었기 때문입니다. 그래서 어나더 힐의 힘이 작용하지 않은 거예요. 그때 이미 혼란이 시작돼 있었어요. 조금만 더 있었더라면, 분명히 저희도 같이 사라져버렸을 겁니다."

준은 도리질 치며 그렇게 말했다. 사라졌다. 다들 사라져버렸다.

동요한 나머지 준은 자기가 무슨 말을 하는지도 몰랐다.

"진정해요, 준. 탑에 가봅시다."

라인맨이 여느 때처럼 냉정한 목소리로 말했다.

"적어도 거기 가보면 무슨 일이 일어나고 있는지 알 수 있을 겁니다."

"사라졌어. 다들 사라져버렸어. 우리를 두고."

하나. 마리코. 서니와 사이드. 고양이들도 같이 가버렸나.

"미리 결론을 내리는 게 아니야. 자, 돌아가지."

켄트가 준의 어깨를 안고 걸음을 떼도록 재촉했다.

준은 거의 무의식적으로 걷기 시작했다.

사라져버렸다. '손님'도, 히간도. V.파의 전설은 오늘로 끝났다.

세 사람과 한 마리는 조금 전과는 딴판으로 발걸음이 무거워져 방금 왔던 길을 느릿느릿 되돌아가기 시작했다.

앞쪽으로 기묘한 키메라가 된 들쭉날쭉한 탑이 보였다.

그 실루엣은 우스꽝스러운 동시에 뭐라 형언할 수 없는 기괴함을 자아내고 있었다.

저기에도 없다면. 아니, 저기에는 없다. 인기척이 없었다. 저런 곳에 어나더 힐 사람 전원이 모여 있다니, 그런 일은 있을 수 없다. 저곳도 분명 텅 비어 있을 것이다.

준의 머릿속에 휑뎅그렁한 넓은 공간에 우두커니 서 있는 자신의 모습이 떠올랐다.

그 절망감을 예상하자 가슴이 무너질 것만 같았다.

숨이 쉬어지지 않았다. 준은 숨을 헐떡였다.

이제 두 번 다시 그들을 만날 수 없다니. 이대로 도쿄로 돌아가야 한다니. 가족에게 뭐라 설명하라는 말인가. 소노코에게는.

문득 친숙한 얼굴이 떠올랐다. 사탕 같은 미소.

준은 오싹했다. 이대로 도쿄로 돌아가 소노코를 만날 생각만 해도 무서워 견딜 수 없었다. 자신은 이미 예전의 준이치로가 아니었다. 전혀 다른 사람이 되어, 소노코의 순진무구함과는 맞지 않는 사람이 되어버렸다.

준은 고개를 수그리고 비틀비틀 걸었다.

라인맨과 켄트도 어쩐지 표정이 어둡고 동작이 굼떴다. 생각해보면 두 사람은 배를 젓고 계단을 뛰어오르느라 운동량이 상당할 것이다. 자기가 가장 젊고 운동량이 가장 적은데도 두 사람보다 더 후들거리다니 어쩌면 이렇게 한심할까.

문득 작은 사당 같은 것이 보였다.

본 적이 있는데.

준은 움찔해서 멈춰 섰다.

이건 흑부인을 만난 언덕에 있던……

준은 낡은 건물 안을 가만히 들여다보았다.

승복이 떨어져 있어 저도 모르게 몸을 움츠렸다.

아아, 역시. 그럼 혹시 그때 본……

주뼛주뼛 승복의 발치를 보니 새 발이 튀어나와 있었다.

"으악!"

준은 비명을 지르며 뒤로 펄쩍 물러났다.

라인맨과 켄트가 뒤를 돌아보더니 준에게 달려왔다.

"왜 그러나?"

"새 발, 새 발이."

마구 달라붙는 준을 진정시키며 두 사람은 초라한 건물 안을 들여다보았다.

"정말 새 발이군요."

라인맨이 승복 옷자락을 살짝 들어올렸다.

거대한 새의 시체였다.

아니, 이것을 새라 불러도 될까?

준은 눈을 크게 뜨고 그것을 응시했다.

다리가 세 개였다.

너덜너덜해진 검은 꽁지깃 밑으로 바싹 마른 다리 세 개가 삐죽 나와 있고, 쭈그러든 발톱이 허공을 할퀴고 있었다.

"삼족이군. 이게 뭐지?"

켄트가 불쾌한 듯 얼굴을 찡그렸다.

"중국인은 이 발도 삶아먹죠."

라인맨이 승복의 머리 쪽을 들추어보았다. 말라붙은 부리가 보였다. 죽은 지 얼마 지난 거대한 검은 새.

"어떻게 된 거지? 점점 뭐가 뭔지 알 수 없게 돼가는군."

"이, 이건 삼족오입니다. 제, 제가 갓치 중에 옛날 어나더 힐에서 흑부인과 마주쳤을 때 봤어요, 이 발을."

준은 아직도 동요가 가시지 않은 목소리로 중얼거렸다. 이 세계는 대체 어떻게 된 걸까. 이 악몽은 언제까지 계속될까.

"삼족오가 뭐지?"

켄트가 물었다.

"전설상의 새입니다. 군신軍神이라 이야기되는 간무 천황을 승리로 이끌었다고 하는 까마귀입니다."

목이 바싹 말라붙었다. 왜 삼족오가 이런 곳에? 그림자와 무슨 관계가 있는 걸까? 아아, 다시 한번 다같이 테이블을 둘러싸고 맥주를 마시고 싶다. 그는 속으로 갈망했다.

새 발을 보며 생각에 잠겨 있던 라인맨과 켄트는 옷자락을 도로 가만히 내려놓고 밖으로 나왔다. 그러고는 다시 준을 가운데 세우고 비탈을 올라가기 시작했다.

"저기 답이 있을 거야."

켄트가 중얼거렸다.

답. 답 같은 것이 정말 있을까. 이렇게 동요하고, 혼란에 빠져, 절망하고 있는데.

준은 속으로 우는소리를 했다. 게다가 답 따위는 이제 아무래도 상관없었다. 다들 사라져버린 마당에 답이 무슨 소용이란 말인가.

13장 날 밝는 밤에 333

세 사람은 각자 다른 생각을 하며 무거운 몸을 끌고, 언덕 위에서 그들을 기다리는 그로테스크한 탑으로 다가갔다.

처음에 반응한 것은 역시 검둥이였다.

검둥이뿐 아니라 여기 와서 동물들의 반응에 얼마나 큰 도움을 받았는지 모른다. 그들은 눈에 보이지 않는 것을 감지할 수 있다.

눈에 보이지 않는 것을 감지할 수 있다. 그것은 즉, 눈에 보이지 않는 것을 믿는다는 이야기다. 동물들은 시각만으로는 인지할 수 없는 것의 존재를 믿는다. 그들은 기척이나 냄새로 쉽사리 그 존재를 증명해낸다.

믿는다. 믿지 않는다. 그 단순한 양자택일에 관해 지금까지 이렇게 진지하게 생각한 적이 있었을까. 어나더 힐이라는 곳의 존재에 관해서도 의심하거나 흥미를 느낀 적은 있어도, 믿는다와 믿지 않는다는 문제로 생각해본 적은 없었다.

자신이 본 것만 믿는다는 사람은 많다.

그럼 '손님'은 어떻게 될까. 분명히 눈에 보이고, 만질 수도 있고, 말을 주고받고 의사소통을 꾀할 수도 있다. 눈에 보이니 믿어야 한다.

그러나 조금 전 켄트와 한 대화나 자신의 경험을 비추어보더라도, '손님'이 보인다고 해서 '믿는다'고 단언하기는 왜 그런지 망설여졌다. 이 망설임의 정체는 무엇일까.

준은 절망한 나머지 감정이 마비되어, 뒤죽박죽으로 뒤섞인 탑 밑에 이르렀을 때는 표정이 풀려 있었다. 그저 앞으로 내딛는 발을 따라 비탈을 올라왔을 뿐이었다.

그렇기 때문에 검둥이가 갑자기 온몸의 털을 곤두세우고 가벼운 몸놀림으로 달리기 시작했을 때도 멍하니 그 모습을 지켜보기만 했다.

라인맨과 켄트가 검둥이를 쫓아가기 시작했다. 준도 그 뒤를 가까스로 따라갔다. 검둥이가 무엇에 반응했는지 생각해보려 하지도 않았다.

선두에 섰던 라인맨이 멈춰 섰다.

"불이 켜져 있는데요."

"뭐라고?"

라인맨이 가리키는 방향을 보니 정말 고딕풍 건물 문에서 부드러운 불빛이 새어나오고 있었다.

"정말이군."

"누가 있는 걸까요?"

셋이 얼굴을 마주 보았지만, 준은 여전히 이완된 표정을 한 채로 별다른 반응을 할 수 없었다.

검둥이는 아까와는 딴판으로 꼬리를 흔들며 문 앞에 서 있었다.

"꼬리를 흔들어?"

켄트가 혼잣말처럼 말했다.

세 사람은 여우에 홀린 표정으로 검둥이에게 다가갔다.

검둥이는 천진한 표정으로 라인맨을 돌아보았다. 얼른 들어가자고 재촉하는 얼굴이다. 이런 반응을 보이는 것은 그가 아는 사람이 근처에 있을 때뿐이다.

세 사람은 또다시 마주 보았다. 이번에는 준도 의아한 얼굴을 할 여유가 생겼다.

라인맨이 고개를 끄덕이고는 문을 활짝 열어젖혔다.

전등 불빛이 터무니없이 눈부시게 느껴졌다.

훈김에 숨이 턱 막히는 듯했다.

많은 사람이 모여 있는 기척. 그것도 상당히 많은 수가.

준은 눈을 껌벅이며 눈앞의 광경을 보았다.

순간 자신이 무엇을 보고 있는지 이해되지 않았다.

"이, 이게 대체."

준은 자신이 더할 나위 없이 얼빠진 목소리를 내고 있음을 자각했지만, 그것은 어나더 힐에 온 이래로 이미 누차 반복된 자신의 운명이라고 체념조차 하는 지경이었다.

라인맨과 켄트도 완전히 말문이 막힌 것 같았다.

빽빽하게 들어차 있는 사람, 사람, 사람.

사람이 엄청나게 많았다.

건물 안은 기다란 테이블 주위에 앉은 사람들, 서 있는 사람들, 또 벽이나 창문에 기대어 서 있는 사람들로 입추의 여지가 없었다.

어나더 힐 마을에 있던 주민 전부가 모여 있는 것은 틀림없었지만, 아무리 그래도 너무 많지 않나? 헌드레드 테일스나 갓치 때도 이렇게 많지는 않았다.

준은 오감을 동원해 필사적으로 정보를 얻으려 했다.

사람이 지나치게 많고, 어쩐지 분위기가 묘하다.

설명할 수 없는 감각에 가슴이 답답했다.

"준, 늦었네! 이쪽으로 와."

하나의 목소리가 들려 준은 흠칫했다.

한구석에서 하나가 손을 흔들고 있었다. 교수와 린데, 마리코도 있는데, 다들 벌레 씹은 표정이었다.

대체 어떻게 된 일이지?

준은 주위를 두리번거렸다. 라인맨은 여느 때와 다름없는 평정을 되찾았으나, 켄트는 여전히 말문이 막힌 듯했다.

바로 몇 분 전까지 느꼈던 절망과 비통함은 깨끗이 사라져버리고, 대신 경악과 혼란에 사로잡혔다.

"수로를 돌아서 오면 좀더 일찍 도착할 줄 알았는데 말일세."

토머스 베커가 무표정한 얼굴로 이쪽을 보고 있었다.

삼직은 정면 테이블에 나란히 앉아 있었다. 다함께 무슨 회의를 하는 중 같았다.

"미안하게 됐어. 유선방송을 내보냈을 때는 이미 자네들이 숲을 빠져나간 다음이었나보더군. 자네들이 올 때까지 기다리려다가 결국 먼저 시작했네."

토머스 베커는 담담히 말했다. 데이비드 아오키와 닉 스카이라크도 진지한 얼굴로 함께 고개를 끄덕였다.

"미안하군."

"그래도 예배당 뚜껑 문의 빗장은 빼두었으니 조만간 여기까지 당도하겠거니 싶어서 말이야."

두 사람은 중얼거리듯 말했다.

역시 그 뚜껑 문은 바로 직전에 빗장을 열어두었던 것이다.

"죄송합니다. 마을에 내려가서 집들을 살펴보고 왔거든요."

준은 저도 모르게 변명하기 시작했다.

"깜짝 놀랐습니다. 다들 없어져서…… 혹시 한꺼번에 증발이라도 해버린 건가 해서, 슬퍼서 혼났습니다."

조금 전의 불안을 생각하니 창피한 마음과 동시에 저도 모르게 눈물이 나려 했다.

"미안하게 됐네."

토머스 베커가 한숨을 쉬며 다시 한번 그렇게 말했다.

"우리 상상을 까마득히 초월한 전개였거든."

베커는 삼직의 다른 두 사람을 흘긋 보고 피곤에 젖은 목소리로 말했다.

역시 어딘가 이상하다. 대체 어디에 위화감을 느끼는 걸까.

준은 자기가 생각해도 정신없다 싶으면서도 그 느낌의 정체를 파악하려 필사적으로 주위를 둘러보았다.

"켄트, 오랜만이군. 자네가 켄트일 줄은 꿈에도 몰랐어. 감쪽같이 속았는걸."

닉 스카이라크가 감탄과 빈정거림이 뒤섞인 목소리로 켄트에게 말했다.

다른 사람들이 놀라지 않는 것을 보면 조너선 그레이 박사가 켄트라는 사실은 이미 발각된 것 같았다. 주민들의 얼굴을 보니, 다들 그 건에 관해서는 나중에 다른 기회에 추궁할 작정이지만 지금은 그럴 경황이 없다는 표정이었다.

다들 어디에 정신이 팔려 있는 걸까? 그야 어나더 힐 꼭대기에 이렇게 영문을 알 수 없는 건물이 출현했으니 그쪽이 더 중대한 문제이기는 하겠지만.

"자, 그런 데 버티고 서 있지 말고 어디 앉는 게 어떻겠나? 의자는 구석에 있을 게야. 이제 설명을 막 시작한 참이거든. 첫 부분을 간단하게 요약해서 저 친구들에게도 설명해주게."

그때, 유달리 박력 있는 걸걸한 목소리가 들려와서 준 일행은 그쪽을 돌아보았다.
날카로운 눈빛. 전위적인 봉발.
큼직한 지팡이를 들고 엄숙한 얼굴로 앉아 있는 노인.
"니자에몬 씨!"
켄트가 비명을 지르듯 소리쳤다.
"아, 정말 니자에몬 씨군요!"
준도 덩달아 소리쳤다.
왜 여기에? 어두운 하늘에서 하오리와 하카마 차림으로 이쪽을 노려보던 노인이 지금 테이블 건너편에 앉아 있었다.
그제야 준은 위화감의 정체를 깨달았다.

모두가 와 있었다.

그래, 모두였다. 그날 밤, 니자에몬 뒤에 있던 많은 '손님'들도, '피투성이 잭'의 피해자인 '손님'들도 나란히 자리에 앉아 있었다. 똑같이 생긴 두 할머니가 손을 꼭 붙들고 앉아 있었다. 어디서 본 것 같다고 생각했더니, '헌드레드 테일스'에서 따로 자란 쌍둥이 이야기를 했던 할머니다. 분신과 재회하는 데 성공했나보다.
마을 주민들과 더불어 상당히 많은 '손님'이 이곳에 와 있었다. 그래서 예배당에 이렇게 사람이 많았다는 것을 준은 가까스로 깨달았다. 그 때문에 이렇게 사람이 빽빽이 들어차 있다는 인상을 받았던 것이다.

켄트와 준은 동시에 한숨을 내쉬었다.

라인맨은 검둥이와 함께 문 앞의 바닥에 앉았다. 가까이 있던 주민이 의자를 권했으나 '이편이 편하다'며 정중히 거절했다.

켄트가 준의 것까지 의자를 들고 와, 라인맨 옆에 둘이 나란히 앉았다.

"자네는 이 사태를 예상했나?"

켄트가 라인맨에게 나지막이 물었다.

라인맨은 무표정한 얼굴로 어깨를 으쓱했다.

"전부 예상하지는 못했지만, 융합하리라고는 생각했습니다."

융합.

이것이 융합인가. 어나더 힐의 과거가, 셀로판지처럼 겹겹이 포개져 있던 시대가 오블라토처럼 녹아 일체화되었다는 건가.

준은 아직 혼란스러워 감정이 정리되지 않았다.

"그래서? 이야기를 계속해봐."

"젠장, 맥주 생각이 나는군. 도저히 맨정신으론 못 듣겠어."

여기저기서 사람들이 웅성거렸다. 평소의 농조와는 달리 진지한 어조인 것이 무섭다.

"나도 동감이네."

토머스 베커가 정색을 하고 고개를 끄덕였으므로 다들 어안이 벙벙했다.

"아닌 게 아니라 맨정신으로는 설명하기 힘든 사태야. 이런 이야기를 대체 어떻게 납득시키란 말인가. 하지만 아직은 못 마셔. 뭣보다도, 이런 비좁은 데서 전원에게 술이 돌아가려면 시간이 너무 많이 걸리니 말이야."

농담인지 아닌지는 알 수 없었으나, 주민들 사이에서 어렴풋이 웃음소리가 새어나왔다.

훨씬 분위기가 느긋해졌다.

준은 문득 자신을 바라보는 시선을 깨달았다.

불쾌한 시선은 아니었다. 얼른 눈치 채달라는 듯한.

시선을 돌리자, 한 쌍의 남녀가 빙긋 웃었다.

"앗!"

저도 모르게 소리쳤다.

흑부인과 토머스 윈체스터가 나란히 앉아 자기를 보고 있었다. 토머스는 손을 가볍게 흔들고는 흑부인과 맞잡은 오른손을 들어 보였다.

준은 고개를 꾸벅 숙였다. 흑부인도 미소를 지었다.

두 사람은 만난 것이다. 어디서인지는 몰라도 만나는 데 성공한 것이다.

가슴이 살짝 뜨거워지고 기쁨이 치솟았다. 이렇게 나란히 앉아 있는 모습을 보니 잘 어울리는 커플이다.

"자, 그럼 어디서부터 설명을 할까."

베커는 당혹한 듯 이마를 눌렀다.

사람들이 자세를 바로잡고 베커를 주목했다.

대체 무슨 이야기이기에 그렇게 주저하는 걸까.

도중에 들어온 준으로서는 알 수 없었다. 주민들의 진지한 표정, 아니, 교수와 린데의 불만스러운 표정으로는 대체 어떤 사태이기에 그들이 그런 얼굴을 하고 있는지 짐작이 되지 않았다. 갓치를 결정했을 때와는 또다른 긴장감이 건물 안에 짙게 감돌고 있었다.

"확실히 지난 수년간 어나더 힐은 변모해왔네. 즉, 히간이 달라진 거야. 다들 어느 한구석으로 눈치 챘던 것 같지만, 실제로 무슨 일이 일어났는지를 알아차린 사람은 얼마 되지 않았어. 무의식 중에 변화를 감지한 사람은 있었을지 몰라도 심각한 사태라고 생각하지는 않았던 것 같아."

베커는 낮은 목소리로 이야기하기 시작했다.

"하지만 우리는 눈치 채고 있었어. 그리고 어나더 힐 특별역사지구 경찰도. 국민에게 공표할 수는 없는 노릇이었어. 하물며 외국에는 절대 그럴 수 없었지. 이건 우리 손으로 어떻게든 해야 하는 문제였어."

아직 무슨 이야기인지 알 수 없었다.

켄트와 준은 마주 보았다. 그도 이야기의 의미가 이해되지 않는 것 같았다.

준은 고개를 희미하게 흔들어 이해하지 못했음을 표시했다.

베커가 두 사람을 흘깃 보았다. 두 사람이 이해하지 못하고 있음을 아는 듯했다.

"말벌 벌집을 아나?"

베커가 느닷없이 준에게 질문했다.

갑작스러운 질문에 당황했지만, 준은 "본 적은 있습니다. 마블 무늬를 한 커다란 벌집이죠" 하고 대답했다.

베커는 고개를 끄덕였다.

"그래. 말벌은 참으로 근사한 벌집을 짓지. 예술적이라 해도 좋을 정도야. 오브제로 말벌 벌집을 모으는 수집가도 많다네. 왜 수집가가 존재할 수 있는가 하면, 말벌은 매해 지은 벌집을 버리기 때문이야. 실제로 그 안에 말벌이 살고 있으면, 아무리 오브제로서 훌륭하다 해도 수집가는 목숨이 몇 개라도 부족할 테지."

베커는 혼잣말처럼 이야기를 계속했지만, 준은 아직 이야기의 취지가 파악되지 않았다.

"여왕벌 한 마리가 집을 짓기 시작하면 나머지는 가족인 일벌들이 증축을 계속해서 완성시키지. 겨울을 지낸 뒤 새 여왕벌이 몇 마리 태어나고 그 벌집은 포화상태가 돼. 그러면 여왕벌들은 벌집을 버리고 신천지로 향하지. 그와 동시에 그 벌집은 폐기되는 걸세."

V.파 주민들답지 않게 다들 얌전히 이야기를 듣고 있었다. 평소 같으면 이렇게 에두른 설명을 절대 용납하지 않았을 것이다. 그런데 이렇게 끈기 있게 듣고 있는 것을 보면 이 이야기가 심상치 않은 내용과 연관되어 있는 것이 틀림없다는 것을 준은 직감으로 알았다.

"즉, 우리는 그와 비슷한 일이 어나더 힐에도 일어나고 있는 게 아닌가 생각했어. 성지는 포화상태에 이른 게 아닐까 하고 말이야."

이제야 겨우 희미하게 이야기의 실마리가 보였다.

즉, 성지의 수용 능력을 초과한 탓에 어떤 하중이 도리이에 작용해 결계가 무너졌다는 뜻인가.

거기까지 생각한 준은 정면에 엄청난 박력을 발산하며 앉아 있는 니자에몬을 보았다.

그럼 어떻게 지금 다들 이곳에 와 있는 걸까.

"하지만 그게 아니었어."

베커는 가볍게 이야기를 뒤집었다. 아직 손바닥 안을 내보이지 않은 것이다.

"어나더 힐에 여러 시대가 있었다는 건 이미 잘 알려진 사실이지. 선주민의 선사시대, 초기의 기독교 성지시대, 일본문화가 유입된, 식민지시대 이후로 현재에 이르는 히간시대. 아직 상세한 조사를 실행

한 적은 없지만, 어느 시대에나 이곳이 '성지'였다는 것만은 명백하거든."

베커는 괴로운 표정으로 설명했다.

"하지만 어나더 힐에 소위 과학적 현실과는 다른 시간이 흐른다는 건 다들 경험을 통해 알고 있어. 우리가 '손님'과 커뮤니케이션을 갖고 조상 대대로 히간을 해온 것도 그 덕분이니까."

다른 시간.

보이지 않는 시간. 눈에 보이는 것만 믿는다. 그렇다면 '손님'은?

"게다가 이 다른 시간축은 하나가 아니야. 과거에 이곳을 성지로 받들었던 몇몇 시대의 시간이 겹쳐 흐르고 있어. 이것도 히간만큼 실감하지는 못해도 다들 어렴풋이 눈치 채고 있던 사실이지. 그런 기록도 남아 있고, 그걸 시사하는 사건도 일어났고."

베커는 싸늘하게 식어버린 차를 마시고 헛기침했다.

"이건 사실인지 아닌지 따져봤자 의미가 없는 문제야. 어나더 힐 및 히간 자체가 그런 것과는 동떨어진 존재니까. 따라서 나는 어디까지나 우리가 경험상 알고 있는 사실을 바탕으로 이야기를 진행시키겠네."

변명조가 되었다. 이 에두른 말투는 대체 뭘까. 뭐가 그렇게 말하기 힘든 걸까.

준은 그 옆에 역시 쓸쓸한 얼굴로 앉아 있는 아오키와 스카이라크를 보았다.

"지난 수년간에 걸쳐 진행된 변용의 정체는, 이 다른 시간축을 가진 세계들이 뒤섞이기 시작했다는 걸세. 그 결과가 지금 우리가 있는 곳이야."

베커는 고딕 양식의 높다란 천장을 올려다보았다.

사람들도 덩달아 천장을 올려다보았다.

긴 직선이 세로로 한없이 뻗어나가는 듯한 착각이 들었다.

다른 시간축. 그것은 바로 이 고딕이라는 양식에 드러나 있었다. 모두가 천상의 존재를 꿈꾸고 그곳에 도달하고 싶어했던 시대.

"그 사실을 우리는 좀처럼 알아차리지 못했네. 선사시대와 중세와 19세기 이후의 세계가 연결됐을 때 무슨 일이 일어날 것인가. 문제는 각 시대마다 어나더 힐의 특성이랄지, 용도가 달랐다는 거였어."

베커의 말투가 또다시 모호해졌다. 그 다음 이야기를 어지간히 건드리고 싶지 않은 모양이다.

"여기는 늘 죽은 자의 '통로'였어. 그것도 그냥 '통로'였을 때와, 산 자와의 교류의 장이었을 때, 두 가지 용도가 있었던 셈이네. 바꿔 말하면 산 자와 죽은 자가 동시에 존재할 수 있는 때와 그럴 수 없는 때가 있었던 거야."

예배당 안은 쥐죽은 듯 조용했다.

섬뜩할 만큼 조용하다. 모두 마른침을 삼키며 베커의 입을 주시했다.

"길이 열렸다는 말을 노인들에게 들어본 사람도 있을 걸세."

베커가 한숨을 쉬듯 중얼거렸다.

"지금 어나더 힐은 바로 그런 상태가 된 거야. 즉,"

순간 거북한 침묵이 흘렀다.

"죽은 자가 현대로, 바깥 세계로, 즉 산 자의 세계로 나갈 수 있게 된 걸세."

주민들 사이에 소리 없는 한숨이 흘렀다.

준은 혼란에 빠졌다. 죽은 자가 산 자의 세계로 나갈 수 있게 된 세계. 그 이야기는 즉.

베커가 또다시 준을 흘깃 보았다. 방금 이야기를 이해했는지 확인하는 표정이었다. 그의 눈에는 내가 이해하는 것처럼 보였을까.

"우리는 비밀리에 조사했어. 어나더 힐 특별지구 경찰 및 경시청과 함께. 극비 조사였어. 이게 거짓말이나 꿈이라면 얼마나 좋겠느냐고 몇 번을 생각했는지 몰라."

베커는 화가 치민 듯 홍차를 마저 들이켰다.

준은 문득 갈증이 났다. 홍차를 마시고 싶은데, 배에 보온병을 두고 와버렸다. 아니, 그보다 맥주를 한 잔 마시고 싶었다.

베커는 지친 표정으로 주민들을 둘러보았다.

갑자기 폭삭 늙어버린 것처럼 보였다.

"이제 대략 무슨 이야기인지 알겠지, 현명한 V.파 국민이라면."

그러고는 다시 한번 사람들을 둘러보았지만, 그의 말을 이어받으려는 사람은 아무도 없는 모양이었다. 여전히 모두들 베커의 입만 쳐다보고 있었다.

베커는 체념한 듯 입을 열었다.

"'피투성이 잭'은 이 세계에 존재하지 않네. 그자는 여기 어나더 힐을 경유해서, 죽은 자의 세계에서 온 거야."

이번에는 신음 소리 같은 것이 흘러나왔다.

준은 입을 딱 벌리고 베커와 주민들의 표정을 보았다. 준은 몰랐지만, 모두들 이 대답을 예상했던 모양이다.

세, 세상에, 어떻게 그럴 수가. 죽은 자가 어나더 힐을 경유해 V.파로 나가 살인을 했다고?

혼란스러운 나머지 어떤 감상을 품어야 할지 알 수 없었다.

"지미와 테리에 관해서 조사해봤네. 두 사람은 입학했을 때부터 대학생협회 서점에서 일했다더군. 문학 관련 고객 명단에 접근할 수 있는 위치에 있었던 거야."

베커는 또다시 준의 얼굴을 보며 말했다. 주민들보다 준을 보면서 이야기하는 편이 더 쉬운 모양이다. 준은 갓치를 비롯해서 여러 가지로 강렬한 인상을 남겼고, 지미와도 친했다고 생각하는 것 같다.

"그럼, 그럼 역시 둘이서 살인을, 역시 두 사람이었군요?"

"그래."

준이 횡설수설 묻자, 베커는 엄숙하게 고개를 끄덕였다.

준은 그렇게 묻고 나서 흠칫했다.

그들은 어디 있을까? '손님'이 이렇게 많이 와 있으니 지금도 어딘가에 숨어 있을 것이 틀림없다. 분명히 가까이에.

그런 생각을 하니 갑자기 무서워져 저도 모르게 엉거주춤 일어나고 말았다. 자기가 기대어 앉아 있던 벽 저편에 두 사람이 칼을 들고 히죽히죽 웃고 있는 것이 아닐까.

베커는 준을 보더니 맥없이 고개를 흔들었다.

"두 사람 다 죽었던 걸세."

"뭐라고요?"

나 좀 바보 같다. 그런 감상이 머리에 떠올랐다.

아까부터 멍청하게 '네?' '헉!' 같은 말만 중얼거리고 있지 않나. 명색이 도쿄 대학 박사 과정 학생인데. 이러다 모교의 이미지가 나빠지는 것이 아닐까. 준은 머리 한구석으로 그런 쓸데없는 생각을 했다.

아니, 아니, 잠깐. 방금 베커가 뭐라고 했지?

두 사람 다 죽었다니?

베커는 무표정한 얼굴로 말을 이었다.

"조금 전, 어나더 힐 경사면에 묻혀 있던 지미의 시체를 찾아냈네."

주민들이 웅성거렸다.

두 사람 다 죽었다. 그럼 우리가 본 지미는.

"아마 이렇게 된 거겠지. 테리가 살아 있을 때 지미는 학대를 당했네. 지미는 견디지 못하고, 살의가 있었는지 사고였는지는 알 수 없지만 쌍둥이 형을 강에 빠뜨려 죽였어. 하지만 테리는 돌아왔네. '손님'은 거짓말을 하지 않아. 테리는 그걸 이용해서, 난 너에게 죽임을 당했다, 사실이 발각되는 걸 원치 않으면 협조하라고 지미를 계속해서 협박했어. 그리고 테리는 '피투성이 잭'이 돼서 지미에게 자기를 돕게 했어. 어나더 힐에서도 테리는 계속해서 범죄를 저질렀어. 갓치를 받은 사람은 지미였지만, 실은 아무도 죽임을 당한 사람은 없었어. 그렇기 때문에 정령도 반응하지 않았던 걸세. 그런데 갓치가 끝나고 나서 테리는 급기야 사람을 죽이고 말았어. 자기 동생 지미를 말이지. 이렇게 해서 두 사람 다 '손님'이 된 셈이네."

맙소사.

준은 오싹했다. 그런 일이 가능하다면, 그 외에도 살의를 가진 죽은 자가 얼마든지 범죄를 저지를 수 있다는 말 아닌가.

주민들의 얼굴도 창백했다.

죽은 자와 접촉할 수 있는 히간. 죽은 자와 커뮤니케이션할 수 있는 어나더 힐. 여기만이라서 괜찮았다. 이 특별한 장소만이라고 알고 있기 때문에 용납할 수 있었다.

"경계선상에 매달려 있던 시체도, '기도의 성'에 매달려 있던 시체도 테리가 준비한 것이었어. 그 둘은 어나더 힐이 중세와 연결되면서 테리가 별세계에서 가져온 시체고, 검시 결과 현재의 호적에 없는 인물이라는 사실이 판명됐네. 우리가 목격한 죽은 자는 실은 이미 존재하지 않는 인물, 벌써 수백 년 전 중세시대에 죽은 인물이었던 걸세. 그렇기 때문에 은밀히 처분하지 않을 수 없었네. 우리 입장에서 보자면 그자들은 유령이니까."

경계선상의 살인.

매달려 있던 시체. 그러고 보니 어쩐지 복장이 구식이었다. 피 때문에 알 수 없었지만, 자세히 보면 중세시대 옷을 입고 있었는지 모른다. 경찰이 허둥지둥 시체를 내린 것은 주민이 그 점을 지적할 것을 두려워했기 때문이었다.

"이제 알겠지, 이마무라 서장이 필사적이었던 연유를. 우리도 필사적이었네. 경찰이나 우리나, 어나더 힐에 '피투성이 잭'이 침입하는 게 아니라 '피투성이 잭'이 여기서 나가는 사태를 더 걱정했던 거야."

또다시 큰 한숨 소리와 신음 소리가 새어나왔다.

이번에는 납득과 '당했다'는 감정이 섞여 있었다.

그렇게 된 일이었나.

준은 한 번 더 그렇게 중얼거렸다.

살인마는 안에서 온 것이었다. 바깥이 아니라 안쪽에서.

그런 일이 일어나면 세계는 엉망진창이 된다. 죽은 자가 현실을 침식하고, 이윽고 가로채, 결국에는 대신한다.

비현실적인 감각이 살갗을 타고 스멀스멀 기어올라왔다.

니자에몬이, 흑부인 옆에 있는 토머스가, 물렁하게 일그러지고 눈코 입이 없는 밋밋한 얼굴로 보였다.

그들도 이윽고 우리를 대신할 것인가?

웅성거림은 더욱 커졌다. 다른 사람들도 '손님'을 흘끔거렸다.

무슨 일이 벌어지고 있나. 앞으로 어떻게 될 것인가. 세계는.

융합.

"진정하게. 앞으로도 살인마가 멋대로 행동하게 내버려두진 않을 테니까."

사람들의 표정을 본 베커가 손을 들고 제지했다.

"앞으로 세 개의 시대가 한층 더 뒤섞이면 그런 사태가 일어나지 않을까 우리도 염려하고 있었네. 그건 히간을 넘어서 V.파의 존재 자체와 연관되는 일이니까."

베커가 다소 어조를 빨리했으므로 모두들 조용해졌다.

"언제 '융합'이 진행될지, 어떤 형태로 완료될지 아무도 몰랐어. 경험해본 사람이 아무도 없었으니까."

삼직의 완강한 태도가 생각났다. 비밀주의로 외부와의 접촉을 허용하지 않은 채 수수께끼 같은 행동을 반복하던 그들.

"특히 테리의 출현은 예상외였네. 그 터무니없는 성격 때문에 그자는 도리이를 돌파한 거야."

"터무니없는 성격?"

준이 묻자, 베커는 씁쓸하게 대답했다.

"크레타인의 패러독스 말이네. '손님'은 거짓말을 하지 않아. 하지만 테리는 '거짓말을 하는' 게 진실인 인간이야. 그자는 어나더 힐의 규범을 초월하고 말았어. 아무도 그 진위를 판단하지 못해. 심지어 정령마저도 말이네. 과거에 라인맨이 힐에 왔었던 건 그자 같은 이상성격자가 나타났을 때였어."

테리의 냉혹한 얼굴이 떠올랐다.

"'융합'은 위협이었지만 한편으로 다행스러운 일이기도 했네. 지금까지 왕래가 불가능했던 곳에 있던 이들이 다시 힐에 나타날 수 있게 됐으니까. 덕분에 우리는 강력한 조력자를 얻을 수 있었어."

베커는 또다시 에두른 어조로 돌아왔다.

이 무대의 주역은 그였다. 그는 관객의 주목을 한몸에 받고 있었다. 다들 이야기를 끝까지 듣지 않을 수 없었다.

"소개하지. 선주민인 아스나일세."

켄트가 고개를 쳐든 것을 알 수 있었다.

커튼 뒤에 누가 서 있었다.

늘씬하고 키 큰 누군가가.

"아스나."

켄트가 엉거주춤 일어섰다. 라인맨도. 검둥이가 조그맣게 짖었다.

평범한 복장을 하고 있어서 처음에는 그녀인 줄 몰랐다.

숲속에서 투명하게 비쳐 보였던, 전통 의상을 입은 여자의 인상이 남아 있었기 때문이었다.

그녀는 머리를 느슨하게 묶고 얇은 니트와 청바지를 입고 있었다. 그러나 그 강한 눈빛만은 감출 수 없었다.

"여보."

그녀는 살짝 수줍은 얼굴로 중얼거렸다.

켄트가 일어나기도 전에 작은 그림자가 먼저 뛰어왔다.

"아빠, 아빠!"

"서맨서!"

조숙한 소녀가 켄트의 품에 뛰어들었다.

예전에 준이 파란 꽃을 머리에 꽂아준 소녀였다.

기억 속의 모습보다 조금 더 자란 것 같았다. 그녀가 어딘가로 떨어졌던 그 영상은 어나더 힐에서 일어난 일이 틀림없었다.

부둥켜안은 부녀는 잠시나마 살벌한 현실을 잊게 하고 감동을 안겨주었다. 아스나도 다가와서 세 식구가 끌어안았다.

옆에서 준은 꼼짝 않고 앉아 있었다. 괜히 자기가 쑥스럽고 겸연쩍었다.

문득 켄트의 팔 너머로 서맨서가 자신을 보고 있음을 깨달았다.

"또 만났네."

"안녕?"

"준은 역시 아빠랑 비슷하게 생겼어."

소녀는 생긋 웃었다. 그녀는 지금까지의 경위를 이해하고 있을까. 아니, 모르는 편이 나을지 모른다.

"보다시피 두 사람은 켄트의 가족이라네. 일부러 미국에서 돌아왔지."

아스나가 준을 보았다. 친척이라는 말을 들었는지, 눈물이 맺혀 붉어진 눈으로 생긋 웃었다.

어쩐지 달곰쌉쌀한 기분이 들었다. 의식하지 않으면 좌우의 눈 색깔이 다른 것을 모르겠다. 무심코 라인맨을 돌아보자, 그가 시선을 돌렸다.

조금 불안해졌다.

그는 이 아름다운 누나를 좋아했을 것이다. 자신과 공동체를 버리고 미국으로 간 누나를 보기가 복잡한 기분일 것이다.

"음, 감동의 대면은 이쯤 해두고, 아스나 등이 '통로'를 망봐준 덕에 최악의 사태는 피할 수 있었네. 그러는 동안에도 '융합'은 점점 진행되어 결국 오늘 아침에 이 터무니없고 기이한 광경이 나타난 걸세."

베커는 자조하듯 말했다. 자기도 예측하지 못한 일이 일어난 탓일 것이다.

"앞으로 내내 이런 건가?"

간신히 누가 질문했다.

"모르겠어. 아마 당분간은 그렇지 않을까."

"왜 오늘 아침에는 '손님'이 대거 나타난 거지?"

"나도 잘 모르겠네만, 그것도 '융합'의 결과야. 즉, 이렇게 된 거네."

베커는 찻잔을 들고 두 팔을 벌렸다.

"이 찻잔을 어느더 힐이라고 하자고. 거기에 설탕, 홍차, 생크림을 차례대로 넣어. 이 세 가지가 각 시대에 해당되네. 종류별로 시간을 들여 넣었기 때문에 오랜 세월 세 개의 층으로 포개져 있었어. 그런데 시간이 지나면서 조금씩 위쪽 층이 바닥으로 가라앉기 시작했어. 아래쪽 층이 다른 층이나 바깥 공기와 접할 기회가 생긴 셈이지. 바꿔 말하면 바깥으로 이어지는 '통로'가 생겼다는 이야기야. 나아가 세 개의 층이 섞여서 최종적으로는 설탕을 넣은 밀크티가 되거든. 지금은 이 밀크티 시대야. '융합'의 결과, 설탕이 있을 수 있는 범위가 넓어졌지. 지금까지는 섞어줄 사람이 없었기 때문에 홍차 층에 갈 수 없었지만, 지금은 한자리에 공존할 수 있어. 나는 그런 식으로 해석하고 있네."

"그럼 죽은 이는 어떻게 되고?"

"지금은 홍차에 단백질 막이 있기 때문에 나올 수 없다고나 할까."

"앞으로는?"

"솔직히 말해서 몰라. 얼마 동안 이 상태를 유지하지 않을까 하네만."

잇따른 질문 끝에 침묵이 흘렀다.

누가 머뭇머뭇 물었다.

"'손님'은 줄곧 여기 있을 수 있나?"

"아니, 지금까지와 다를 것 없네. 이따금 여기에 나타났다가 사라져. 지금까지의 히간과 똑같아. 전보다 다소 오기 쉬워졌을지 모르지만."

베커는 무뚝뚝하게 대답했다. 준은 어쩐지 그 태도가 마음에 걸렸다.

"지미와 테리는 어디 있습니까?"

준은 저도 모르게 물었다.

삼직이 동시에 그를 바라보았다. 묘한 눈. 측은히 여기는 듯한 눈으로.

아스나가 흠칫하는 것을 알 수 있었다.

켄트의 품 안에서 그녀가 긴장했다.

"이제 없어. 두 사람은 두 번 다시 이쪽으로 오지 않네. 아스나가 쫓아버렸어."

베커가 몹시 조용한 목소리로 말했다.

부자연스러운 침묵.

"그렇습니까."

준은 짤막하게 대답하고는 눈을 내리깔았다.

두 사람은 이제 두 번 다시 이쪽으로 오지 않는다. 어째서 그렇게 단언할 수 있는 걸까. 그런 의문이 머리를 스쳤으나, 그 이유를 물어서는 안 된다는 것을 직감했다. 쫓아버렸다. 어떻게? 가슴속이 서늘했다.

"즉, 모든 사태가 해결됐다는 말인가? 이대로 히간을 계속한다는 말이지?"

누가 결론을 내리듯 중얼거렸다.

"그래."

베커가 엄숙하게 선언했다.

"지금까지 비밀로 해서 미안했네. 하지만 느닷없이 설명해도 믿어주지 않았을 테고, '융합'이 끝날 때까지는 아무런 설명도 할 수 없었어."

"히간이 위기를 벗어났다는 건가?"

"그렇게 해석하고 있네."

이번에야말로 완전한 침묵이 흐르고, 커다란 한숨 소리가 흘러나왔다.

"본에 나란히 서신 폐하께 영광 있으라!"

모두가 무의식중에 일어나 따라 외쳤다.

사람들의 목소리가 겹쳐져 높다란 천장에 메아리쳤다.

본에 나란히 서신 폐하께 영광 있으라.

융합된 성지에. 산 자와 죽은 자에게 영원토록 영광 있으라.

준은 정면에 선 니자에몬의 입술이 움직이는 것을 보며 내심 그렇게 중얼거렸다.

주민들이(물론 '손님'도 적잖게 포함되어 있었으나) 예배당에서 줄

줄이 나가 이 기묘한 키메라를 바라보며 저마다 감상을 늘어놓는 소리가 들려왔다. 어나더 힐은 당분간 이 화제로 떠들썩할 테고, 히간을 끝내고 돌아간 그들이 이 키메라 이야기를 하는 것을 듣고 구경꾼들이 몰려올 것이다.

준과 켄트의 가족, 니자에몬과 하나 일행은 예배당에 남아 있었다.

켄트와 아스나, 서맨서가 천천히 하나 일행에게 다가가 어색하게 인사를 주고받았다. 라인맨은 그 모습을 구석에서 바라보고 있었다.

"라인맨도 오랜만에 누님을 뵙는 것 아닙니까?"

준이 말하자, "전 앞으로 얼마든지 이야기할 기회가 있으니까요"라며 검둥이를 데리고 나가버렸다.

준은 천천히 다른 사람들 있는 곳으로 다가갔다.

"어이구야, 이런 트릭이었나."

교수가 고개를 내저으며 준을 맞이했다.

"결말이 이래도 되는 거야?"

마리코도 울컥한 얼굴로 그를 보았다.

"준, 보온병은?"

그렇게 물은 사람은 하나였다.

"미안. 수로에 대놓은 배에 두고 왔어. 나중에 가져올게."

준은 순식간에 현실로 되돌아온 기분이 들었다.

다들 수상쩍은 눈으로 예배당 안을 훑어보고 있었다.

"그건 그렇고 이 터무니없는 비밀이 지켜지겠나?"

"베커가 입단속을 안 했잖아요. 이 이야기를 다른 데 가서 하지 말란 말은 안 했죠."

"입단속해봤자 소용없으니까."

린데가 무뚝뚝하게 말했다.

"그러게, 소용없겠지. 광고해달라고 하는 거나 마찬가지야."

"뭐 어때? 이런 이야기, 어차피 V.파 사람 아니면 아무도 안 믿을 테고. 그냥 허풍이라고 생각하고 말걸. 확인할 방법도 없고."

마리코가 냉정하게 말했다.

"아아, 담배 생각 난다. 술도. 이렇게 이상사태가 연발했는데, 얼른 마시게 해줘도 되지 않나?"

"마리코는 여전히 술버릇이 나쁜가?"

걸걸한 목소리가 들려와 마리코가 허둥지둥 입을 가렸다.

"어머, 죄송해요."

니자에몬은 코웃음을 치고 마리코를 보았다.

"너희는 여전하구나."

니자에몬은 앉은 채로 친척들을 일별했다.

"그쪽도 그래요."

"이제야 와주셨군요."

하나가 니자에몬에게 다가가 인사했다.

"오오, 하나. 저번에 봤을 때도 생각했지만, 많이 컸구나."

니자에몬의 얼굴이 누그러졌다. 하나를 예뻐했던 듯, 엄숙하던 얼굴이 쭈그러지니 뜻밖에 애교가 있었으므로 준은 무심코 미소 지었다.

"너희는 많이 닮았군."

니자에몬이 갑자기 노려보는 바람에 준의 미소가 얼어붙었다.

"도쿄에서 왔다고? 조심해서 돌아가라. 공부 열심히 하고."

"아, 예."

"켄트, 너는 어떻게 할 생각이냐? 미국으로 돌아갈 거냐?"

쩔쩔매는 준 옆에서 켄트가 아스나와 서맨서를 끌어안고 "아뇨" 하고 대답했다.

다들 놀라 세 사람을 보았다.

"아스나는 이곳에 있어야 하는 것 같으니 저도 V.파로 돌아오겠습니다. 미국에서 하던 일을 정리하러 한 번은 갔다 와야 하겠지만요."

아스나는 잠자코 발치를 보고 있었다. 그 모습을 서맨서가 불안스레 올려다보았다.

"하나 물어도 되겠나? 내 생각에 아까 토머스 베커가 한 이야기는 상당히 생략된 것 같은데, 아닌가?"

교수가 아스나를 응시하며 조용히 물었다.

아스나는 눈을 들어 다른 사람들을 보고는 작은 목소리로 대답했다.

"역시 전 여기를 떠날 수 없습니다. 제가 있을 곳은 여기예요. 서맨서는 켄트가 V.파에서 키울 거예요."

아스나는 서맨서의 머리를 쓰다듬었다. 서맨서가 불안한 눈으로 어머니를 쳐다보았다.

"아직은 '통로'를 '망볼' 필요가 있다는 이야기군."

교수가 말하자, 아스나는 아무 말도 하지 않고 웃었다.

준은 멀리 떨어져 서 있던 흑부인과 토머스에게 다가갔다.

"무사하셨군요."

"잘 있었나?"

준이 말하자, 토머스가 고개를 끄덕였다.

"그때 그 방에서 무슨 일이 있었던 겁니까?"

"호텔 측과 삼직이 협조해준 거예요."

흑부인이 조용히 대답했다.

"그때 '그림자'가 들어왔었거든요."

"그림자?"

준은 움찔했다. 맞다. 그 그림자는 대체.

"당신도 봤잖아요? 그 발이 세 개 달린 새."

"네? 그 삼족오가 '그림자'입니까?"

"그래요. 나도 그날에야 겨우 알았어요. 거기는 그놈들의 세계예요. 아주 오래전에 그놈들의 시대가 있었어요. 어쩌면 선사시대부터 줄곧 여기에 살았는지도 모르죠. 수천 년 전부터 차츰 수가 줄어든 것 같지만요. 그때, 봉인을 깨고 들어온 그림자를 정령은 놓치지 않았어요. 내 눈앞에서 순식간에 갈가리 찢어놓고 만 거예요."

대량의 피가 눈에 선했다.

"그럼 그 피는."

"그놈의 피예요. 그놈은 지능을 가진, 사람과 새의 중간 같은 생물이었어요. 그놈의 시체를 사람들한테 보일 수는 없는 노릇이었어요. 큰 소동이 벌어질 게 분명하니까요. 난 안쪽 방에 시체를 숨겼어요. 시체는 삼직이 처리해줬고요."

그럼 한밤중에 삼직이 우물에 던진 것은 그 커다란 새의 시체였나.

"이상하게도 그놈의 정체를 안 순간, 난 '손님'을 '저쪽'으로 보내는 힘을 잃은 것 같아요. 사태가 수습될 때까지 토머스와 호텔에 숨어 있었답니다."

흑부인은 토머스와 온화하게 미소를 주고받았다.

"그래요, 당신네 나라 사람들은 그놈들을 무서워해서 저걸 세운 거예요."

준은 흠칫했다.

설마. 금기의 영역. 과거에, 말 그대로 '새가 있는 곳'을 두려워해서 세운 것.
도리이鳥居.

그날 밤 어나더 힐을 뒤덮은 열기는 굉장했다.
들리는 소문에 따르면, 나중까지 두고두고 화제가 되었다고 한다.
그럴 만도 하다. 연쇄살인사건이 해결되고 평온한 나날이 돌아왔다. 갓치니 경찰이니 쓸데없는 걱정을 할 필요가 없어졌고, 게다가 '손님'이 대거 몰려왔으니 어떻게 술을 들지 않을 수 있겠나.
그날 밤, 힐의 펍에 있는 모든 술과 음식이 '기도의 성' 건물 덩어리로 운반되었다. 다들 어쩐지 그곳에서 연회를 벌이고 싶어했다. 예배당에서 연회를 벌여도 되는지 하는 문제는 차치하고, 모두가 한자리에 모여 술을 마시기에는 그곳이 가장 적합했기 때문이다.
앞으로 '기도의 성'은 뭐라 불릴까. 그날 밤, 높다란 천장을 올려다 보며 사람들이 화제로 삼은 것도 그 점이었다. '기도의 성 슈퍼' '세 시대의 탑', 혹은 '융합의 모뉴먼트' 같은 이름이 붙을까.
아닌 게 아니라 이날 밤, '손님'은 좀처럼 돌아가지 않았고 사상 최대 인원이 남아 있었다고 한다. 니자에몬마저 껄껄 웃으며 흑맥주를 들이켰고, 흑부인과 토머스는 행복해 보였다.
원래는 종교 시설이었던 만큼 예배당에서 열린 연회는 분위기가 이상하게 고조되었다. 목소리는 잘 울리고, 장식은 화려하고, 어쩐지 상쾌한 기분이 들었다.
준은 어느새 취하고 말았다.
켄트는 처자식을 데리고 일찍 자리를 떴다. 그 동안 못다 한 이야기가 있을 것이다.

모든 것을 알면서 아무것도 이야기하지 않는 아스나의 신비스러운 미소가 머리 한구석에 남아 있었다. 서맨서의 윙크도, 시선을 돌리던 라인맨도.

하나의 새침한 얼굴, 마리코의 불만스러운 얼굴, 자신의 추리가 뒤집혀 분통해하는 교수, 계속 술만 마시는 린데.

그런 것들이 모두, 유난히 기분을 고조시키는 이 장엄한 곳에서의 연회를 장식했다.

그러나 뭔가 잊어버린 것이 있다. 뭔가 마음에 걸린다. 잊으면 안 되는 것, 신경 써야 하는 것.

준은 빙글빙글 도는 머릿속으로 그런 생각을 거듭했다.

멍한 머리로 바깥으로 나왔다.

사람들의 미소와 반짝이는 유리잔이 눈앞에 어른거렸다.

어둠 속에 웅크리고 있는 그림자가 있었다.

다리를 끌어안고 하늘을 올려다보는 남자.

"라인맨."

그렇게 소리 내어 말한 순간, 머릿속에서 섬광처럼 번쩍한 것이 있었다.

눈이 부신 나머지, 준은 순간 숨이 멎는 것 같았다.

천계 天啓를 체험한 것은 그때가 처음이었다.

영감을 느꼈던 적은 있다. 매일 착실하게 차근차근 문헌을 읽어나가는, 우물에서 컵으로 물을 퍼내는 듯한 작업 가운데 이따금 사금 가루를 발견하는 것과 같은 일이다.

그러나 이것은.

준은 라인맨의 뒷모습을 향해 큰 소리로 말했다.

"저, 알아낸 것 같습니다."

자신의 목소리가 취해 있는 것을 알았으나, 머리는 맑았고 한없이 내다볼 수 있다는 데 흥분해 있었다.

"전에 토머스하고 '기도의 성'으로 갈 때 말씀하셨죠. 과거에 '그림자'는 실체를 나타냈다고. 과거에 빛에게 버림받은 '그림자'라는 생물의 이야기가 당신들한테 전해진다고요. 기억하십니까?"

라인맨은 준에게 등을 보인 채로 꼼짝하지 않았다.

"힌트는 몇 가지 있었습니다. 삼족오가 '그림자'라고 흑부인은 말했습니다. 도리이는 발이 세 개인 새가 있는 곳을 금기시해서 세운 것이라고요. 일본인은 죽은 이들과 더불어 조인鳥人을 두려워했습니다. 과거에 힐에 살던 그들이 나오지 못하게, 저 대도리이를 세웠던 겁니다."

머릿속에 온갖 말, 온갖 이미지가 샘솟았다. 말이 미처 따라가지 못해 답답할 정도였다.

"당신은 드루이드 교도죠, 라인맨? 당신들이 스스로를 어떻게 부르는지는 모르겠습니다만, 당신은 드루이드 교도입니다. 당신이 니자에 몬 씨하고 '손님'들이 왔을 때 던진 돌. 그 돌에 새겨져 있던 문자가 뭔지 알았습니다."

붉은 돌. 그가 던졌던 돌멩이들.

"룬 문자죠?"

준은 의기양양하게 소리쳤다.

"마법사의 문자. 당신의 선조는 문자가 없었다고 했지만, 유럽으로 건너간 일족은 룬 문자를 받아들여 독자적인 문화를 구축한 게 아닌가요? 일본과 영국 양국의 문화를 받아들인 V.파 사람들처럼. 그리고 당신은 그 후예입니다. 고대 켈트족의 승려요, 관리요, 의사와 학자도 겸했던 사람들. 당신들은 신은 하나라고 믿었습니다. 모든 생물의 근원은 하나라고. 그리고 그 신은 어떤 것과 같은 뜻이었습니다."

준은 가볍게 한숨을 쉬었다.

"태양입니다. 태양은 신과 동의어고, 불은 신의 상징이었습니다. 당신들만이 아니죠. 그건 전 세계 원시종교의 신이었어요."

머릿속에 이미지가 꼬리에 꼬리를 물고 떠올랐다. 마야 문명의 유적. 잉카 문명의 황금.

"그리고 새는 태양의 이미지입니다. 삼족오도 원래는 중국 신화에서 왔거든요. 중국에서 삼족오는 태양에 사는 새입니다. 태양 숭배가 바탕에 있는 겁니다."

점점 말이 빨라지는 것을 멈출 수 없었다.

"조인, 새의 모습을 한 사람 이야기는 전 세계에 남아 있습니다. 그들은 모두 하늘에서 왔다고 하죠. 천손 강림설과도 관계가 있는 게 틀림없어요. 새가 있는 곳. 즉, 그림자가 있는 곳. 새는 그림자인 겁니다. 그리고 그건 곧 태양을 의미해요. 역설 같지만 그게 사실이라고 생각합니다. 여기는 태양 숭배가 이뤄지던 곳이고, 당신들은 켈트족의 후예입니다."

태양이 뜬다. 어둠 속에서, 준의 머릿속에서 찬연히 빛나는 거대한 태양이 떠오른다. 이 백야의 나라에서는 환영 같은 태양이.

"여기는 델로스 섬이군요."

준은 외쳤다.

"알고 계시죠? 그리스 신화에서 아폴론이 낳은 섬. 워낙 심한 난산이었기 때문에 그 이래로 누구 하나 죽는 것도, 태어나는 것도 허용되지 않았다는 섬. 바로 어나더 힐 자체 아닙니까? 죽음도, 삶도 어스름 속에 있는 이 나라."

신화는, 역사는 어디서 시작되었나. 다원적으로 동시발생했나. 아니면 어딘가로 전파되었나.

"그리고 물론 아폴론은 태양신이죠. 강하고 아름다운, 생명의 원천을 상징하는 신입니다."

준은 휘청거리며 라인맨에게 다가갔다.

"아시나요? 켈트족의 신년은 11월 1일에 시작됩니다. 드루이드 교도들은 산정에 불을 피우고 새해가 시작되는 것, 새로운 태양이 뜨는 것을 축하했다고 해요. 그야말로 죽음에서의 부활이죠. 히간은 그걸 답습하는 겁니다. 여기에 다양한 신앙이 흘러들었는지, 아니면 여기서 출발해서 주위로 전파됐는지는 알 수 없습니다. 하지만 어쩌면 여기가 세계가 시작된 곳일지 몰라요."

준은 라인맨 옆에 털썩 무릎을 꿇고 앉아 그 얼굴을 들여다보았다.

그러나 검둥이가 성가신 듯 쳐다볼 뿐이었다.

"라인맨?"

웅크리고 있는 것처럼 보였지만, 실은 그는 검둥이에게 기대어 새근새근 자고 있었던 것이다. 그 사실을 깨달은 준은 온몸에서 힘이 쭉 빠졌다.

그 평온하게 잠든 얼굴을 보고, 맥이 빠지는 동시에 안도했다.

"쳇. 일생일대의 연설이었는데. 하지만 전 여기가 세계의 시초 중 하나라는 설을 언젠가 증명해 보일 겁니다."

준은 그렇게 중얼거리고는 라인맨 곁에 앉았다.

졸음과 술기운이 급격히 밀려와 그도 순식간에 라인맨 곁에서 잠들었다.

재채기와 오한에 새벽녘에 잠이 깨어 사흘간 고열에 시달릴 것도 모르고.

그러나 천계의 밤은, 준의 꿈속에서 내내 반짝이고 있었다.

짤막하고 불길한 에필로그

히간도 끝나가는 어느 날 밤.

준은 히간에 관한 치밀하고 상세한 보고서와 스케치를 완성해서 매우 보람찬 기분을 맛보고 있었다.

평온한 밤.

V.파에서의 생활도 이제 곧 끝난다.

하여튼 별별 일이 다 있었다. 처음에는 기이한 일만 일어났지만, 도리이도 수복되고 저 '융합의 성'이 나타난 날 밤부터는, 느긋하게 지내면서 조사와 필드워크 등 만족스러운 연구생활을 할 수 있었다.

"준, 밤의 티파티 어때? 괜찮은 달걀이 들어왔는데."

하나가 부르러 왔다.

그러고 보니 최근에 달걀로 점을 치지 않았다. 오랜만에 무슨 일이 일어날지 점쳐보는 것도 괜찮을 것 같다.

식당에서 테이블을 둘러싸고 앉아 달걀 위에 공기를 엎었다.

다함께 눈을 감고 손을 잡았다. 와주길 바라는 사람의 이름을 입 속으로 중얼거리고, 시간이 지나기를 꼼짝 않고 기다렸다.

이윽고 공기가 딸각딸각 흔들리기 시작했다.

맛있는 냄새와 탄 냄새.

모두들 눈을 뜨고 공기를 열어보았다.

달걀 프라이가 다섯 개 놓여 있었다.

"어떻게 된 거지?"

마리코가 눈살을 찌푸리고 다른 사람들을 둘러보았다.

갑자기 높다란 웃음소리가 울려퍼졌다.

모두가 움찔해 돌아보았다.

"앗, 저거, 설마?"

준이 비명을 질렀다.

식당 창문 밖에 똑같이 생긴 그림자 두 개가 떠 있었다.

유리창 밖에서 속삭이는 듯한 목소리가 들려왔다.

"'통로'가 없다는데?"

"망보고 있다나."

"이십사 시간 망보는 건 무리지."

"지금은 그림자밖에 못 오지만, 언젠가 꼭 돌아올 거야."

"그럼."

"우리는 죽었다는 것 같으니까."

실체는 없었다. 아무리 눈을 크게 뜨고 살펴봐도, 쌍둥이 같은 그림자 두 개가 유리창 밖에 떠 있을 뿐이었다.

그러나 틀림없이 그 두 사람의 목소리였다.

그리고 그 옆에서 뭔가가 날개 치듯 푸드덕거리는 소리가 났다.

"뭐니 뭐니 해도 여기는 '죽은 자의 마을'이라는 것 같으니까."
"그럼 또 만나자고."
모두들 얼어붙어 응시하는 사이에 그림자는 슥 사라졌다. 이어서 뭔가가 날카롭게 울부짖으며 푸드덕푸드덕 날아오르는 소리가 났다.

죽은 자의 마을의 밤은 오늘도 방문자를 기다리며 조용히 지나간다.

옮긴이 **권영주**

서울대학교 외교학과를 졸업하고 동대학원에서 영문학을 전공했다. 옮긴 책으로 『삼월은 붉은 구렁을』 『흑과 다의 환상』 『빛의 제국―도코노 이야기』 『나의 미스터리한 일상』 『초콜릿 코스모스』 『다다미 넉 장 반 세계일주』 『얼어붙은 섬』 등이 있다.

문학동네 블랙펜 클럽

네크로폴리스 2

1판 1쇄 | 2008년 8월 5일
1판 5쇄 | 2019년 2월 11일

지은이 온다 리쿠 | 옮긴이 권영주 | 펴낸이 염현숙
책임편집 양수현 박여영 | 디자인 엄혜리 유현아 | 저작권 한문숙 박혜연 김지영
마케팅 정민호 정진아 함유지 김혜연 박지영 김수현
홍보 김희숙 김상만 이천희
제작 강신은 김동욱 임현식 | 제작처 (주)상지사 P&B

펴낸곳 (주)문학동네
출판등록 1993년 10월 22일 제406-2003-000045호
주소 10881 경기도 파주시 회동길 210
전자우편 editor@munhak.com | 대표전화 031) 955-8888 | 팩스 031) 955-8855
문의전화 031) 955-8862(마케팅) 031) 955-2684(편집)
문학동네카페 http://cafe.naver.com/mhdn

ISBN 978-89-546-0643-1 04830
      978-89-546-0644-8 (전2권)

www.munhak.com